文春文庫

倒錯の罠

女精神科医ヴェラ

ヴィルジニ・ブラック
中川潤一郎訳

文藝春秋

倒錯の罠　女精神科医ヴェラ

主な登場人物

ヴェラ・カブラル……………精神科医派遣センター（ＣＩＰ）所属の医師
トマ・スダン…………………警視
マルシオニ……………………警部。スダンの部下
ポール・ベルモン……………国民議会議員兼市長
セリーヌ・ベルモン…………ベルモンの妻
マニュエル……………………ベルモンの養子
ベルナール・トゥシェ………ベルモンの支持者
ロール・パスカル……………ジャーナリスト。ベルモンの愛人
ヴァソール夫人………………元高校教師
ジェニファー…………………十五歳の少女
エレーヌ………………………ヴェラの同僚
エティエンヌ…………………同
スリム…………………………精神科医。ヴェラの相談相手

1

結局、わたしは気のふれた人間が好きでたまらないのだ。完全に頭のいかれた連中、あるいはアルコール中毒の者が。神経症患者に、精神病患者《サイコティック》が。そういう人たちが気になってしかたがないのだ。いや、精神科医になる人間なんて、だれでも同じかもしれない。

診療所を開業した頃は、距離をおいて患者たちを観察していた。言わば冷めた目で診察していたのだ。わたしはその頃、優秀な精神科医として評価されていた。にもかかわらず、胸のなかには空虚も感じていた。優秀な人間ならだれしも感じる心の空しさなのかもしれない。今や状況は変わった。わたしは危険をともなう仕事に駆りだされようとしている。北に向かう高速道路を走りながら、不安な気持ちで、ヘッドライトに次々と照らされる道路標識を目で追っていく。その間も、胸のなかのちっぽけな空虚がこれからどうなるのだろうかと、そんな問いを自分に投げかけているのだ。

指定されたガソリンスタンドに至る道路は、すでに警察が封鎖していた。燐光を放つ制服を着た警察官が何人か、わたしの車に近づいてきて、フロントガラスに貼られたまだ真新しい記章《カデユセ》――医師であることを示す三色の標識だ――をすばやくチェックした。それから、わたしがここにやってきた理由についていくつか質問したが、結局通してくれた。現場には十台ばかりの消防車や救急車が待機している。回転灯の派手なきらめきのなか、わたしは車を停めた。あたりには息苦しいほどのガソリンの臭いが立ち込めている。

「CIP（精神科医派遣センター）から派遣されてきた精神科医の方ですね？」消防隊の隊長が、わたしと握手しながら言った。「駆けつけてくださってありがとうございます」

隊長は、オレンジ色のビニールテープで区切られた立ち入り禁止区域の向こうを指さした。ガソリン缶のうえに腰掛けている人影が見てとれる。じっと物思いにふけっているようだ。

「なにかを手にしているようですけど、なんですか？　銃？」

「それほど物騒なものではないですがね。給油ポンプのホースです。男は全身にガソリンを浴びています。地面に水たまりが見えるでしょう？　あれはガソリンです。あちこちにまき散らしたんです。明らかに故意にね。油だから拡散が早いんです。もう止めようがありません……」

「どういうこと？」

「あの男をよく見てごらんなさい。左手にライターを持っています。見えますか？　近づいてくる者がいれば、ガソリンスタンドをふっ飛ばすつもりなんです」

わたしはガソリンスタンドのガレージに隣接した、小規模なショッピングセンターを指さした。ガラス窓の向こうには何人もの人たちがひしめいているようだ。

「彼はお客さんを店のなかに閉じ込めたのですか？」

「そのとおり。出入り口の鍵を全部閉めてしまいました。店舗とカフェテリアが給油タンクのうえに建てられてるってことを、あの男は知っているんです。このままじゃ、なかに閉じ込められてる人たちが助かる見込みはありません。男は週末にガソリンスタンドで働いていています。土地勘があるってわけです」

「なにか要求を出してきたのですか？」

「要求らしきものはありません。三十分ほど前にガソリンスタンドの店員が電話で知らせてきました。男の名はブリュノ・ロメール。警察のブラックリストには載っていませんせん」

「精神科の治療を受けた記録はあるのですか？」

「それは現在調査中です」

消防隊長はわたしにメガホンを差しだした。

「交渉に当たっていただけますか？」

そのつもりでなければ現場までわざわざやってこない——危うくそう言い返すところだった。けれど黙っていた。研修期間中には、模擬交渉を何十回もこなし、またビデオ講習も受けた。そのうえで、危険が少ない仕事を何度か経験させてもらった。ただし、修羅場と言える現場で交渉に当たるのは今回が初めてなのだ。

消防隊長にそのことを知られるくらいなら、死んだほうがましだ。差しだされたメガホンを断ると、わたしはしっかりとした足取りで、待機した消防車両のわきを進んだ。そうして、犯人の男の視界に入る場所まで出た。

わたしの姿に驚いたのか、男は弾むように立ちあがった。

「火をつけるぞ！」男はわめいた。「一歩でも動いてみろ、火をつけてやるから！」

「ブリュノ、もう少し近寄らないと、話し合うことができないわ」

「なぜあんたと話し合わなきゃならない？　おれはあんたのことなんか知らないぞ！」

「言いたいことはわかるわ。わたしは医者よ。あなたを助けてあげたい……」

「おれには助けなんかいらない！」

ストップ！　これ以上動いちゃいけない。男のライターが左手から右手に持ちかえられたからだ。

「なぜそんなことをするのか、せめて話して……」

まだサーチライトが点けられていないのはかえって都合がいい。周囲で明かりを灯しているのは、隣接したショッピングセンターだけだ。ガラス窓の向こうで身を寄せ合っている人たちの様子が見てとれる。恐怖におののいて、パニック状態に陥っているようだ。

わたしの問いかけに男は反応しない。長い沈黙が続いた。ガソリンスタンドの後方には高速道路が走っていて、鈍いとどろきを発しながら車が行きかっている。薄明かりのおかげで、犯人の姿をなんとか見わけることができた。ひどく青白い顔をした、背の高い男だ。まだ若いのに、こめかみの毛髪が白くなっているようだ。こけた頬が、不精ひげのせいでいっそう青ざめて見える。古ぼけたジーンズ、汚れたブルゾンに、バスケットシューズといういでたち。あたりに立ち込めたガソリンの臭いが、ただならぬ雰囲気を強めている。

「ブリュノ……あなたなにか問題を抱えているの？」

「問題なんか抱えていない」

ガソリン缶のうえに腰掛けたまま、両手で頭を抱え込んだ。一見したところでは、錯乱状態に陥っているわけではなさそうだ。たんに絶望しているだけのようにも見える。ただしそのほうが、悪い結果を引き起すことがままある。

男が突然、顔を上げた。わたしは言葉をかけながら、少しずつ距離をつめていたのだ。

「近寄るな！」男は叫んだ。「おれのケツに注射しようって気なんだろうが、そうはさせないぞ！　全部ふっ飛ばしてやるからな！」

「そう苛つかないで」わたしは相手をなだめるように声をかけた。「とにかく話し合いましょうよ、ね？　あなたはそんなふうにして、ガソリンの海の真ん中に陣取っているけれど、なぜそんな振る舞いをするのか、教えてほしいものだわ」

「もううんざりなんだ、それだけのことさ。もう……たくさんなんだよ」

「なにがもうたくさんなの？」

「それがあんたになんの関係がある？」

「ねえ、わたしの姿が見えるでしょう？　もし火をつけたら、わたしもあなたといっしょにお陀仏だわ、なんの関係もないわたしが……。わたしがどうなってもいいというの？」

このとき突然、まわりの世界は消え去ってしまった。これまで身につけてきた精神分析の方法や、さまざまな手練手管、わたしなりに考えてきた仕事の秘訣、などはすべてどこかに消えてしまった。この世界で残っているのはこの男とわたしだけ。相手もそのことを理解したようだ。

「出ていけ」いかにも投げやりな口調で男は言った。「あんたが出ていくまで待ってやる。そのあとで火をつける」

「ありがとう。でも、あの人たちは……」

わたしはショッピングセンターに閉じ込められている人たちを指し示した。

「あの人たちはあなたになにもしていないわ。つまり……偶然居合わせただけでしょう？」

なんの反応もなかった。わたしはゆっくりと息を整えながら待った。それからまた、小声で話しかけた。

「さあ、ブリュノ、あの人たちを解放してあげて。なかには子供たちもいるわ……とにかく、あんなことしちゃいけないわよね……あなたはもともとそんなことができる人じゃない」

「あんたになにがわかる？」

「お見とおしよ。あなたはちゃんとした人だわ、ブリュノ。いい機会に恵まれなかったのね、きっと。でもあなたはやっぱり、ちゃんとした人だわ」

男は突然立ちあがり、体を震わせながら叫び声を上げた、ほとんど狂ったような口調で。

「そうじゃないんだ！　おれはちゃんとなんかしていない！　あんたはなにもわかっちゃいないんだよ！　おれはろくでなしなんだ！　とんでもないろくでなしなんだ！」

ライターのふたを開けるときの、カチッ、という音がした。わたしは心臓が縮こまるような心地がした。たちまち、冷や汗が噴きだし、シャツが背中に張りつく。このとき、メガホンを通して、だれかが怒鳴った。わたしたちが二人とも、思わず飛びあがってしまったほどの声だ。

「ブリュノ・ロメール、投降しろ！　最後通告だぞ！」

なんということだ。わたしたちの差し向かいの交渉はすっかり水をさされてしまった。思わずわたしは、声がした方角に怒鳴り返していた。

「黙っていてください！　わたしたちをそっとしておいて！」

　わたしはブリュノのもとに駆け寄る。相手が茫然自失しているのをいいことに、すぐ近くまで来た。今やはっきりと、彼の姿を見わけられる。艶のない顔色、若さに似合わず目立つしわ、それに手指の爪も黒ずんでいる。いかにもどん底であえいでいる人、という感じだ。ブリュノは週末だけこのガソリンスタンドで働いているそうだが、とてもそんなふうには見えない。最近は休みがちだったのだろう。わたしは彼に向かって微笑みかけた。

「こんにちは《ボンジュール》」

　当惑したような視線を向けてきた。

「どうしてこんなおせっかいをするんだ？」

「ライターをこっちによこして……あそこに閉じ込められている人たちを解放してあげましょう。そのあとコーヒーでも飲みましょう」

　わたしたちは、気がつくとほとんど体を寄せ合っていた。彼の口臭が漂ってくる。わたし自身、これが現実でないような感覚を抱いている。わたしはここでなにをやっているのか？　みじめな一人の男のために、どうして生命の危険を冒すようなことまでしようとしているのか？

「おれは、兄貴の妻とセックスしたんだ」ブリュノはとうとう、核心に触れる告白をした。

くだらない話だ。けれど、本人にとってはこれが、五十人殺すのを正当化するほど重い事実なのだから、笑い話のネタにしてはなるまい。

「あなた、彼女のことを好きだったの？」

その問いに対する答えはなかったが、彼の目は明らかに、そうだと言っていた。

「お兄さんは、そのことを知っているの？」

ゆっくりと首を振ってから、こう言った。

「女の子ができた。おれの娘ってわけだ」

「お兄さんはそのことも知らない？」

「知らないはずだ。兄貴は自動車修理工場のオーナーで、ソランジュという娘がいる。いい男だよ、兄貴は。おふくろは、おれが役立たずだって言う。そりゃそうだ。なにも為《な》したことがないんだからね」

「女の子はべつにしてね。その子はあなたの子なんだから」

「………」

「あなた、愛しているの、お兄さんのこと？」

ブリュノはうなずく。つまり、兄を愛している。おそらく自分自身以上に。そして、それこそが最も危ないことなのだ。

「……どうしても打ち明けられないんだ。どうしてもね。兄貴にとほうもない打撃を与えることになるからね。だからおれは、ろくでなしだってわけだ、正真正銘のろくでなしだ」

《携帯電話使用禁止》という貼紙がしてあるけれど、わたしは携帯を取りだして電源を入れた。

「これでお兄さんを呼びだしなさい。ここにあなたを迎えに来るようにって。それからどこか落ち着ける場所に行って、三人でじっくり話し合いましょう」

「警察が、おれを放っておかないだろうよ。おれは逮捕される……」

「とりあえず、三人でコーヒーを飲むことにしましょう。それまでは警察に手出しさせないわ。約束する。さあ、電話して。お兄さんに、一人でここへ来るように言うの」

警察官たちは、わたしがなにをしているのかと訝《いぶか》しんでいるだろう。今にも飛びだそうという殺気立った気配が、背後にありありと感じられる。

ブリュノはわたしをじっと見つめている。もうずいぶん前から、希望が失せてしまったような視線だ。今の彼のような落ち込みようだと、なにかを信じたいという気があっても、信じる対象を見いだすすべがなくなってしまうものなのだろう。

「すると、おれがここでやったことはなんだったんだ?」力なく、虹色の水たまりを示しながら言った、「全部、無駄だったってことか?」

「あなたは少なくとも、人殺しにはならなかった。それだけでも大したものだわ」

ブリュノはとうとう、ショッピングセンターの鍵をよこした。すっかり打ちひしがれた様子だ。ただし、わたしとしては任務を成功裏に果たしたという気持ちからはほど遠かった。わたしはなんとか、彼に兄の電話番号をプッシュさせた。その間待機している警察官たちには、しばらく動かないでいてくれとそれとなく合図をした。警官たちは動いてはならなかった。ブリュノはまだライターを手にしているのだ。

「もしもし、パスカルか？……ブリュノだ……なあ、パスカル……話さなくちゃならないことがあるんだ。パスカル……おれはこれから自殺する……」

汗が彼の顔をつたっていた。突然嗚咽《おえつ》にとらえられて、彼は携帯電話を落としてしまった。わたしはあわてて携帯を拾いあげ、今ここで起っていることの詳細を、ブリュノの兄に話した。ブリュノはがっくりと膝を落としている。わたしはそっと、まだ彼が手に持っているライターを取りあげた。するとたちまち、このときをうかがっていた警察官たちがわたしのもとに殺到した。あっという間に、わたしから鍵を奪い取る。

なんということをしてくれる。思わずカッとなって、うしろを振り向いた。三十歳代くらいの男がいた。ダークグレーのスーツがいかにも窮屈そうな、運動選手並みの肩幅をした男。階級の高い警官だとすぐにわかった。

「この人は患者さんで、わたしは医者なんですよ、わからないですか？」

「ここから先は私ども警察の仕事です、ドクター」

「あなたはどなたですか？」

「スダン警視です。私が作戦を指揮しています」

「それじゃ、警視さん、人質の方々をよろしくお願いします。この人のことはもうしばらくわたしにまかせてください」

「……」

警視ほどの地位になると、だれもが丁重に話しかけてくるのが当り前と思っているのだろう。もちろん、わたしの話しぶりは丁重とは言い難かった。スダン警視はわたしを探るように、鋭い視線を投げかけてきた。まるで、わたしの姿を脳裏に刻みつけようとしているかのようだ。きっとわたしの姿は、スキャンされるみたいにどこかのディスプレーに映しだされつつあるのだろう。けれど、そんなことはこの際どうでもよかった。警視の心の動きに興味を抱けないほど、わたしは気持ちの余裕を失っていた。むしろわたしは、自分の手の震えを、この男の目からなんとしても隠しとおしたい。そのことだけを思っていたのだ。

「十五分だけ、時間をあげましょう」警視はそう言うと、遠ざかっていった。


しばらくすると消防隊長が、一人の男を連れてきた。まさしく、ブリュノのクローン人間ではないか。わたしは呆気にとられて、思わず声を上げていた。

「あなたたちは、双子なの？」

一卵性双生児。どう見ても瓜《うり》二つだ。

ブリュノが顔を上げた。視線が心なしか優しさを帯びているように見える。いっぽう兄のほうは、目の前にいる人物が弟だとは信じられないみたいだった。仕立てのよい服を着て、手首には銀の鎖までちらつかせている。育ちのいい男特有のしなやかな物腰だ。

「ブリュノ、おまえ、なにをしでかしたんだ？」

奇妙なことだが、彼はわたしのほうに目を向けながら、この問いを投げかけた。だからわたしも、彼に向かって微笑みを投げかけてやった。ただし、いかにもお役人ふうな、飛びきり冷たい微笑みを。それから、わたしは言った。

「警察署に行く前に、弟さんがあなたと話をしたいそうです。さあ、三人でコーヒーでも飲みに行きましょう」

スダン警視の指図で、制服警官の一人がわたしたちといっしょにカフェテリアまでついてきた。あんな騒ぎがあったあとだから、カフェテリアに客は一人もいない。あたりに漂うガソリンとドライアイスの悪臭が、閉じ込められていた人たちの汗の臭いと混じり合って、息をするのも苦しいくらいだ。その場には、解放された人たちが抱いた恐怖の余韻が、まだ濃厚に立ち込めていた。

制服警官が立ち去ったあと、わたしたちは薄暗い店内に取り残された。あたりの臭気はいっこうに払拭されていない。こんな最悪な場所にいて、わたしは複雑な思いにとらわれる。結局、だれもわたしのこめかみにピストルを向けはしなかった、こう命令するために。《ヴェラ、診療所なんかやめてしまえ》診療所——つまり、医師が自由な活動を実践できる城のような場所——は、わたしにとって聖域に等しいものだった。なのにわたしは、すんなりと、自分の意志で診療所をやめたのだ。救急精神科医になるために、そんなふうに宗旨替えをしたからには、こうした殺伐とした場所で幾多の夜をすごす覚悟をしなければなるまい。その際つねに、この世のどん底に堕ちた人たちと向き合わねばならないのだ。今わたしが担当しているブリュノ・ロメールのような人物と。彼みたいな人たちを、世間は漠然と〝悪〟の範疇に入れているけれど、だれだって歯車が一つ狂えばそういう立場に陥るのではないのか。

さて、パスカルとブリュノはテーブルをはさんで向き合いながら、じっと見つめ合っていた。いや、ブリュノのほうは、すっかり打ちひしがれて、あらぬ方角に視線を釘づけにしていた。それに反してパスカルは、弟に疑い深そうなまなざしを注いでいた、弟の自分に対する愛情など知らぬかのように。

「いったいどうしたというんだ？」とうとうパスカルは口を開いた。「どういうわけでこんなことになったんだ？」

夜も更けた時分に、三面記事に載るような事件に巻き込まれて、兄はひどく気分をそこねているようだった。善良な市民としては、ホームレスみたいな身なりで馬鹿げたことをしでかした弟に対して、恨みしか抱けないのだろう。それはわからないでもないが。ブリュノが黙っているので、パスカルはもの問いたげにわたしのほうを向いた。わたしはもちろん、口を開かなかった。

「……ジョスリーヌとおれは」突然、ブリュノが話しはじめた。

「なんだって？」

「ジョスリーヌとおれは……ソランジュは……」

「ジョスリーヌかソランジュか、いったいどっちを話題にしたいんだ？」パスカルはうんざりしたように顔をしかめた。

彼はこの場を立ち去ろうというそぶりを見せたが、出入り口の前に待機している制服警官の姿を目にして、考えを変えたようだ。ともかく、弟が最悪の事態を引き起こすことだけは避けられた。この際家族のゴタゴタにケリをつけてしまいたいとでも思ったらしい。一つため息をつくと、弟に先をうながすそぶりをした。

「ソランジュはおれの娘なんだ」ブリュノは口ごもりながら言った。

沈黙。ちょっと鼻を鳴らしたあとで、パスカルはきっぱりと言った。

「知っていたよ」

弟のほうは、これを聞いて椅子から転げ落ちそうになった。

「彼女がしゃべったのか？」やっとのことでそう言った。

「すっかり忘れてしまったのかい」パスカルは言った。「兵役に行ってたときに、おれがおたふくかぜにかかったのを憶えているだろう？……ああ、そうだったな、おまえは兵役には行かなかったんだな……つまり、あれが原因で、おれは子供をつくれない体になったんだ。だから娘が生まれて、その子がおれに瓜二つだと気づいたとき、おれにわかることは一つしかないだろう？」

2

　とにかく、終わった。空はいつの間にか白んでいる。闇のなかで目立っていた明かりは、今や鈍い光を放っているだけだ。地面に張りついたドライアイスは、粘ついたスポンジ状の絨毯《じゅうたん》と化している。わたしは鼻水を抑えながら、足元の冷たさに耐えていた。ブリュノは連行され、今警察車両に乗り込まされたところだ。いっぽう兄のパスカルは、自分で運転してきたアウディに乗り込む。対照的な姿。兄は弟に対して、一瞥もくれなかった。

「待ってください」わたしは立ち去っていく警官たちに声をかけた。

　警官たちが振り向く。彼らも疲れているのだろう、皆青ざめた顔色をしている。

「手錠はやめてください。その人はもう、危険ではありませんから……」

「危険ではないって？」制服警官の一人が顔をしかめながら言った。

「おっしゃるとおりかもしれませんが、われわれのやり方がありますから」もう一人の警官が不満そうに言った。

現場の警官からすれば、どうして犯人との交渉を一人の精神科医にまかせなければならないか、わからないにちがいない。しかもよりによって、秘密厳守で患者を売るようなことをしない〈精神科医派遣センター＝ＣＩＰ《サントル・ダンテルヴァンシオン・プシキアトリック》〉所属の精神科医に依頼するとは。そもそもＣＩＰの電話番号は、警察や消防の責任者、それに病院関係や社会福祉施設などしか知らないことになっている。

ふと気がつくと、目の前にスダン警視が立っていた。太い眉の下に沈んだような目が、きらきら輝いている。夜明けのどんよりした光のなかだと、階級が高いわりには、顔だちは若く見えた。

警視はたぶんわざと、ブリュノの乗った警察車両がわたしの視界に入らない位置に立ったのだ。病気の犬が薬殺される場面をわたしに見せないためでもあるかのように。

「率直に申し上げましょう、ドクター。先ほどのあなたの働きは、申し分ありませんでした。ドクター・フェーヴルだったら、こううまくはことが運ばなかったでしょうね。ご出張だとうかがいましたが……」

「ええ、わたしはフェーヴルの代役です」

そっとわたしの腕をとると、スダンは歩きだした。わたしの車のところまで連れていってくれる。わたしはなんだか体の力が抜けて、彼の手を振り払う気も失せてしまった。本当はそれくらいのことをすべきなのだが。わたしはブリュノのほうに手で軽く合図をした。気づいてくれただろうか。ともかく、これで任務は終わった。やはり任務を終えた消防士たちが、今黙々と機材の片づけをしている。任務を終えたという点では、わたしだって彼らとまったく同じ立場だ。

「逮捕後、ブリュノはどうなるのですか？　ちゃんとした治療を受けさせるべきでしょうね。いずれ社会復帰できる人だと思いますけれど……」何気なく、訊いてみた。

スダンはそれには答えず、ただじっと、灰色の瞳をきらめかせながらわたしのことを観察していた。どうやら、わたしがどんなカテゴリーに属する人物か、値踏みしているようだ。動物的人間か、植物的人間か？　そんなようなことだろう。

「お疲れのようですね、ドクター。お宅までお送りしましょうか？」

「いいえ、大丈夫です。自分で運転していきますから」

わたしの実質的に初めての出動は、こうして成功裏に終わったわけだが、それを誇らしいと思う気持ちはまるで抱けなかった。一つの仕事をなんとかやり遂げたという満足感は多少あるけれど。これからすぐにCIPの事務所に戻って、今終えたばかりの仕事に関する報告書を作らなければならない。わたしが帰宅したあと、報告書は日直の同僚によって仔細に検討され、分類されることになる。CIPでは、六人の精神科医が昼夜交代で仕事を分担している。同じく六人の看護師もいる。わたしたちがたった六人で、パリの北東にある二つの県を担当していることを知る者はほとんどいないだろう。パリ北方の外環自動車道からグサンヴィル、オーネー、ヴィルパント、さらには住宅地のブリ＝シュル＝マルヌ、ヴィリエ＝シュル＝マルヌ、シャンピニー……車の走行距離は何十キロにも及び、ストレスはたまり、さまざまな不便を我慢し、眠れない夜が続く。けれど、そんななかで、わたしは自分がまぎれもなく存在していると感じる。なぜそう感じるのか、今のところわからないのだが。

　帰宅したときに受け取る留守番電話のメッセージなんて、ふつうの人だとせいぜい一件か二件だろう。だから留守電機能付きの電話機は、持ち主にとって無用の長物に等しい。なかには、必要とされていないのを嘆く人もいるかもしれない。けれどそういう人たちは、自分が幸福な立場にいることを知らないのだ。それに反してわたしのところの留守電は、もともと有能な秘書がアンフェタミン（覚醒剤の一種）を服用したようなものだ。あらゆる言語のメッセージをため込み、ボタンを押すと、得意げにそれらを吐きだす。まるで、持ち主など軽蔑しているかのように。今朝、うちの留守電には八件のメッセージが収まっている。決して多くない数だ。けれど疲れはてている身にとっては、不当に多いと言うべきだろう。メッセージを聞くのはあとまわしにして、一服することにした。サーモンをあえたスクランブルエッグと、数カ月前にマークス＆スペンサー（英国系の流通大手）で購入した缶入りのオニオンスープ。お決まりのパターンだ。

　卵をスクランブルしはじめたとき、電話が鳴った。毎度のことだ。いつもこういうときに電話してくる人間がいるのだ。電話してきたのは従兄弟《いとこ》のテオだ。テオは数カ月前に、家族や親類との縁を切った。わたしをのぞいて、みんな馬鹿で、間抜けで、吐き気をもよおす人々なのだそうだ。

「メッセージを聞いてくれた？」いきなり切りだしてきた。

「今帰ったところよ」

「こんな時間に？　やっぱり、診療所をやっていたほうがよかったね。ずっと楽な仕事ができたのに」

「楽な仕事に飽き飽きしていたとしたら？」

「アンジェル叔父の穿孔機《せんこうき》が必要になったんで、貸してほしい」突然テオが言いだした。わたしのことなんか、もうどうでもいいらしい。

わたしは自分が間違っていたのに気づいた。テオがわたしのことを本気で心配してくれるはずがないのだ。こっちの気を引くために、診療所の話なんか持ちだしたのだろう。なにしろカブラル家の人々ときたら、仕事があればあるだけ一人の人間――たいていの場合、それはわたしなのだが――に押しつけようとする。その結果として、大量の留守電メッセージが残されるのだ。

「穿孔機は、今うちにはないわ」わたしはあくびをしながら言った。

「わかってる。そいつはきみの実家にあるはずだ。きみのお父さんが、キッチンを改装するときに使ったからね。このつぎ実家に帰るときに、借りてきてくれよ。できれば、今日行ってくれるとありがたいんだけど……」

「自分で行きなさいよ！　わたしにはほかにすることがあるんだから！」

「ぼくはきみの両親とも縁を切ったんだから、会いに行くわけにはいかないんだよ。ねえ、頼むよ、あれがどうしても必要なんだ。パートナーのロラン（男子の名）がね、週末までに本棚を造りつけてくれないと、部屋を出ていくって言うんだよ」

「あなたたちの関係が、たかが本棚のあるなしに左右されるとは、呆れたものだわね」

「ぼくは今、生まれて初めて幸福なんだよ、ヴェラ！　きみならわかってくれるだろう？」

「オーケー、オーケー、わかったわよ。すまないけど、今日のところはこのくらいにして。これから眠らなきゃならないの」

「ねえ、ヴェラ？」

「まだなにかあるの？」

「きみにもぼくと同じことが起るといいな。大いなる愛、人生で真実と言えるのはそれだけだよ」

「そうね。いずれまた電話で話しましょう」

　卵は干からび、オニオンスープはすっかり冷めてしまった。おかげで、食べる気がしなくなった。ベッドに直行することにする。しかたがない。今日の午後、ＣＩＰの事務所に出勤する途中にでも、実家のアパルトマンに寄って穿孔機を借りてきてやろう。

　実家に着くと、すでに夕食の準備が始まっていた。妹のローズマリー――わたしたちの六番目のきょうだい——、夫のマクサンス、それに三人の子供たちは、すでに食卓に身を落ち着けている。

「おや！」わたしが入ってくるのに気づくと、母は声を上げた。「ヴェラに訊くしかない問題だね！　それが仕事なんでしょう、え？」

なんとなく、怪しい空気が感じられた。うちの家族の者はどうやら、わたしの精神科医としての経験をひどく買いかぶっているらしいのだ。だから、いきなり相談事を持ちかけられたりすると、つい身構えてしまうのは致しかたないところだ。今しがたまで母と議論していたのだろう、ローズマリーはほてった顔をわたしに向けた。父とマクサンスは、固唾《かたず》をのんでことの成りゆきをうかがっている。

「メラニーがね、豊胸手術を受けたいって言っているの！」ローズマリーはまくしたてた。

わたしはテーブルにつく気がなくなってしまった。もちろん、母がせっかく出してくれたケーキと紅茶にも手をつけない。わたしたちは、父母を同じくする七人きょうだいだ。我が強く、誇り高い者ばかりだから、ふだんから諍《いさか》いが絶えないが、今までどうにかこうにか、致命的な争いを起さずにすんできた。ローズマリーが話題にしたメラニーというのは、十八歳の少女で、兄のディディエの娘、わたしにとっては姪に当たる。わたしはつねづね、「神が造り給うた、云々」という問題には首を突っ込むまいと思っている。新しい仕事を始めたばかりで、自分自身に自信を持てないときにはなおさらだ。

「それはあの子の権利というものでしょう！」いつになくきつい口調だ。ローズマリーの意見はそういうことらしい。

わたしとしては、母と妹のどちらの肩も持ちたくなかったが、とにかく用件を切りださなければならない。

「ローズマリー、あなたの意見には賛成だわ。ところで、お父さん、アンジェル叔父さんの穿孔機を借りたいんだけど……」

「なんですって？」母がかん高い声を発した。「あんたは心理学者でしょうに、なのにこんな蛮行に賛成するというの？　あんたの兄さんのディディエに内緒で、神様からもらった体にメスを入れるようなことに？」

「ヴェラは精神科医よ、お母さん」ローズマリーが皮肉な口調で訂正した。

「そんなの関係ないでしょう？　それが、姪を肉屋の手にゆだねる理由だというの？」

母は目をらんらんと輝かせながら叫んだ。「だれのお墨付きを得て、そんなことを言うの？　精神医学とかなんとかいう、あんたの腐った学問を根拠にして？　さあ、言ってごらんなさい！　あたしを納得させられるだけの根拠があるなら、ぜひ聞いてみたいものだわ」

母の口調はいかにも、自分を納得させられる根拠なんかあるわけない、そう言っているようだ。わたしには、母と口調を合わせる気などない。

「お母さん、それはわたしにはどうでもいい問題だわ。それより、今日は、アンジェル叔父さんの穿孔機を借りに来たの」

それから、ローズマリーにも、

「わたしは、メラニーがやりたがっていることに賛成しているわけじゃないわ。ただ、あの子にはそうする権利があるって言っただけ」

「あら！」さっそく、母はまくしたてた。「それじゃ、全然違う意見じゃない！　ヴェラだって賛成していない！　あたしと同じく反対ってわけね」

にわかに猫なで声になって、

「なにを貸してほしいって？　アンジェル叔父さんの穿孔機？　マクサンス、あなた、探してきてくれる？」

「ぜひ貸してやりたいところだが」このとき父が口をはさんだ。「わしのところの道具入れをあんまり引っ搔きまわしてほしくないものだな」

「あなたの道具入れのなかに、なにが残っているというの！　穿孔機すら、アンジェルから借りなきゃならないのに！」

「わたしが自分で探しにいくわ」そう言い残して、わたしは廊下に出かかった。すると、ローズマリーがあとから追いかけてきた。どうやら気分をそこねているようだ。わたしに向かって言い放った。

「いつの間にか反動主義者になったのね、ヴェラ。そんな言い草を聞いたら、だれだってあなたが正常だって思うわね！」

わたしは凍りついた。穿孔機なんかもうどうでもよくなった。

「どういうこと？」そう言うのがやっとだった。

カブラル家では、言い争いのあとで沈黙が長引くほど、諍いは深刻化するのだ。そう相場が決まっている。

両親は黙りこくった。母の視線がわたしに注がれる。苦しげな、懇願するような目つきだ。いつもどおり、母の代わりにあのときのショックを引き受けるのはわたしなのだ。生まれたばかりの我が子と対面したときに抱いた恐怖。そのときの赤ん坊というのは、このわたしだ。母の苦しみは、わたしの苦しみでもある。そして、生きていくかぎりは、母と同じ恐怖をわたしも感じつづけることになるのだろう。

ローズマリーは、わたしから視線をそらしながらつぶやいた。

「するというと、あれはやっぱり本当なの？　お医者さんのところに行けばなんとかなるのに、そのままでいるほうがいいってわけね！　あなたがその気になりさえすればいいって、お母さんは言っているけど……」

わたしは妹のことをじっと見つめた。これほど心を傷つけられている自分にいささか驚いて。けれど、わたしは自分が何者か知っている。いや、精神科医である以上、自分について知らないことはないつもりだ。ローズマリーの言葉は確かにこたえたが、わたしにこれ以上のダメージを与えることはない。そうではないか？　母がすべてを打ち明けるはずはないのだから。わたしは反撃してやった。

「あなたこそ最近変わったじゃない。前は口が悪いだけの女だったけど、今じゃ立派な売女《ばいた》だものね」

帰りぎわ、ドアを閉めようとしたとき、母の苛ついた声が聞こえてきた。

「ほら、ごらんなさい！　なにも食べないで帰ってしまったわ！　ありがとう、ローズマリー、あんたのおかげよ！　さぞかし満足でしょう？」

3

ガソリンスタンドの事件は首尾よく解決した。そして、翌日の夜にはもう、わたしは通常の勤務につかなければならない。それはそうだ。スタッフを遊ばせておくために雇う者などいるわけがない。CIPには、医師を派遣してくれという依頼の電話がひっきりなしにかかってくる。しかも、その晩、わたしは二時間早く当直勤務につくことになった。同僚のエレーヌとジェロームが、フランス競技場に緊急出動したせいだ。サン＝ドニのフランス競技場で、暴徒化したフーリガンが観客をパニックに陥らせ、二人の死者と数十人の怪我人が出たという（被害者の精神面をケアするのがわたしたちの仕事なのだ）。超過勤務を命じられたからといって、そのこと自体はべつにどうと言うことはない。ただ一つ、やっかいな問題がある。シェイラの存在だ。狭い事務所で彼女と顔を突き合わせていなければならないと思うと、憂鬱な気分になる。

電話交換台の前に座っている、体重八十キロの巨体が目に入るだけでもうっとうしい。本来なら、電話で派遣依頼を受けて、待機している医師を派遣する、それだけがシェイラの仕事のはずだ。だが実際には、ちょっとした権力を手にしている。当直の精神科医のなかで、だれがいちばんその事件にふさわしいか判断するのは自分だという、固い自負を抱いているのだ。ただし彼女の判断は、往々にして気まぐれに左右される。結果として、だれかが車の長距離運転を余儀なくされ、だれかが一時間よけいに眠りをむさぼることになる。ときに頭ごなしに命令し、ときに紛糾を一刀両断に解決する。相手によって微笑とふくれっ面を使いわけるかと思うと、こんな仕事のせいで不眠症になってしまったなどと、延々と愚痴って周囲をうんざりさせる。ようするに、シェイラの虫の居どころが悪ければ、わたしたちの生活はたちまち地獄と化すというわけだ。そして、わたしが新入りだというだけで、わたしを地獄に落とすのがシェイラのただ一つの目的らしい。今のところ、その目的は見事に果たされている。

くだらない、ちょっとした任務を終えて、わたしは事務所に帰ってきたところだった。そもそも、依頼者と電話で話せばすむ用件だったのに、シェイラが現場に医師を派遣すると請け合ってしまったのだ。きっと、わざとそうしたのだろう。わたししかいないのだから、わたしが行く羽目になった。けれど、そのことで彼女を非難するのは控えたほうがよさそうだ。前日ガソリンスタンドの事件を解決したことで、シェイラとの関係が少しはよくなるかもしれないという期待感も抱いていた。だから、ここでことを構えるのは得策ではない。そう判断したのだ。

「またまたわたしの出番、ってわけ?」わたしはドアを開けるなり、おそるおそる尋ねた。

シェイラはそのとき電話中だった。当然、CIPから医師を派遣してくれという依頼なのだろう。けれど、彼女の様子からすると、依頼を断ろうとしているようだ。仕事をじゃまされたときみたいにきつい目つきをして、額にしわを寄せている。

受話器を置くまで待った。

「……やっかいな問題だわ」わたしの前を通りすぎながら、いかにも不機嫌そうに言った。

わたしは黙って煙草に火をつけた。シェイラは廊下をのぞきに行った。わたし以外の医師たちが帰ってくるのを待っているのだろう。明らかに、わたしより彼らのほうをひいきにしているのだ。ただし彼らは、当分帰ってはくるまい。

「エティエンヌはまだ帰らないの？」シェイラが看護師の一人に尋ねている。

「トイレにでも隠れているんでしょう」わたしは当てずっぽうを言った。

「ふざけてる場合じゃないのよ、ヴェラ。自殺しようとしている人がいるの」

「じゃあ、わたしにまかせてくれればいいじゃない」思いきり皮肉をこめた口調で言ってやった。

他人をいらいらさせて楽しむためならどんなことでもやる。そういう人間がどこまでやるか、ときどき観察してみるのは興味深いことだ。

「ねえ、ヴェラ、エティエンヌがあなたと同列だなんて思わないで……」

「シェイラ、わたしが新入りだからって、そういう嫌がらせはいい加減にして。さもないとわたしだって、あなたをくびにする方法を考えるわよ」

「マスコミが大騒ぎしそうな事件なのよ！」相手はいつの間にか金切り声になっていた。「ポール・ベルモン代議士の奥さんが飛び降り自殺しようとしているの。彼女は今屋根のうえだわ！」

「じゃあ、なにをぐずぐずしているのよ？　飛び降りるのを待っているの？」

いずれテレビで事件の成りゆきがわかるだろうと、シェイラはとげとげしい口調で請け合ったが、わたしとしてはこんなときほど冷静にならなければいけない。やれやれ。だれとでも仲よくするというのは大変なことだと思い知らされる。


白のルノー19に乗って、わたしは現場に向かった。車は無線機を装備しているので必要な情報は得られた。自殺を図ろうとしているのは、セリーヌ・ベルモンという、四十三歳の女性だ。ポール・ベルモン代議士兼市長（フランスでは国会議員が自治体首長を兼務できる）の妻で、三年前に、悲劇的な事件のため子供を一人亡くしている。その後うつ病を患い、プロザック（抗うつ剤）の処方による治療を受けているそうだ。わたしは専門家だから言えるが、おそらく効果の薄い治療だろう。

二十分後には、代議士宅の広大な敷地内に車を乗り入れていた。ブルジョワ風の館がそびえ立ち、室内の明かりが煌々《こうこう》と照っているさまは、まるで芝居の書き割りのようだ。

芝生の真ん中には長方形のプールがあって、青緑色の水がきらめいている。わたしはすぐに、屋根の張り出しのうえでふらついている女性の姿を認めた。ロングドレスのすそが風でひらひら揺れている。たった一人でそこに取り残され、自分でもどうしていいかわからないという感じだ。ここに来るまで予想もしていなかったが、夜会服を着た人々が多数いて、この光景を固唾をのんで見守っていた。シャンパングラスを手にしたまま、皆苦しそうに顔をうえに向けている。車が砂利をきしませる音を聞くや、庭に出た人たちがいっせいに、わたしのほうに視線を向けた。なんだかぎこちない首の動かし方だ。なぜかわたしは、ヴァンセンヌ動物園のアメリカラクダが、一頭残らずここに押しかけてきたかのような印象を抱いた。

二台の覆面パトカーが、薄暗いパーキングの隅にひっそりと停まっている。そのかたわらに肩幅の広い男が立っている。スダン警視だとすぐにわかった。スーツ姿の刑事二、三人と、なにやら話し込んでいる様子だ。わたしが車を乗りつけたとき、冷ややかな顔をこちらに向けてきた。わたし自身も冷ややかな表情をしているのを、彼らも敏感に感じ取ったにちがいない。

こういう場合、優雅に、すばやく、車から降りるにこしたことはない。けれど、壊れかかったシートベルトをはずすのに五分近くもかかってしまった。職員に使わせる車をこんな状態のままにしている、CIPのケチさ加減を呪いながら、やっとの思いでルノー19の外に出た。スダンはトランシーバーで同僚と話しながら、目の端でわたしが近づいてくるのを見つめている。それから「こんばんは《ボンソワール》」と短くあいさつした。

「ごらんになりましたか？」すぐに訊いてきた。「彼女は今日というこの日を選んだのですよ！　よりによって、招待客のなかにマスコミ関係者が含まれているときにね。こういう場合、最大限慎重にことを運ばねばなりません」得意げにまくしたてるような口調だ。

「ご安心ください」わたしはささやくように言った。「わたしのほうからマスコミの注目を引くようなことはいたしませんから。例えば、女のわたしが放屁するとか」

言ってしまってから後悔した。つい口を滑らせてしまった。スダンの話しぶりにうっかり乗せられてしまったようだ。当然のことながらスダンは、好奇心と反感の入り混じったような視線を向けてきた。

「ちょっと警告しておきたかっただけです」彼はそっけなく言った。「で、これからどうやってことに当たるおつもりです？」

「わたしの知るところでは、飛び降り自殺を防ぐ方法は一つしかありません……」

「それはどんな？」

「現場に赴いて、できることをする。ただそれだけです」

通りすがりに、彼の足をわざと踏みつけてやった。そしてまっすぐ、邸宅のほうに向かった。肩越しにこう言うのを忘れなかった。

「招待客の人たちを出ていかせてください。チーズだけで、デザートはご遠慮ください、とでも言ってね……」

とにかく、すばらしい館だ。飾りつけは洗練されている。奇をてらわず、人に安心感を与える効果のある装飾だ。わたしはクリーム色の絨毯のうえに足を踏みいれた。周囲の壁布やカーテンも、ベージュとピンクで統一されている。そこかしこに小卓が置かれ、骨董品が飾られていることもある。けれどわたしは、こういった雰囲気のなかに、なんとなく気取っていて、不自然に感じられるなにかがあると思った。今、この館の屋根のうえで、一人の女性が感じている絶望の深さとは、いかにもそぐわないなにか。やたら幅広い階段を登りはじめると、わたしはふと、この家の家具調度はきっと、プロの室内装飾家によって選ばれたのだろうという感を抱いた。あるいは、ベルモン夫人とはべつの女性の趣味によって選ばれた可能性もある。

三階まで登ったところで、セリーヌ・ベルモンが抜けだした窓は察しがついた。屋根裏部屋の窓だ。さっそく小階段を登っていく。とにかくしゃべって、相手を言いくるめることだ。さしあたって、わたしにはそれしか方法がないのだから。

「マダム・ベルモン、わたしはドクター・カブラルです……警察に頼まれてやってきました。下ではみなさんが、あなたのことをとても心配しています……」

少しでも相手に近づこうと、窓枠をまたいだ。ベルモン夫人を少しでも間近に感じることが大事だ。空虚と向き合って、彼女が感じている恐怖と魅惑。わたしも同じことを感じる必要があった。

下からは車のドアを開け閉めする音が聞こえる。招待客の車が屋敷をあとにしていくのだろう。しばらくそれが続いた。やがて静かになった。さっきあれほど輝いていたプールの水面も、今はすっかり光を失っている。

「心配しないで。これ以上近づかないから……ただあなたと話したいだけ……あなたを助けるためにね……」

初めて、わたしのほうを振り向いた。

「わたしは人生を変えたいの」夫人はささやき声で言った。

「自殺するというのは、人生を変えることじゃなくて、生きるのをやめることだわ」

反応はなかった。もちろん、わたしはあきらめない。人生なんかいくらでもやり直せる、人生を変えるために自殺するなんて愚の骨頂だ——そう説きつづけた。

今やわたしには、夫人が白日のもとにいるようによく見えた。背が高くほっそりした体形だ。肩紐で吊られた、黒い絹のドレスのすそは足元まで伸びている。小ぶりな胸にはブラジャーをつけてはおらず、かわりにとても美しい装身具が襟ぐりを飾っている。たぶん夫が、無理やりそんなものをつけさせたのだろう。髪の毛が短くカットされているせいで、しなやかなうなじがむきだしになっている。

「どうして、あなたが自分で家具や装飾品を選ばなかったの？」わたしはしばしの沈黙のあとで、そう尋ねた。

最初の目標はクリアできたようだ。夫人はふたたび、わたしに目を向けた。驚きを隠せない様子だ。わたしは相手に微笑みかける。

「見ればすぐにわかることだわ」わたしは言い訳しているかのような口調で言った。

「ここはわたしの家ではないの」

「ここはあなたの人生を送る場所でもない……でも、あなたはここを出ていくことができる。そうすれば自殺する必要なんかないわ」

わたしはこうして、窓枠の縁にしがみつきながら、夫人の注意を引きつけるのに成功した。ゆっくりと、彼女は話しだした。無意識に言葉が湧き出てくるみたいだ。空虚。安らぎ。死以外に行き場がない――そんな言葉がちりばめられている。言葉そのものはどうでもいい。ただそれらの言葉は、わたしたちの間に橋を架ける役割を果たしてくれた。

下には、二台の警察車両が相変わらず停まっているのだろうか。男が何人かいて、トランシーバーで外部と連絡を取り合っているようだ。勝利が手の届くところに来ていると感じはじめた。とにかく、夫人には、そこを出れば生きられる出口があることを示してやらねばならない。

「セリーヌ、難しいことなんかなにもないわ。あなたはわたしといっしょに下に降りて、わたしの車に乗り込めばいいの。もうここへ帰ってくる必要はないし、旦那さんに会う必要もない。過去と縁を切ることができるのよ。過去のために自殺することなんかないの。あなた、怖いの?……なにが怖いの? 旦那さんがそんなに怖い?」

相手のまばたきが増し、息づかいが速くなる。これはむしろいい兆候だ。

「法律上、旦那さんは、わたしがあなたを連れだすことに異を唱えられないわ。だから、わたしの車に乗ってしまえば、あなたが行きたい場所に行けるのよ。それは保証する。お友達のところでも、ホテルでも、どこにでも。そのあと、あらためてわたしのところ――CIPで会うことにしましょう……」

ベルモン夫人のかすかな震え。夜の空気が心なしか温かくなってきたようだ。彼女に生きる勇気が戻ってきた。そんな感じがする。彼女はこちら側に引き返そうとしている。引き返すのは時間の問題だ。下で待機している警官たちのことはもう気にならない。あとはこの女性を、確固とした地上に連れ戻すだけ、そのことだけを考えればよかった。

「セリーヌ……わたしの手をとって……いっしょに階段を降りて、わたしの車に乗り込みましょう。あなたからはなにも説明する必要はないわ。わたしが携帯で警察の人たちに話すから。セリーヌ……簡単なことよ、請け合うわ」

ゆっくりと、夫人はこちらに顔を向けた。彼女に手を触れるにはまだ遠すぎたが、わたしはその距離を少しでも狭めようと腕を伸ばした。彼女はこちらのほうに、一歩、また一歩と足を踏みだす。傾斜しているスレート葺《ぶき》の屋根のうえで、慎重に体を安定させようとしている。そのとき、突然、彼女の両目が恐怖でカッと見開かれた。わたしは思わず大声を上げた。

「セリーヌ！」

なんとか体勢を立て直そうと、不自然に体をよじらせたものの、結局バランスを崩し、大きくぐらついたと思うとまっ逆さまに落ちていった。虚空に吸い込まれるように。屋敷を取り巻いている舗石のうえに、人の体がぶち当たる鈍い音が響き渡った。思わず目を閉じた。

すぐ我に返った。サーチライトがまわりを明るく照らしている。セリーヌ・ベルモンのみじめな死体が横たわり、死体を男たちが取り囲んでいる光景が目に浮かんだ。

4

いったいなにが起ったのか？　自分から飛び降りたのではない——そんなはずはない！　夫人が落下するときの表情。目を大きく見開き、口を開けたのは、明らかに死ぬのが恐ろしかったからだ。あの表情には、彼女の全人生が凝縮されていた。彼女は、あの時点ではもう自殺する気はなかった。それは間違いない。飛び降りるのをあきらめたそのときに、体のバランスを崩した。まさにそのとき悪運が取りついた、とでもいうように。なにかにつまずいたようには見えなかった。両足は、屋根のうえにしっかりと据えられていた。履いていたサンダルの踵はほとんど平らで、細い革紐でくるぶしにしっかり結びつけられていた。黒いエナメルを塗られた、最近はやりのサンダルだ。たぶんシャネルだろう。高級ブランドの履物とドレスを身につけていながら、最後は神に見放され、庭の砂利のうえにぼろ屑みたいに投げだされている、一人の女の体。あまりにもみじめだ。

やり場のない怒り、悔しさ。スダン警視が声をかけてきたとき、やっと自分が涙にくれているのに気づいた。

「ドクター、来ていただけますか？　ベルモン氏がお待ちです……」

ゆっくりと、わたしはスダン警視のほうに振り向いた。悲嘆にくれている彼の表情を見て、いささか驚いた。あのスダンが、わたしに対してすまなそうな顔をしているではないか。彼はわたしの腕をとると、部屋に戻るよううながした。わたしは力ない声で応じた。

「ありがとう。一人で歩けるわ」

けれど警視は、わたしがひどく動揺しているのを見てとると、部屋に戻る際に体を支えてくれた。

「警視、わたしにはわからない。彼女はわたしのほうに戻ってこようとしていたのに……」

「あなたのせいじゃありませんよ」彼は強い口調で言った。

「でも、彼女はあのとき、すでに自殺する気はなくなっていた。それは間違いないんです！」

警視は品のいい微笑を浮かべた。

「あなたは、非難されるようなことはなにもしていません。あなたは最善をつくしました。けれどうまくいかなかった。いつでもことがうまく運ぶわけではありません。しかたのないことです」

わたしは乱れた呼吸を整えようとした。

「警視……」

「私のことはトマと呼んでください」

「それでは、トマ、ベルモン夫人は明らかに、夫を恐れていました。それは確かです。だから夫人が自殺しようとしたのは、夫から逃れるためだったのです。わかりますか？結局……屋根のうえでなにが起ったかはわかりません。けれどこれだけは断言できます。夫人は自殺したのではありません！」

「わかりました。そのことについては、またの機会にお話ししましょう。さしあたりは、妻が夫のことを怖がっていたなどという話を、ベルモン氏本人にはしてはいけません。彼だって動転しているのですから」

こんな失態を演じた直後に、わたしはCIPの事務所に帰る気になれなかった。新入りのわたしに対する評価はゼロに等しいが、これではマイナス十五もいいところだ。おねしょをした子供をなだめるくらいが関の山、と思われかねない。

「ああ、そうだ。もう一つやっかいな問題があります。マスコミ関係者です。あなたは事件の証人だし、精神病の専門家でもあるので、きっとマスコミから質問責めにされます……」

「いいんです、そのことについては心配なさらないで……」

「いや、心配せざるをえないんです！」スダンはわたしが言おうとするのを遮った。

「あなたはマスコミがどういうものか知らないんです。連中はあなたになんだって言わせることができるんです。もちろん、警察批判だってね。とにかく、私どもにべつの方法があったなら、CIPのお世話になったりしませんでした。今後もお世話になるつもりですから、よろしくお願いします」

「わかりました。あなた方がわたしを呼んだのは、そうせざるをえなかったからで、求めに応じたのは、それがわたしの仕事だからです。結局わたしたちというのは、血も涙もないこのご時世では、あくまで冷徹な公務員でなければならないのですね。こんな考えがあなたには認め難いのであれば、それはあなたの問題で、わたしが関知する問題ではないということです」

「そんなにくよくよすることもないと思いますがね」こちらの心のなかを見透かすように、スダンは言い返してきた。「だれだって失敗することはあるんですから」

「あれは失敗なんかじゃありません！」

なにを言っても無駄だろう。彼はわたしのことを、度外れたエゴに凝り固まった赤毛女、くらいにしか思っていないだろうから。

「まあ、あなたの好きなように思ってくださって結構です」彼は冷たく締めくくった。

「あらかじめ言っておきたかったのは、ベルモン氏がマスコミの注目を引くのが好きな男だということでして……」

「彼はどこにいるんです？」

「息子さんといっしょです」

「息子ですって？　とっくに死んだと思っていました！」

「死んだのは娘のほうです。八歳のときに誘拐されて、殺されました。むごい事件です。その一年後に夫妻は、マニュエルというブラジル人の男の子を養子にしました。でもベルモン夫人は、結局この事件から立ち直れなかったようですね」

「男の子は事件のことを知っているのですか？」

「知っていると思います」

「さっそくその子に会わなければ」

わたしたちは二階に降りた。夫人の死はわたしの力では防ぎようがなかった——そう自分に納得させて、気丈に振る舞おうとしたけれど、なかなかできることではなかった。口のなかは粘つき、胃はキリキリと痛んだ。やがて子供部屋に着いた。インテリア雑誌から取りだしてきたような部屋では、男の子が一人、ひじかけ椅子におとなしく座っていた。膝の間にはさんだゲーム機——日本製の〈ゲームボーイ〉——を操作するのに、すっかり熱中しているようだ。重苦しい静けさのなかで、ゲーム機が発する電子音だけが聞こえる。わたしたちが部屋に入っていっても、男の子はなんの反応も示さなかった。ゲーム機のキーを叩くことにだけ没頭している。子供部屋のなかには、完璧な秩序が支配していた。まるで、男の子が生きてこの場所にいないかのような、冷ややかな雰囲気だ。わたしたちがやってきたとき、即座に立ちあがったのは、この部屋に一人で待機していた婦人警官だった。

「こんばんは、マニュエル《ボンソワール》」わたしは、子供のどんよりした視線に向かって声をかけた。「わたしはヴェラ、医者《ドクター》なのよ」

「知ってる。セリーヌといっしょにいるところを見たよ。とっても親切に声をかけていた」

ちょっと訛りの感じられる、単調な話しぶりだ。わたしのうしろにいたスダンが、搾りだすような声で言った。

「見たと言うのか……屋根のうえにいるお母さんを……」

「お母さんじゃなくて、セリーヌだよ。セリーヌはわざと落ちたんじゃない。あの人のせいさ」

「だれのせいだって？　だれかがいるのを見たのか？」

「お父さんだよ。お父さんのせいでセリーヌはああなったのさ」

どういうこと？　というように、わたしはスダンに振り返った。彼は肩をすくめた。

「たわごとです。ベルモンは私といっしょに下にいました」

マニュエルは、ぼんやりした視線でスダンを見つめていた。ずっと以前からいかさまが行われているのを知っている。そんな目つきだ。

「ああ！　ここにおられましたか！」そのとき、しわがれているが悪い感じではない声が響いた。ポール・ベルモンだ。

さすがに代議士だ。妻を失った混乱のなかにあっても、ベルモンはこの場の中心人物でありつづけるすべを心得ていた。確かに腹は突き出ているし、今は疲れきった目をしているが、表情そのものには若々しさと、熱気と、楽天的な性格が見てとれる。さっそくわたしの手を握った。そして早くも、わたしはこの男に対して犬のようにしっぽを振ろうとしている自分を感じた。彼の悲しげな微笑みを目にしたとたん、彼について抱いていた先入観はすっかり消え去ってしまったのだ。

「ベルモンさん、あんなことになって、なんとお詫びしてよいやら……」わたしは恐縮しながら言った。

「いいんです、気にしないでください、ドクター。あなたのせいじゃないんですから。じゅうぶん努力はされたわけですし……」

わたしたちが部屋を出るとき、マニュエルは黙ってこちらを一瞥しただけで、あいさつの身ぶりさえしなかった。スダン警視の指示で、婦人警官が子供部屋のドアを閉めると、ふたたび〈ゲームボーイ〉の電子音が、ドアの向こうから聞こえはじめた。

わたしたちは表に出るために、屋敷のなかを移動した。その間一言も言葉を交わさなかった。恐ろしい後悔のようなものが、あたりを支配していた。敷地を囲っている鉄柵の向こうには、テレビ局やラジオ局のロゴマークがついた車が、すでに何台か駐車している。ベルモン代議士は堂々とした風采に似合わず、すっかり意気消沈しているように見えた。彼は妻が検死解剖されるのをひどく気にかけているらしい。やはりつらいことなのだろう。それはよくわかる。わたしが自分の車に乗り込もうとしたときだ。ふと、スダンの話し声が聞こえた。彼は、検死解剖をなんとか回避してみせると、ベルモンに約束していた。わたしはこれを聞いて、反骨心が身内にむらむらと湧き起ってくるのを感じた。とんでもない話だ。スダン警視に、そんな約束をする権限があるのだろうか？わたしは法律の専門家ではないけれど、検死解剖がどれほど重要かくらいわかっている。むしろベルモン夫人は、検死解剖を受ける権利があるのだ。おそらく、死体には重大な秘密が隠されている。そう直感した。その秘密を抱えたまま埋葬されてしまえば、もう取り返しがつかない。だから、彼女の名誉のためにも、検死解剖はなされなければならない。

ＣＩＰの事務所に帰る途中、わたしはシェイラのことを思い浮かべていた。わたしが代議士夫人の自殺を防げなかったのを知って、シェイラは、それ見たことか、と大喜びするにちがいない。彼女の嬉しそうな顔が目に浮かぶようだ。わたしはたちまち、マニュエルのことも、セリーヌ・ベルモンのことも、考えるのをやめてしまった。そして、自分自身のことばかりに思いをめぐらせていた。これを機に辞職を願い出る。それはちょっと大げさだろう。シェイラをのぞいた同僚たちは、今回の失敗に関してはわたしを咎《とが》めだてすることはあるまい――それはよくわかっている。シェイラは放っておけばいい。わたしは自分の失敗を認めて反省する。簡単なことではないか。問題なのは、わたしが失敗を認めて、すごすご引きさがる気にはなれない性分だということだ。

5

朝の八時だ。紅茶カップを手にして窓枠にひじをつきながら、わたしは通りを眺めていた。車道を清掃する撒水車が、水をまき散らしながら通りすぎていく。水がほとばしるさまを見て、シャワーを浴びたくなった。けれど、その前にスダン警視に電話しなければと思った。彼はきっと、わたしが自分の領分でおとなしくしているのを望んでいるだろう。彼にとってわたしの存在なんか、道具箱に収めたままにしておけばよい、もろくて役立たずな道具に等しいのだから。けれどわたしは、セリーヌ・ベルモンの検死解剖のことで彼と談判しなければならない――そう思っていた。医学生時代に使った教科書では、患者の死について、自殺か他殺か疑わしいケースを想定しているのはパラノイアの場合だけだった。つまりわたしの異議申し立てには根拠が乏しいわけで、それがちょっと残念だ。ベッドの角に腰掛けて、夏の日差しが部屋を温めていくのを肌で感じながら、電話番号をプッシュした。ちょっとばかりためらう気持ちがなくもなかったが。

「CIPのドクター・カブラルです。スダン警視とお話ししたいのですが」

ピーという音。つづいてノイズ。《しばらくお待ちください》という、録音された女の声。やがて本物の女の声が、せかせかした口調で言った。

「メッセージを残していただけますか？　スダンは先客と面会中です」

「それでは、こちらからうかがいますと、そうお伝えください。とても大事な用件なものですから」

結局のところ、自分でやるべきことは自分でこなしたほうがよい。他人まかせにしないことでなにかが得られる可能性だってあるのだから。

スダン警視の勤務する警察署に着くと、警視は今ポール・ベルモン氏と面会中だと告げられた。

「お待たせして申し訳ありませんが、ドクター、警視はベルモン代議士兼市長にお悔やみを申し上げているところでして。私はマルシオニ警部です。まあ、とんでもない事件に出くわしたものですな。ああいうことは初めてですか？」

「患者が自殺したことがですか？　残念ながら、診療所時代には何度かありました」

「でも、目の前で起ったのは初めてでしょう」

「まあ、そうですね」

「ベルモン夫人が自殺したからって、べつにだれも驚かなかったわけですが……」

わたしは目の前にいる人物を観察した。この男が刑事なのか。白髪の中年だが、ジーンズに革のブルゾンというでたちだ。マルシオニ警部は、さっそく自分のオフィスにわたしを連れてゆき、ここで時間をつぶしたら、と勧めてくれた。自身はひじかけ椅子にどっかりと腰をおろす。そしてしばらくの間、所在なげに視線をさまよわせた。ベルモン事件の詳細は、この男も先刻承知にちがいない。なにか有意義な情報を得られるかもしれない。そう考えて、彼に話しかけてみた。

「ベルモン夫人は、娘さんが亡くなって以来ひどいうつ病を患っていたようですね」

「私に言えるのはもっぱら、政治家の妻になるのは簡単でないだろうということです……唯一の例外といえば、ヒラリーくらいのものでしょう」

「ヒラリー?」

「アメリカ大統領夫人のヒラリーですよ。彼女は少なくとも、自分がだれのために活動しているか知っていますね。つまり、あの間抜けな夫のためではなくて、自分自身のためなんです。いっぽうベルモン夫人はね、結婚するために仕事をあきらめたんです」

「夫人は結婚前、どんな仕事をしていたのです?」

「運動療法士です。マスコミがどんなふうに書きたてたと思います? 現職市長がマッサージ師の女と……云々、というような話にすり替えられてしまいました」

「確かに、そんなことがありましたね」

「そんな仕打ちを受けたあとで、夫人になにが残っているというんです? 娘しかないでしょう」

この男の親切心は、どうやら信用してもよさそうだ。それに、セリーヌ・ベルモンについて話すことは、彼にとって一種の楽しみであるらしい。あらためて彼の、鼻の下にたくわえた白い口ひげと、ベルトの下からあふれ出て垂れ下がったような腹、そして幅広の顔を縁どっている頬ひげを、順番に眺めてみる。規格外れだが物わかりのよさそうな、どこの警察署にもかならず一人や二人はいる警察官のタイプだと言えそうだ。いっぽうスダン警視というのは、スーパーマーケットの陳列棚にうやうやしく飾ってある〈ムリネックス〉（フランスの大手家電メーカー）の製品、つまり規格品そのものといったタイプだ。この二人が上司と部下としてうまくやっていけるというのが、わたしには不思議でならなかった。

「でも、妻がうつ病患者だというのは、代議士の経歴にとって都合のいいことではないですよね」わたしはしかつめらしく、そう言ってみた。

「逆に、そこから利益を引きだす人々がいるってことです」

おぞましいことだ。政治の世界というのは理解しがたい。

「ベルモン代議士のことも、話してくれますか？」

「ええ」

「県選出の大物議員なのでしょう？」

「ひさびさに当県から現れた大物政治家と言っていいと思います。事情通の人間が言うんだから間違いありませんよ。わたしはここの出身なんです。兵役でアルジェリアにいた時期をのぞいて、ずっとここに住んでいるんですから……」

このとき、一人の警官が飛び込むようにオフィスに入ってきて、マルシオニに耳打ちした。

「変なお医者が〈おたまじゃくし《テタール》〉に会いに来たそうだよ。きみが相手をしてやってくれ。彼は今時間を取れないんでね」

「ドクター・カブラル、同僚のアムロー警部を紹介します」マルシオニがなにくわぬ顔で言った。

紹介された男は、わたしに回れ右すると、一瞬のどを詰まらせた。わたしはそれに対して、愛想のよい微笑を投げかけてやった。そして、スダン警視にご迷惑をかけるのは重々承知していたが、あえてこうしてやってきたのだと説明した。

アムロー警部が立ち去ったあと、マルシオニに水を向けてみた。

「よくわからなかったんですが、〈おたまじゃくし〉というのはスダン警視のことですか?」

マルシオニは吹きだした。

「いや、警視自身も、そう呼ばれていることは先刻承知ですよ。べつに気にしちゃいません。〈おたまじゃくし〉というのは、いずれ蛙になるわけですよね……ちっちゃな〈おたまじゃくし〉でも将来立派な蛙に成長する。わかりますか?」

「彼は野心満々というわけですか?」

「そう言えますね。目標は内務省でしょう。大臣になりたいのかって？　いえいえ、政治家になろうなんて気はないです。めざすのは、陰で歯車を動かす人物、というところでしょう。私に言わせれば、それこそ警視にぴったりの役柄ですね」

「警視は他人を踏みつけにしてでも出世しようとしている、そういうことですか？」

こんな言い方にも、マルシオニは動じる気配を見せなかった。驚くほどの冷静さで、こう答えた。

「スダン警視は政界・官界の有力者とパイプを築いています。これまで、抜群の成績で昇進試験をパスしてきました。彼がきわめて優秀な警察官であることはだれもが認めています。彼の出世を妨げようとする人間なんて、警察署内にはだれ一人いないでしょうよ。だから、他人を踏みつけにする必要もないわけでして……」

「では、署内での人間関係も良好だと？」

「きわめて良好ですね」

結局、これ以上この問題に立ち入る時間はなかった。〈おたまじゃくし〉という妙なあだ名をつけられた男、すなわちスダン警視がお出ましになったからだ。さっぱりとひげを剃り、すがすがしい顔つきをしている。わたしはなにか自分が侮辱されているような感を抱いた。彼だってわたしと同じくらい睡眠不足のはずなのだから。警視のこんな顔つきを前にすると、自分がいかにも疲れきった中年女のように思えてしまう。今日は最大限きちんとした服装をしてきたのだが。ダーツをとったグレーのスラックスに、ブルーのコットンシャツ。しわ一つない。ただし、濡れた髪をうしろに撫でつけただけなのがいけなかった。警視は一瞬、わたしの姿を当惑したように眺めた。わたしがネクタイなんかしているのが原因なのか。わたしとしては、マルシオニ警部が自分よりも若い上司に向けるまなざしを見逃さなかった。賛嘆のまなざし。これだけでも、この二人の男がきわめて良好な関係にあるのがわかろうというものだ。

警視は専用のオフィスにわたしを連れていった。ドアは閉めなかった。どうやら、あまり長い時間話をする気はないらしい。あらゆるランクの警察官たちが廊下をひっきりなしに行きかっていくのが、部屋のなかからでも見える。たいていは小脇に書類の束を抱えている。

「待たせて申し訳ありませんでした。ポール・ベルモンとの間で取り決める問題がいろいろとあったので。考えてみてください。彼の立場であんな事件に見舞われたんですからね……」

警視はいかにも自然な振る舞いをしながら、わたしがなぜ警察署なんかに来たのかと、訝しく思っているにちがいない。予想もしていなかったことだが、オフィスの隅には、カプチーノ・メーカーが備えてある。べつの人間のオフィスにいるなら、そんなものが置いてあっても不思議に思わないだろうが、この男の場合、そんなありふれたものを目にしただけで、ずいぶん洗練された趣味を持っているものだな、などと思いかねない。

この男、意外と寛容な精神の持ち主なのか? 仕事場に私的な趣味を持ち込むとは? あるいは、たんにカプチーノが好きだというだけの話なのか?

「立ち入ってお聞きしたいことがあるので」わたしは微笑をたたえながら切りだした、「こうして失礼もかえりみずうかがいました」

「予想はしていましたよ」白い磁器製のカップを差しだしながら、警視は言った。「簡単な話なら電話ですむはずですから……」

「セリーヌ・ベルモンの検死解剖に関する資料を、コピーでいいですから見せていただきたいのです」

「ちょっと待ってください」驚きを隠せない様子だ。「どうして検死解剖をしなくてはならないのです? 夫人が飛び降り自殺したとき、少なくとも十人は目撃者がいました。それ以上、なにを知りたいというのですか?」

「そうです、わたしはそこから先が知りたいんです。つまり、夫人は飛び降り自殺したのではありません」

警視は苛立たしげに眉をひそめた。

「あれがたんなる転落死だとしても……結局同じことではないですか? 少なくとも、あなたが夫人を突き落としたわけじゃない。それは確かでしょう? 彼女は転落死した。死因は全身打撲。これは明々白々な事実なんですから、検死解剖したって新しい事実が出てくるはずはない」

「夫人は薬を乱用していたかもしれないんです!」わたしはほとんど叫んでいた。「うつ病の場合、体内のアンバランスは軽くなったり重くなったりします。同じ薬によってもそうなるのです。ベルモン夫人のケースでは、もしだれかが夫人を厄介払いしたければ、服用する薬の量を変えるか、服用を突然中止するかすればよかったのです……」

こんな言い分を聞いてスダンは怒りだすにちがいないと、内心そう思っていたが、彼はわたしの言うことをただじっと聞いているだけだった。それからこう尋ねてきた。

「ヴェラ、あなたは精神科医の仕事を始めて何年になるのですか?」

「七年です」

丸七年というより、足かけ七年という意味だ。

「七年の間に、いろいろな事件を見てきたのでしょう?」

「そうですね」

「それじゃ、動機について話しましょうか、ヴェラ。セリーヌ・ベルモンを、殺したいほど憎んでいた人間がいたと思いますか? 夫ですか? 夫人は、夫が相続できるほどの金銭は持っていませんでしたし、そもそもあんな事件が起ってしまっては、彼の経歴にとっては一大事でしょう。ベルモン氏が妻をこよなく愛していたのは言うまでもありません。わかりますかね? だれもが彼女を愛していました。それほど、すばらしい女性だったのです……」

「でも、自殺してしまった」

「そうです。裁判が終われば快方に向かうと思っていたのですが、ふさぎ込みがますますひどくなりましてね……」

「なんの裁判ですって？」

「もちろん、娘を殺した犯人の裁判です！　被告人は二十年の刑を宣告されました」

そういうことだったのか。わたしは声を出せなかった。植え込みに殺人者が隠れていたとか、夫がよからぬ企みを抱いたとか、それ以外にも陰湿なもくろみがあったとかいう可能性は消え去った。まるで疑いの余地がない。わたしは結局、この男のきらきら輝く鎧にかすり傷一つつけることができなかったわけだ。

「では、あなたはこれからなにをするのですか？」

「いや……べつになにも。これといってはね。ベルモン夫人の遺体は明日まで、霊安室に安置されます。その後、代議士夫人にふさわしいやり方で、埋葬されることになるでしょう」

警視は親しみのこもった表情を浮かべていた。ただし、わたしがすごすご立ち去る段になっても、一言も声をかけてはくれまい。そんな感じがした。わたしは、恥をかくためにわざわざここにやってきたようなものだ。診療所の、あのぬくぬくとした空間が懐かしくてならなかった。あの頃は少なくとも、失敗しても診療所のなかだけのことですんだ。こんなふうに、他人の前で恥をかくこともなかった。最後に、思いきって訊いてみた。

「ところで、ブリュノ・ロメールの件ですけど、いいように取り計らってくれましたか？」

警視は眉をひそめ、この問題は適当に片づけてしまいたいというように、

「私が警察官だということを、お忘れですかね？」

この男はどんな場合にも微笑を絶やさないすべを心得ている。しかも、絶妙のさじ加減でニュアンスをつけることができる。

「患者のその後を訊きたかっただけなのですが」

「私の知るところでは、あの男のほうからはあなたになにも訊いてきてはいないはずですが……」

ゴールの中央に見事なシュートを決められ、一対〇で負け。そんな感じだ。なにも応えようがなく、睡魔に襲われかけた。もはや、考えていることはただ一つ、家に帰ることだけだ。

「くれぐれも、同情の安売りはなさらないことですね。あなたの仕事を長く続けたいなら」警視は、皮肉っぽくそうつけ加えるのを忘れなかった。

わたしは最後の抵抗を試みる。

「今のところは、わたしを大事に扱っておいたほうがいいですよ、警視。わたしみたいな人間は二人といないですから」

この点に関しては、彼だって同じように考えているはずだ。

6

やれやれ、家族の圧迫というものからは、だれしも逃れられないのだろうか。特にカブラル家のような大家族の場合は。いつの間にか、さまざまな声がメッセージとなって届いてきて、個人の生活を壊そうとする。わたしが実家を訪れたのだって、きっかけは従兄弟のテオの電話だ。その際持ちあがった問題は、ローズマリーとの諍いという結果をもたらしたが、どうしてあんなことになったのか、今となっては説明がつかない。通信講座で心理学を学びはじめてからというもの、ローズマリーはくだらない話ばかりするようになった。彼女はあちこちで言いたてている。姉妹で一部屋を共有していた何年かの間、わたしに虐待されていたのだと。けれど、大人になってから思い出す幼少時代の記憶なんて、たいがいは誇張され、歪められた偽の記憶にすぎないとは、よく知られた事実だ。

ローズマリーの夫のマクサンスは、妻と同じく小学校の教師をしている。潔癖な性格で、ちょっと頭の固いところも妻とよく似ている。二年前から、妹夫婦は三人の子供とともに両親のアパルトマンに居候している（同居するのは両親がかねてから望んでいたことなのだが）。シュヴィイ＝ラリュ（パリの南東に位置した町）あたりに買った土地に、マクサンスは自分の手で家を建てようと思いついた。そして、呆れたことに、それまで住んでいたアパルトマンを引き払ってしまったのだ。いかにもこの二人がやりそうなことではある。夫婦は週末、それも天気のいい日にしか作業をしない。当然、工事は遅々として進まない。マクサンスの建築に関する知識なんて、ローズマリーの心理学に関する知識と大差ないのだから、なおさらそういうことになる。お断りしておくけれど、わたしは自分が客観的にものを言っているとは思わない。妹夫婦に対するこんな見方だってあくまで主観だ。そもそも、自分が客観的だと自信を持って言える人間などいるものだろうか？

　さて、かねてからさまざまな雑音がわたしの耳に入ってきていた。そして、どうやらわたしのことが問題になっているらしいと気づきはじめた。カブラル家では、わたしの〝手術〟については決して話題にしてはいけないことになっている。なのにローズマリーは、この規則を破った。それまで微妙な均衡を保っていたカブラル家の小宇宙は、このとき崩壊しかかったのだ。

　今後、どんな成りゆきになるのか。ちょっと想像してみる。まずは、母の取りなしがあるだろう。ローズマリーがすまなく思っていて、いずれわたしに謝るために電話してくるだろうと、母は請け合う。そして、自分はいつだってわたしの味方だと言ってくれる。ローズマリーに、いつか借りたクレープ用フライパンを返してやれば、彼女だって機嫌を直すかもしれない。ついでマクサンスが気を利かせて、例の穿孔機――家を建てるために使っていたのだ――をいつ返してくれるか知らせてくる。従兄弟のテオはといえば、わたしに使い走りさせたのを謝ってくれるついでに、ローズマリーをファシスト呼ばわりするのを忘れないだろう。姉のカリーヌも口出ししてくる。わたしにはわからない彼女なりの理由で、これはあなたの個人的な問題なのだから、まわりの意見に振りまわされてはいけない、とそう忠告してくれる。結局は、わたしのような問題には、〝知らぬふり〟を決め込むのがいちばん――そういう雰囲気に落ち着く。そうなればありがたいことだ。それでなんとか、わたしの気も休まろうというものだ。

でも、彼らがいろいろと嗅ぎまわったって、なにか得るものがあるというのか？

結局、そんなことはあるわけない。母をのぞいては、家族のだれ一人、わたしが裸になったところを見たことがないのだから。いかに広い浴槽でも、多人数の兄弟姉妹が使えばすし詰め状態になる。プライバシーなんてない。そんななかで、わたしは特別扱いされていた。わたしは母といっしょに、きょうだいたちより先に入浴を終えることになっていたのだ。医者たちは母に、外科手術をするにはある時期まで待たねばならないと申し渡していたようだ。男になるか女になるか選択する――そのための決定権はわたしにあるのだと。医学的に見て、わたしのようなケースは異常とまでは言えないらしい。というより、わたしの場合、それほど手術が難しくない、幸運なタイプに属するということだ。両親はすでに姉のカリーヌと、さらに双子の男の子に恵まれたことで満足していたから、あえて家庭内に波風を立てるようなことはしたくなかった。おかげでわたしは、男と女の両方に足をかけたまま今まで生きてこられたわけだ。

今、昼の十二時近くだ。赤ワインを一杯飲みたくなった。そうせずにはいられない。正直言って、もう一度家族間のああいった議論の渦中に身を置くのはうんざりだ。吐き気をもよおすほどだ。こんりんざい、あのことをほのめかしてほしくない。そんな思いでいっぱいだ。とにかく、アペリティフにしよう。嫌な思いを振り切るように、わたしはバルーングラスによく冷えたブルーイィ（ボージョレ産の銘酒）を満たす。それを味わうためにバルコニーに出た。うちのバルコニーからだと、サクレ＝クール寺院の丸屋根に太陽の光がきらめくさまがよく見える。外の景色を眺めながら、思春期の頃を思い出す。その頃、乳房はふくらみかけていたし、濃い体毛に悩まされることもなかった。ひげも胸毛も生えていないというだけで、幸福であるにはじゅうぶんだったのだ。だからわたしは裸になることだってできたのだ、その気になれば！　けれどそんな必要は感じなかった。キスしたり、愛撫されたりする必要だって。そんなことをしなくたって、すべてはうまくいったのだから。

「ドクター・カブラル？」

やれやれ、さっそく電話だ。電話してきたのは、ＣＩＰの日直の秘書だった。彼女が構えるオフィスは、シェイラの座っている交換台に隣り合っている。わたしたちを悩ませるもろもろのことは、言わばこのオフィスから発しているのだ。書類のチェックはもちろんのこと、職員の勤務時間の割りふりや、会議、診察などの手配、さらには食事に至るまで、あらゆることを、つまりCIPのなかのすべてを、この秘書が管理しているわけだ。彼女は九時から十八時までの勤務なので、わたしが彼女と顔を合わせる機会はめったにないし、電話で話すのだってめずらしいくらいだ。

「あなたを捜していたのよ」

「わたしは今帰ったばかりなのよ」

わたしにどんちゃん騒ぎをする時間があるとでも思っているのか。

「ドクター・ブローに頼まれたの。今日の昼食後に、CIPで会議があると、あなたに伝えてくれってね」

彼女は咳払いしてから、さらにつけ加えた。

「会議の議題はあなたの件よ。あなたが望めば、出席できるわ……」

「……その会議は何時に？」

「十四時よ」

「ちょっと用事をすませてから、十五時にはうかがいますって、みんなに伝えて」

どうしてわたしの件で会議が行われるのか、よくわからなかった。だから漠然とした不安はあったけれど、会議に出席することについては、わたしは内心喜んでもいた。ベルモン家で起った出来事について、同僚たちと再検討するのは意義があると思ったからだ。確かにマスコミを騒がせた事件だったが、一週間もすればだれの関心も引かなくなることだってありうる。それにわたしたち救急精神科医は、日々の任務に忙殺される。それが宿命だ。わたしたちが担当する患者というのは、一般の精神科医の手に負えなくなった重症患者だ。彼らが沈んで行きかけるところに手を差しのべ、なんとか水から引きあげてやる。そのあとでふたたび主治医にゆだねるか、場合によっては成りゆきにまかせることだってある。結局わたしたちの役割というのは、あくまで救急処置であり、患者の興奮状態をやわらげ、暴力やその他の危険な行動に走るのを未然に防止することにつきる。それ以上は、わたしたちの仕事の範囲外だ。だからベルモン事件のその後のことは、すでにＣＩＰの手を離れ、役割は警察に移っている。スダン警視が「同情の安売りは控えるように」と、わたしに忠告したのは的を射ていたのだ。けれど警視の忠告は、わたしの行動を変えさせる力にはならなかった。いったんＣＩＰに向かう道を走りだしたものの、いつの間にかベルモン家の方角に道をとっていた。無益な寄り道だとは重々承知しているが、しかたがない。ＣＩＰの同僚たちには少し待ってもらおう。

六月の光のなかで石化したように、ベルモン邸の庭は無機質なきらめきを放っていた。プールに張られた水は、あのとき以上にビニールの層を思わせた。蔦《つた》のからまるファサードには、心なしか訪れる者を非難しているような雰囲気があった。パーキングの隅には、薄汚れたフィアットが駐車している。車体のあちこちに、ブルターニュの地方政党を支持するステッカーが貼られている。見慣れない車以外に変わった点はなかった。陽光が降り注いでいるのに、屋敷の窓はすべて閉められていた。物音一つしない。

呼び鈴を鳴らすと、ミニスカートを穿いた若い女が出てきた。太腿にぴったり張りつくようなミニスカートだ。某ディスコのロゴが入ったTシャツの下では、豊かな胸が揺れている。この娘がベルモンの愛人でないことはすぐにわかった。彼女は顔を赤らめ、明らかに動揺していた。そのことからわたしは、女が事件のことを今朝知ったばかりなのを見てとった。

「こんにちは《ボンジュール》」わたしはさっそく切りだした。「ドクター・カブラルです。マニュエル君はもう起きてます？」

「ええ、起きてますよ！　あんな事件があったあとじゃ、寝てられるわけないじゃありませんか！」

マニュエルが、若い女のうしろに姿を現した。いかにもひ弱で、娘の大きくてがっしりした体の陰にすっぽりと隠れている。

「こんにちは《ボンジュール》、マニュエル。入っていい？」

「あのう」若い娘が割って入る、「ちょっと困るんですが……ベルモンさんからなにも聞いてないんで……」

「いいじゃないか、べべ」マニュエルが穏やかに遮った。「この人はきのうの晩、セリーヌと話しに来たお医者さんだよ」

「あら、あなたがそうなんですか？」

《あなたが医者だからって、それがなんなの》と、そう思っている様子がありありと見てとれた。けれどこの娘にはある種の寛大さが感じられたし、自分に非があれば謝る、くらいの素直さは持ち合わせているようだった。

「あたしはベランジェールといいます。でもみんなにはべべと呼ばれているわ。この家に雇われているの。そうね、あなたがマニュエルに会いに来たというなら、入れてあげてもいいけど……あたしがやる仕事の手を抜けるから、つき合ってもいいかな」

わたしはマニュエルについて子供部屋に入った。パソコンの前でちょっと立ちどまると、CD-ROMをいくつか見せてくれた。ほかにもいろいろおもちゃがあるが、きっとパソコンとゲーム機以外には手を触れることもないのだろう。いや、ベッドの近くに置いてある小さな人形はべつだろうが。どうやらマリーと名づけているらしい。

「マリーですって？」わたしは驚いて言った。「あなたのお姉ちゃんとおんなじ名前？」

「マリーは死んだんだよ」ずいぶんあけすけな答えだ。「みんなとおんなじだね。ねえ、ぼくは死んだら、どこに行くんだろう？」

「あなたは死ぬわけないわ、マニュエル」

なにか危険な感じがする黒い瞳を、マニュエルはわたしに向けてきた。

「セリーヌが言っていたよ、マリーを殺したのはポールだってね」突然言いだした。「セリーヌはパソコンのなかにポールを見たんだ。そうして叫んだ。だけどお客さんたちがいるんで、ポールは黙れと言った。お客が帰ったあと二人で話そうってね」

「マニュエル」わたしはやっとのことで言いかけた。「セリーヌは屋根から滑り落ちたのよ。ポールのせいじゃないわ」

「いや、ポールのせいだよ。ぼくは見たんだから」

「なにを見たの？」

「農家の中庭にいる男たちを見たんだ。だからぼくは身を隠した。あいつらがみんなに向けてぶっ放す前にね」

　この子はなにを言っているのだろう？　テレビドラマのなかの話か、それとも、本当になにかを見たというのか？　きっとこの子は、この屋敷で起ったむごい出来事の数々に、透明人間のように立ち会ってきたのだ。だからこの子の言う突飛なたわごとを軽く見てはならない——わたしはそう思った。

　マニュエルには、しばらくパソコンで遊んでいてもらうことにする。わたしはべべに、近くに来るように言った。

「ベルモンさんはこの子のことなんか全然気にかけてないのよ」彼女はそっと打ち明けた。「あの人にとってこの子は、奥さんが見つけだした新しいおもちゃにすぎなかったってわけ」

「そういうわけで、マニュエルはベルモンさんが好きではないの？」

「あの子はだれのことも好きじゃないわ」

「でも、あなたとはうまくいっているようね」

「あたしはだれとでもうまくいくたちなの。でもマニュエルは、あたしにだってめったに話しかけてこないのよ。本当にかわいそう。身のまわりに悪いことばっかり起るんで、すっかり人間らしさをなくしちゃったのね」

「あなた、あの子を公園にでも連れていって、ほかの子たちと遊ばせてやりなさい。あの子はふつうに生きている人たちに出会わなければいけないんだわ。とにかく外に出なければ。こんなところにいたらだれだって息が詰まる……」

マニュエルを外に連れだすことは、べべも喜んで受け入れてくれた。かならずそうすると。こうなると、ベルモンのマニュエルとべべに対する無関心はかえって都合がいい。わたしはべべから携帯の番号を教えてもらい、細かい打ち合わせをするために今晩にでも電話するからと約束した。彼女は、一人の少年を救うという任務を得たことに喜びを感じているようだ。この若い女は、金持ちの家で家事をする以外のなにかを、人生から期待しているのだろう。

7

ＣＩＰでは、これ以上ないほど粗悪なひじかけ椅子を会議室に配置していた。快適な椅子を備えつけたりしたら、救急精神科医だって人の子だから乱痴気騒ぎをやりかねない。きっとそう思ってのことだろう。おかげで、会議の雰囲気にまでその影響が及んでいる。七〇年代に造られたプラスチック製品なので、お尻がひどく痛い。だから、わたしたちはみんな、紙コップに入ったまずいコーヒーを前にして苦痛に耐えることを余儀なくされる。

みんなが会議室の机を囲んでから三十分ばかりたっても、議論は堂々巡りしていた。そこでわたしは、あえて穏やかな口調で切りだした。

「みなさんは、本音をおっしゃっていないように思います。わたし自身に問題があるのか、それともわたしのやり方がまずかったのか、どっちなのか知りたいものです……」

短い沈黙。わたし以外の出席者が互いに目配せする。それからエティエンヌがおもむろに口を開いた。

「ブローが電話を受けたのですよ」

ブローというのは、わたしたちの上司、つまりCIPの救急精神科医を統括する責任者だ。彼の執務室は二階にある。そして、一階にあるCIPの事務所とは、目に見えない強固なバリアーで隔てられているかのようだ。ブローはめったに下へは降りてこない。わたしたちだって仕事に忙殺されているから、彼のところへゴマをすりに行く暇なんてない。だからわたしたちは、どうしてもこのブローという男の存在を忘れがちになるのだ。とはいえCIPにだって、ほかの医療機関と同じく上下関係が厳然と存在している。そして、どんな組織でもそうだろうが、上下関係というのはいちばん都合の悪いときに意識されるものなのだ。

「電話はスダン警視からでした」ジェロームがさらに言う。「例の、地域の警察活動を指揮している警官ですね」

「知っています、彼とは会ったことがありますから。わたしに対して苦情を言っていましたか？」

「反対です。警視はきみのことを、才能ある人物と見ているらしい……」

「ようするに、あなたがCIPなんかでくすぶっている人材じゃないと言いたいんでしょう」エレーヌが耳障りな声で口をはさんだ。

みんなの説明によれば、今朝（わたしが警察署を辞した直後に）あのスダン警視が、上司のブローに電話してきた。しかもブローに向かって、ベルモン事件におけるわたしの行動を褒《ほ》め讃えたのだという。わたしが一家の危機的状況に並外れたプロ意識で対応したので、ベルモン氏さえ、わたしの出世のためなら力になりたい、とまで言ってくれているらしい。

わたしと同じような働きを毎日している同僚たちにとっては、こういう話はいい気がしないだろう。わたしだって、警察官と同様医者の上下関係がいかに冷たいものか知っている。他人の手助けにも心から感謝するようなことはない。だからスダンが電話してきたのは、上司を苛立たせ、同僚をわたしと対立させるため以外の目的はないだろう。

「ようするに、わたしは自分の才能に溺れたってわけですね。おまけに、失敗を覆い隠すためにわけのわからない犯罪話をでっちあげたと」

「まあ、そんなところかな」エティエンヌが認めた。

白髪まじりの髪に緑色の目、赤い開襟シャツを着たこのエティエンヌという男は、ひょっとしたらわたしの好みに合うかもしれない。けれど、彼がわたしを、策を弄する人間と見なしているのには納得がいかない。やはり、この男には好意を持たないにしたことはない。

「失敗したことはちゃんと認めたいと思います」と、わたしは始めた、「もちろん、セリーヌ・ベルモンの死が自殺だったことも……。けれどそのためには条件があります……」

わたしは芝居を打っているわけではない。本当にギブアップしたのだ。たった一度関わっただけのベルモン夫人に、自分の人生を捧げるほどの気持ちは毛頭なかった。

「聞きましょう」ちょっと苛立たしげに、エティエンヌが言った。

「わたしが仕事をうまくこなしたかどうかなんて、スダン警視は全然気にかけちゃいません。電話してきたのは、わたしを同僚や上司から孤立させるのが目的なのです。だから、わたしの昇進に手を貸してやろうなんて話は、CIPにはもうおまえの居場所はないんだぞと、ほのめかしているようなものです。わたしがセリーヌ・ベルモンの検死解剖を要求したことと、それが関係あるのかどうか、わたしにはわかりません。けれど、問題を投げかけたのは事実です。確かにわたしは職務を逸脱しました。それがスダンの気にくわなかったんでしょうね。とりあえず、ベルモン事件にこれ以上関わるのはやめておこうと思います。ただし、率直に言うべきときもあります。つまり代議士と警視の間で、裏取引が行われているのは間違いないんです」

わたしの言い分は、少しはみんなの心を動かしたかもしれない。マイクロ波のように、じわりと。気のせいかもしれないが。

わたしがこうして向かい合っている三人の同僚——男が二人に女が一人——は、多少お疲れのようだが馬鹿ではないし、頭が固いわけでもない。だから心のなかでは、自分たちがつらいわりには報いの少ない仕事をしていると、釈然としない思いを抱くことだってあるはずだ。消防士だってぴかぴかのヘルメットを支給されているのに、自分たちはなんなのだ、と。

「まじめに話すことにしましょう」エティエンヌは言った。

　まるで今までの話が冗談だったような言い草だ。

「ヴェラ、きみはいったいなにを見たというのかね？」

「なにも」

「これからなにをするつもりなんだ？」

「……ほとんどなにも」

「ほとんど？」ジェロームがコーヒーを注ぎ足しながら、言った。

「わたしが望んでいるのは、マニュエルに精神療法を受けさせたい、そのことだけなんです。もちろんCIPで。ふつうそんなことをしないとはわかっています。でも、これはあくまでわたしの感じですが……突飛なことだとお思いにならないでください」

「どうぞ、遠慮なく、話してください」

「マニュエルは死の危険にさらされている、そんな感じがするんです」

「おやおや」エティエンヌが他人事のように言った、「またべつの問題が持ちあがったってわけか」

　わたしは同僚たちのことをよく知っているつもりだ。彼らはあらゆることに慣れ、すべてをわかったつもりになっている。言わば何事にも驚かない耐性ができているのだ。

　案の定、エレーヌがあくびをかみ殺している。

「マニュエルは、見知らぬだれかに命を狙われていると思い込んでいるんです。馬鹿げた妄想に思えますが、逆に言えば、彼が本当に感じている身の危険を反映しているような気もするんです」

「つまり、常軌を逸した言動が、じつは本質を突いていると」エティエンヌが要約してくれた。

「まあ、そんなところです」

「あなたにいいことを教えてあげるわね」考え込むようなそぶりでエレーヌが言った。

「ベルモン家ではすでに二人の人間が非業の死をとげている。これはちょっと多すぎるわね。こうなるともう、死が死を呼ぶだとか運命だとか言ってすますことはできない。だれかが死ななければならないから死ぬ、まわりにいるだれかが死ぬことになっているから死ぬ。必然としてね。だから、マニュエルの身辺に注意を払うようにというヴェラの提案は、間違っているわけじゃない。その子に精神療法を受けさせるのに、わたしは賛成だわ」

どうやら誤解していたようだ。何事につけ、エレーヌほど説得するのが難しい同僚はいないと、そう思い込んでいた。彼女の白っぽい金髪に、淡青色の目、それに血の気のない顔は、わたしにあまりいい印象を与えていなかった。平凡すぎてつまらない女――そんな感じを持っていたのだ。わたしは間違いに気づいた。ジェロームとエティエンヌが、苦もなく彼女の意見になびいたのも理由の一つだ。二人とも、エレーヌの判断力には信頼を寄せているらしい。これからは認識を改めねばなるまい。わたしは自分に言い聞かせた。みんなを説得するためには、最初にエレーヌを動かせばいいのだと。

わたしはすぐポール・ベルモンに電話して、マニュエルの件でわたしたちが取り決めたことを知らせようとした。養子のマニュエルが、CIP――社会保障制度によって民主的に運営されているが、れっきとした精神病院の付属機関だ――に通院すると知ったら、ベルモンはさぞかし大喜びするだろう。薄気味悪い息子に〝病人〟の烙印を押せるわけだから。

さて、電話するとベベが出た。声を聴いただけで元気がないのがわかる。

「あら、ベベ、どうしたっていうの？　マニュエルのことで頭がいっぱい？」

「いいえ、ドクター。問題はベルモンさんなんです。彼は、あたしがフロッピーディスクを盗んだと思っているんです。あたしはここを出ていきます」一瞬声が途切れる、「くびになったんです」

あのフロッピーディスクがさっそく問題になっているとは。すっかり忘れていた。先ほどベルモン邸を訪ねたとき、パソコンからフロッピーをこっそり抜き取っていたのだ。見つかったときの言い訳なんか考えず、つい出来心でやってしまった。あのとき、偶然ドアを押した部屋は、ベルモンの執務室だった。事件以来整理する人間がいなかったせいか、執務室は乱雑なままだ。ノートパソコンのわきに散らかっているフロッピーディスク。わたしはその直前に、両親が口論したという話をマニュエルから聞いていた。

夫人が夫のパソコンのなかになにかを見つけたとかいう話だ。マニュエルの話を思い出した瞬間、わたしの手は伸び、フロッピーはハンドバッグのなかに収まっていた。

その後会議があったりして、ディスクの中身を見てみることに思いが至らなかったのだ。

「あなたはコンピューターを使えないんだから、犯人扱いされるいわれはないんじゃないの？」わたしは電話に向かって憤慨してみせた。

なんだか臭うな。

「ベルモンさんは、あたしがフロッピーを売りとばしたんだろうって言うんだから、どうしようもありません」

「だれに？」

「そんなこと知りません」

ますます臭い。

「ベルモンさんに取りついでください。わたしが直接話します」

カシャ、シュプシュシュシュッ、それからベルモンの、居丈高だが疲労を隠せない声。

「なにかご用でも、ドクター？」

「マニュエルのことでお電話しました。息子さんは事件のせいで深い心的外傷《トラウマ》を負っています。だからＣＩＰで治療する必要があると、わたしたちは考えております……」

「マニュエルには、すでに精神療法士をつけています。私はその方に全幅の信頼を寄せているので」

「奥様を担当されていた方ですね？」

「……そうですが」

いかにも意味深に、ちょっとだけ間をおいて、

「わたしには、その療法士のやり方がマニュエルの症状に合うとは思えませんね。いちおう〈県保健・社会福祉局＝ＤＤＡＳＳ〉に届け出ておくべきだと思います。母親が亡くなった翌日に、マニュエルが子守の女性から引き離されそうなことも、もちろん言わなければなりません」

「あの娘は不正を働いたんですぞ！」

「あなたがなさったことは、局の担当者にいい印象を与えるとはとても思えませんね」

相手の言うことが聞こえないふりをして、わたしは言いつづけた。

沈黙。こんな世の中にも、信頼するに足る人たちは残っているのだ。例えばＤＤＡＳＳの職員がそうだ。彼らはフランス共和国の恵まれない子供たちを守ることに情熱を傾けている。だからベルモンほどの人物でも、ＤＤＡＳＳの名前を持ちだせばとたんに弱気になる。

わたしは一気にねじ伏せてやろうと思った。

「残念ですが、ムッシュー、マニュエルが今どういう状態にあるか知った以上、わたしどもＣＩＰとしては放っておくわけにはいかないのです。おわかりですか？」

ベルモンはいたって聡明な人物だ。彼からすれば、わたしが視野の狭い人間と見えてもしかたあるまい。

「わかりました！」彼はついに同意したが、苛立ちを隠せない様子だ。「べべにはもうしばらくうちにいてもらいましょう、それが息子のためになるというなら……」

「マニュエルはCIPで、トラウマを取り除く精神療法を受けることになります。治療には一、二度、立ち会っていただくことになるかもしれませんが、お忙しいことと思うので、その際には前もってお知らせいたします。ご迷惑をおかけしました、ムッシュー、いずれまた」

彼はこちらより先に、ガチャンと電話を切った。

正直言って、こんなときに自分が弁護士だったらなあ、と思う。いや、少なくとも、ベルモンを納得させるには法律の知識がないといけない。


その夜、CIPに電話はほとんどかかってこなかった。おかげでシェイラは、交換台に腰を落ち着けたまま、甥へのクリスマスプレゼントにするつもりのセーターをじっくり編むことができた。ジェロームは廊下の端の仮眠室に向かった。疲れはててベッドに倒れ込んでいるのだろう。わたしは自分のオフィスに向かう。同僚たちのオフィスや、看護師部屋の前を通りすぎ、ソーダの自動販売機が空間を占拠しているロビーを横切った先に、わたしのオフィスはある。出入り口のすぐわきの部屋だ。わたしは卓上ランプだけを点灯した。パソコンのキーボードが照らしだされる。ベルモンの執務室から持ちだしたフロッピーディスクをセットする。個室にいるのに馬鹿げたことだけど、こういうことはやっぱり薄暗いなかでないといけないと思った。

ここで言っておかねばならないのは、たいていの精神科医は正直な人間だ、ということだ。同業者のだれかが、催眠治療を悪用して患者のポケットから物をくすねた、などという話を、わたしは聞いたことがない。うちの同僚だってもちろんそうだ。そのことはわたしが保証する。げんにこのわたしだって、持ちだしたフロッピーディスクを返すつもりでいるのだから。

さて、フロッピーのデータを開いてみた。わかりにくい文章がディスプレーに現れる。難しい専門用語が多くて、解読するのにちょっと時間がかかった。〝ベルナール・トゥシェ〟という名前がひんぱんに出てくる。マリー・ベルモンを殺害した犯人の名だ。わたしがここで読んだのは、マリー殺しの被告人の裁判記録だった。三年前のものらしい。おかげでわたしは、興味を引かれていた事件の全容を知ることができたのだ。

その日の朝マリーは、ポール・ベルモンの運転手（事件とは無関係）に学校まで送ってもらった。途中彼女がキャンデーを買ってくれとせがんだので、運転手はパン屋の前で数分間車を停めた。そこにトゥシェが通りかかったのだ。トゥシェは、ベルモンが所属する党の古くからの支持者で、支持者のだれもがそうであるように、氏の知性と、行動力と、物事を動かす能力に心酔していた。ベルモンに対して感じている讃嘆の念が、きっと〝発作〟の引き金となったのだろう。供述のなかでトゥシェは、「マリーに恋心を抱いたのだ」という言い方をしている。なぜなら、彼女に父である代議士の面影を認めたからだ、と。マリーは愛される対象、つまりベルモンの化身だった。しかも、対象としてはずっと近づきやすかった。すぐ手の届くところにいたのだから。

運転手がパン屋の行列に並んでいる間、トゥシェは車に乗り込んで、発進するだけでよかった。こうして、少女は誘拐された。裁判で被告人は、心神喪失状態のなかで行動していたと主張している。けれど、指紋を残さないよう手袋をしていたという記述を読むと、弁護士が主張している二重人格性とか、錯乱状態に陥っていたとかいう話には、わたしとしては疑問を呈さざるをえない。いちばん興味深い点は、このような重大な点を警察も検察も見落としているということだ。当時被告人は、定義しにくい、きわめて特殊な〝精神的〟状態にあったと決めつけ、犯行に計画性があったか否かという問題をなおざりにしているのだ。

さて、トゥシェは通りがかりのパーキングに車を乗り捨てた。その際、不審に思われないよう、駐車料金はきちんと支払った。そのあと少女とともに列車に乗り込み、地方に所有する別荘に向かった。そして、別荘の地下室に娘を丸一日監禁したすえ、殺害した。

ベルナール・トゥシェが、マリー・ベルモン殺しの犯人であることには疑いの余地がない。彼は自白し、二十年の刑に処せられた。厳しい判決と言えるだろう。なのに、なにがわたしをこんなに悲しい思いにさせるのか？　裁判記録に目を通しただけなのに、なぜこんなに胸騒ぎを覚えるのだろうか？

〝発作〟。そのことはだれもが認めているようだが、まさにそのことによって、わたしは混乱していた。〝発作〟には、仕事柄何度も立ち会ってきた。ひどいものだ。言いようのない苦悩、極度の苦痛、見境のない暴力、支離滅裂、凶暴性、錯乱、あらゆる性質の幻覚。つまり、人間的な無秩序状態。ところでわたしは、マリー・ベルモン事件の裁判記録からは、〝発作〟の兆候をまったく見いだせなかった。この殺人事件には、綿密な計画性を感じずにはいられなかった。

わたしは少しずつ、裁判がどういう性格のものだったかがわかってきた。トゥシェはかつてベルモン議員の熱心な支持者だった。だから法廷における彼の言動は、ベルモンの評判を傷つける恐れがあったのだ。議員が事件になんらかの関わりを持っていたという疑いさえ生じかねない。当然、世論がどんな反応を示すかは想像に難くない。例えば、トゥシェが議員になんらかの恨みを抱いていて、娘を殺すことでその恨みを晴らそうとした、とか。最悪の場合、二人が共犯だったという説だって飛びだしかねない。世論とはそういうものだろう。だから、ベルモンの評判が地に落ちるのを避けるために、当局は事件の真相を覆い隠すのに手を貸した。殺人は突発的な激情にかられたすえの行為だったと、裁判をそういう方向に誘導したのだ。警察と、裁判官と、弁護人との間で裏取引が行われた可能性が強く感じられた。ベルモンとその家族を守るために、根拠のない噂話をマスコミが書きたてないよう三者が手を握った。そういうことだったのだろう。すべてを知る被告人のトゥシェとしては、笑いをこらえるのに苦労したことだろう。

わたしはときどき、自分のアパルトマンの内部にビデオカメラを設置すべきなのではないかと思う。もちろん、室内での行動を一部始終、家族の者に知ってもらうためだ。ビデオの映像はインターネットで流す。こんな妄想を抱きたくなるほど、わたしは家族からの時ならぬ電話に悩まされているのだ。少なくとも、こっちがシャワー中か食事中なのがわかれば、わざわざ電話をかけてくる者はいないだろう。

さて、今回電話してきたのは、姉のカリーヌだ。

「あんた、今夜は仕事なの？」

「ここのところはそうよ。でもね、まず言っておきたいんだけど、わたしこれから寝るところなの。今は午前中でしょ。午前中はわたしの寝る時間なの」

「悪いんだけど、今晩仕事に出るときに、部屋の鍵を置いていってくれる？」

そら来た。《悪いんだけど》なんて前置きするのは、言葉の綾にすぎないのだ。ようするに、姉の頼み事を断るのはわたしには許されない。カリーヌは四十すぎの既婚で、子供が三人いる。ずいぶん前から不動産関係の仕事をしている。いつも小ぎれいな格好をしていて、小型のスポーツカーに好んで乗る。クリスマス休暇にはカリブ海の島々へ出かけ、二月になるとアルプス地方にウインタースポーツをしに行くのがつねだ。姉はまた、自分がカブラル家の一員であることを隠しとおそうとしている。それはおおむねうまくいっているようだ。人格的には、精神科医のわたしから見て混乱した要素はまったくない。それどころか、スポーツジムに通って体を引き締め、髪の毛は灰色がかった金色に染め、ワードローブはシーズンごとに更新されている。今どきの女性としてはじつに健全な生活をしているわけだ。

わたしは口ごもった。

「鍵を置いていくのはかまわないけれど、いったいどうしようというの？」

カリーヌが相手だと、わたしは十四歳の少女のままだ。

姉は含み笑いをもらしたが、これまでの彼女にはない笑い方だ。

「ねえ、学校の勉強はとっくに終わったと思っていたわ！」

「今だって大変なのよ。そのためには眠らなければ」

「あんたのところの管理人のおばさん、今もエスカベッシュさん？　彼女に、二十一時頃に寄りますって伝えてちょうだい」

じつを言うと、わたしはカリーヌの紹介で、このちっぽけな建物の最上階にある、サクレ＝クール寺院に面した快適な二部屋に住まわせてもらっているのだ。そしてそのことと引き換えに、カリーヌはエスカベッシュさんと自由に話ができる間柄になった。

「わたしの携帯番号は知っているわね？」姉はつづけて言った。

彼女はきっと、フランス・テレコムが最初に売りだした機種に真っ先に飛びついた口だろう。

「ねえ、カリーヌ……あなた男でもできたの？」

「それがあんたの意見ってわけ？」姉は楽しげに応じた。

彼女はさっさと電話を切ってしまった。やれやれだ。もう留守電なんかどうでもいい。わたしは電話機の電源プラグを抜いてしまった。おかげさまで、午後の三時までぐっすり眠れた、というわけだ。コーヒーのあとでオムレツを作って食べ、小鳥の鳴き声を聴きながら泡風呂に浸かった。

考えれば考えるほど、カリーヌの電話は奇妙に思えた。きっと姉は、ハンドバッグのなかにいくつものアパルトマンの鍵を忍ばせているのだろう。だから、不倫相手と逢引するのに一軒の隠れ家が必要だとはどうしても思えない。ただし、相手の男に自分が夫持ちであることを隠していて、しかもわたしのアパルトマンを自分の住まいだと偽っていなければの話だが。とにかく、こんな下手な嘘にだまされる男がいるだろうか？　カリーヌのようにじつは子供がいて、そのことは隠しようのない雰囲気なのに、それに気づかない男が、はたしているものだろうか？　その男には子供などいないだろう。もしかしたらカリーヌの相手は、若い男なのか？　あるいは、はるかに年下の男？　カリーヌなら、若いつばめを持つことくらいやりかねないだろう。カルメンという本名を、北欧的でシックな感じのする〈カリーヌ〉に変えたとき、すでに彼女がどんなことでもやってのける女だと証明されていたようなものだ。

電源プラグを差し込むや、たちまち電話機は自己主張を始めた。

「ったくもう、あなたをつかまえるには、早起きしなきゃならないってわけね！　新しい仕事がそんなに楽しい？」

電話してきたのはリンダだ。わたしたち七人きょうだいの末っ子で、いまだに独身だ。いつも、自分自身と他人を馬鹿にしているようなところがある。

「カリーヌに男ができたの、知ってる？」

わたしはあくまで慎重さを保つ。

「本人から聞いたの？」

「いいえ、でも間違いないわね。ったく、ひどい話」

よりいっそう慎重に、

「そう思う？」

「当り前よ、立派な旦那さんがいるのに！　子供たちはどうなるの？　あたしには全然わからないわ、男と遊ぶために全部放りだしてしまうなんてね！　あの人の歳を考えたら、正気の沙汰じゃないわ！」

心配してくれる人間がいるうちは、姉もありがたいと思わねばなるまい。わたしとしては、相変わらず慎重さを保っていればよい。

「あんたが勝手な思い込みをしているだけかも……」

「いいえ、間違いないわ。だれかいるに決まってる。どっちみち、その人たちと勝手にやらせておくしかないわね！」

「その人たち⁉」

「複数の相手がいるのよ！　ようするに、新しい恋人のために今の恋人を捨てるような人じゃないってこと……。独身のあたしとしては、レズビアンにでもなるほかないわね！」

「あんた本当に……」

「冗談よ！　あなたがいるだけでたくさんだわ！」

話が脱線しすぎたと悟って、リンダは話をやめた。

「ちょっと待って」わたしは冷静な口調で言いかけた、「それならあんたは、わたしが何者だと思っているの？」

「そうねえ……ホモってとこ？」

「いいえ」

「わからないわ。ごめんなさいね、馬鹿なこと言いはじめちゃって……」

めずらしく、わたしは言いつづけた。

「この際、とことん話しましょうよ。根も葉もない話に振りまわされるより、本当のことを知っといたほうがいいわ」

「うーん、今とても忙しいから。時間ができたら……いつでも話を聞くわ……」

難しい問題に直面すると、リンダはとたんに歯切れが悪くなるのだ。居心地のいい自分の世界を乱されるのが嫌なのだろう。そういう気分はわたしにだってわからないわけではない。

「あたしのこと、役に立たない人間と思っているんでしょう?」申し訳なさそうに言ってきた。

「いいえ、全然そんなことないわ」

もっと気の利いた言葉を返してやろうと思ったけれど、いい言葉が見つからなかった。

「今、家にいるの?」突然訊いてきた。「すぐにそっちに行くわ」

「もういいの。べつに気にしてないから。わたし、なんでこんなこと言いだしたんだろう、馬鹿ねえ……」

「そう言わないで。こうなっちゃったらあなたを一人にはしておけないわ。あたし、あなたのことが大好きなんだもん」

8

さて、CIPにおける、いつもと変わらぬ勤務が始まった。今日はジェロームとの交代勤務だ。出動を要請する電話がかかってくる。彼が呼ばれればわたしが残る。あるいはその逆。二人とも出払うことだってある。わたしはどうにかこうにか、同僚たちの信頼を得つつある。妹のリンダの優しい心づかいとあいまって、わたしを元気にしてくれる。わたしが軌道に乗ったのを見てとってか、シェイラの嫌がらせも収まりつつある。おかげで、当直の勤務が苦にならなくなった。さて、一つ任務を終えて帰ってくると、さっそくジェロームがコーヒーを運んできてくれた。そして、最近のわたしの仕事について根掘り葉掘り訊いてきた。わたしはジェロームのことを思う。そうな、家族思いの父親という感じだ。この人のどこに、心を病む人々に対して同情心を抱くだけの熱意と、患者の苦しみに感応する魂とが隠されているのか？　不思議でならない。結局、そのときは、ジェロームの問いかけにじゅうぶん答えられずに終わった。シェイラがジェロームを呼びに来たからだ。彼はこれから仕事に向かう。わたしのほうにも、すぐに出番がまわってきた。オーネー（パリ北東近郊の町）の救急病院からの要請だという。そこに自傷患者が運び込まれた。傷の手当てはしたものの、その先の処置をどうしていいかわからない。精神科のある病院に入院させるべきか否かについて、専門家の意見を求めているらしい。

さっそく、車でその病院に乗りつけた。大型客船みたいに巨大な建物で、照明に照らされた正面玄関には〝救急〟という赤い看板が見える。玄関ホールに入ると、眠気でもうろうとしたような怪我人の一群とすれ違った。間を縫うようにして、看護師がゆっくりした足取りで行きかっている。スリッパのペタペタいう音がやけに響く。蛍光灯の光は、網膜を傷つけかねないほど強烈だ。わたしは当直のインターンを捜し求めて、病院内の廊下をさまよった。

運がいいことに、当直のインターンは、医者であるための相応の知識を持ち合わせていた。痩せた若い男で、長年の刻苦勉励の結果か、背中が曲がっている。彼によると、問題の患者は典型的なヒステリーということだ。

「あとでごらんにいれますが」わたしの日焼けしたむきだしの脚をじろじろ見ながら、若い男は言った、「かなりひどいありさまです。特に顔と腕の傷は、数センチもえぐられています」

「ひどいわね！　どういうやり方で、彼女はそんな傷をつけたんですか？」

「父親のひげ剃り用剃刀を使ったようです。浴室に閉じこもってね。突然そんなことをする気になったと言っています」

「いくつですか?」

「十五歳です。さあ、ご案内しましょう。娘さんの治療中、ご家族はこちらの部屋に待機しています」

わたしは少女の両親に自己紹介した。二人とも《イノシシから食用ブタへの進化の途上にある》そんな感じだった。体形をべつにしても、いっぷう変わったタイプだ。もう一人いる。大柄で太った、若い男。どうやら息子らしい。両親とまったく同じタイプで、人間的魅力の皆無な、獣じみたところがある男だ。

安物のジャージーに身を包んだまま、彼らはわたしと握手した。よっぽど地面に執着があるのか、終始うつむいたままだ。目立ちたがりの馬鹿娘のために、精神科の先生を呼ばなければならなかったとは、お恥ずかしいかぎりです——両親はまずそう述べたてた。そのあとは、いかにも善良なフランス人に特有の態度に終始した。ようするに《ばれなければどうにでもなる》というやつだ。それは私たちじゃない、なにもやった憶えがない、あなたの言いたいことがわからない、云々。よろしい、よろしい。わたしは型どおりに、みんなに向かって微笑みかけると、ひしゃげたパッケージからおもむろにマールボロを引っぱりだし、警戒心に凝り固まった相手方を見据えた。

「さてと……あなた方がここの医師に対して行った報告によると、こういった出来事は初めてではないと……」

「……あー、えーと、その」

「すみませんが、はっきりおっしゃっていただかないと……」

「ふむ……」

「初めてなんですか、そうではないんですか？」

家族は互いに目配せし合った。

「……初めてではないと、思います……」母親が口ごもりながら言った。

「いいや」父親がほとんど同時に口をはさむ。ところがそのあとが続かない。

「ということは、今までにもあったと理解してよろしいですね」

医学的報告書のなかに、過去の傷の症状が述べられているから、同種の出来事は以前にもあったとみて間違いあるまい。あとは家族がどこまで問題の深刻さを認識しているかどうかだ。

「まあ、そういうことでいいです」父親はしぶしぶ、鼻を鳴らしながら認めた。

「しょっちゅうですか？」

「……あー……ふむ……そうでもないです」

「最初のときのことを憶えていますか？」

「いいえ」

きっぱりとした否定。当然のことながら、憶えていない場合に嘘はつけない。べつの角度から質問を発してみればいい。場合によっては棍棒を取りだして、口を割るまでぶちのめすのだって悪くない。

「最初の発作はいつでしたか？」

わたしは声の調子に、ここで一晩明かす覚悟はできている、くらいの気持ちをこめたつもりだ。

「うー……」

「……あー」

「ということは、四年前ですね」

「いいえ、四年前じゃなく、三年前です」

「娘さんと、そのことについて話したことがありますか？」

「……ええ、まあ……」

「ちょっとだけ……」

「娘さんはなんて言ってました？」

沈黙。

「なにか説明らしきことはありませんでした？」

「……あの子は説明なんかできやしません」

「突然発作がやってきたんですから……」

「結構です……で、あなた方は？　説明できますか？」

「できません」

「ジェニファーは狂ってなんかいません」

心なしか、〝ジェニフェアー〟と発音しているように聞こえる。毎朝放映している、アメリカ製のテレビドラマに出てくるヒロインの名だ。残念ながら、こっちのジェニファーは、自分の体を傷つけるようなことをしている。

「わたしたち病院側としましては、なにか理由があってジェニファーは自分の体を傷つけているのだと思います。だから、傷を治療しただけでこと足れり、というわけにはいかないのです。おわかりですか？　たんに目立とうとして、あんなことをしているのではないと、わたしたちは考えています……」

沈黙。それから父親が、

「それじゃ、なぜあんなことを？」

「今のところはわかりません。とにかく娘さんと話してみます。あとでまたお会いしましょう」

「また待たなければならないんですの？」母親が憤慨した口調で言った。

ジェニファーもまた、兄や両親と同じような体形をしている。少女は隣の小部屋に寝かされていた。顔と腕は包帯ですっかり覆われている。見たところ、心身がこうむった損害は取り返しのつかないものになるかもしれない。ようするに、小さな発作が積み重なっていき、家族の無関心もあいまって、こういう結果になってしまったのだ。同じ行為を続ければ、そのときこそ本当に死んでしまうかもしれない。そうならないためには、長期間施設に収容する必要がある。もちろん、収容が長引けば、人格の破壊がいっそう進む懸念はある。いずれにせよ、ジェニファーの症状は、世界に対する彼女自身の現実を物語っている。これはまた、わたしたち精神科医ならだれしも、最近よく目にする症状でもあるのだ。

わたしはジェニファーにあいさつし、すぐ近くに腰をおろした。ぐるぐる巻きの包帯に目をやる。

「痛むの？」

「ちょっと」

「処方箋を見せて……うーん……お医者さんを呼んでもいい？　もっといい薬を処方してもらえるかもしれないから」

わたしは肩をすくめた。こんな治療ではいけない。

「あなたはべつの薬をもらう権利があるのよ」

「……権利がある？」

「痛いのを我慢していてはいけない……」

「……じゃあ、お願いします」

わたしは例のインターンと、ちょっとの間押し問答した。たかだかもっと強い鎮痛剤を使うか否かについて。医者というものが、患者の感じる苦痛にいかに鈍感であるかには、あらためて驚かされる。なにゆえ医学界が、これほど巨大化した組織を誇っているのか、一般人には理解に苦しむところだろう。

ちょっとした中断があったおかげで、かえってジェニファーとわたしとの心理的距離が縮まったようだ。

「あなたは三年前から、自分の体を傷つけるようになったそうだけど……」

ジェニファーはうなずいた。だが視線はうつろだ。これまでだれも、彼女の言うことなど聞いてはくれなかったのだろう。話を聞いてくれる者が現れることさえ、思いつかなかったのかもしれない。十五分ばかり向き合ったすえに、なんとか相手の注意を引くことができた。やがて、少しずつだが、ジェニファーは短い答えを返してくるようになった。彼女は言葉によるコミュニケーションが苦手らしかったが、わたしがふつうとはちょっと違うタイプの医者だとは理解できたようだ。そうだ、わたしはどんな話にだって聞く耳を持っている。

「母は、わたしのすることが汚くて、まったく馬鹿げているって言うんです」

「いつ、そう言われたの?」

「あのあと」

「……なんのあと?」

沈黙。まつげのない小さな目で、痛々しげにわたしを見つめている。生気の欠けた、どんよりとした目つきだ。

「……お母さんとは、どんなことを話したの？」

「なんにも。テレビがあったわ。わたしはテレビを見ているほうがよかった。べつに汚くはなかった」

「だれが汚かったの？」

「……わたしが」

「どうしてあなたが？」

「ロジェがわたしを触ったから……」

「……だれ、ロジェって？」

「隣に住んでる人。父の友達なの」

「じゃあ、お父さんのお友達があなたを触ったということね……それはいつのことなの？」

沈黙。

「ジェニファー、話さなくちゃダメよ。とにかく、だれかに話さなければ、あなた自身が狂ってしまうわ。きっと、自分の体を傷つけるのはそのせいなのよ。その男があなたにしたことのせいなの」

ジェニファーはようやく、話しはじめた。きわめてゆっくりと、行きつ戻りつしながら。十歳のとき、家族ぐるみのつき合いをしていた隣人にレイプされた。表向きは一家のよき父であるような男に。この種の事件としては、ひどく月並みな話ではある。

少女は二時間もの間、話しつづけた。彼女の話は、わたしにさえ、地獄を垣間見させるたぐいのものだった。彼女は、みずからが犠牲者である犯罪によって地獄に落とされたのだ。彼女が理解していたのはただ、自分が何者でもない、自分の肉体も生命も、まったくなんの価値もないものだ、ということだけだ。そういうわけで、自分の体を傷つけはじめた。血が流れるのを目にすると、自分がまさしく存在していると感じた。同時に、出血とともに感じる苦痛は、受け入れて当然の罰だった。

結局わたしは、ジェニファーがなんとか家族と向き合えると判断した。何度となく、彼女を施設送りにするぞと脅した、そんな家族であってもだ。意外なことだが、例のインターンは、うまい具合に段取りを整えてくれた。わたしが本気でやるつもりだと悟って、自分にできることなら手伝ってやろうという気になったらしい。

わたしはジェニファーといっしょに、家族が待機している部屋に入っていった（そこは待合室だった。テレビを見るためにその部屋にいたのだ）。するとたちまち、部屋のなかはとげとげしい沈黙に満たされた。

「わたし、警察に行くわ」椅子にどっかりと腰をおろしながら、ジェニファーは言った。

わたしたちは四人とも、目を丸くして彼女を見つめた。正直言って、ここまでのことをわたしは期待していなかった。最初に落ち着きを取り戻したのは父親だった。

「どうして警察なんだ？　おまえの馬鹿な振る舞いに、みんなうんざりしているのがわからないのか?」

みんなが驚いたことに、少女は公然と父親に刃向かった。

「わたし、訴えることにする」そう言ったのだ。

「でも、だれかがあんたに傷を負わせたわけじゃないわ!」母親が、とんでもない話だと言わんばかりに抗議の叫び声を上げた。「あんたが自分でやったんじゃないの! おまけに、ちゃんと治療してもらったのに! あんたを傷つけたのがわたしたちだなんて、思い違いもいいところだわ!」

「警察に、なにを言うつもりなんだ?」父親が尋ねた。

「……わたしが十歳のときに、ロジェがしたことを言うのよ」

ジェニファーの発言は、まさに平手打ちのような効果を発揮した。彼女は家族のことをよく知っていた。家族が弱みとする部分を。だから、ズバリと言うべきことを言ったのだ。こんな振る舞いに、わたしの頭は混乱した。いわゆるトラウマを引き起こした行為は、法のもとでは犯罪となる。被害者が十五歳以下の少年少女の場合なおさらで、人が思うほど他愛ない行為では断じてない。とにかく、わたしはジェニファーに自由に語らせなければならないし、彼女が警察に告訴する際には手助けしてやる義務がある。つらい務めだ。少なくとも、ここで言えるのは、わたしが好き好んでだれかを告発するわけではないということだ。確かに、今回の件には、わたしが経験したことのない側面がある。だから、少女が今訴えようとしていることには関わりを持ちたくない——わたしはそう痛切に願ってもいるのだ。できることなら、なにも聞かなかったふりをしていたいのだ。一瞬、わたしは以下のような願望を抱いた。ジェニファーの父親が立ちあがって、娘に向かってこう語りかけるのを。《さあ、ジェニファー、いっしょに警察署に行こう。おまえの名誉を回復するためにな》

だが、希望は打ち砕かれた。父親はこう言ったのだ。

「おまえの馬鹿げた振る舞いを棚に上げて、ロジェを告発するというなら、その前におまえの目ん玉をくじりとってやるからな」

「そんなでたらめな話をさせるわけにはいかないわ」母親もどうやら同じ考えだ。

「おまえなに考えてるんだ?」ここで初めて、ジェニファーの兄が口を開いた。「野郎がおっ立つほどてめえが美人だと思ってるのか? おまえみたいなブスが」

包帯を巻かれたジェニファーの顔には、消毒液を塗りたくられた跡が生々しく残っていた。その顔がわたしのほうを向く。

「このお医者さんがわたしを連れていってくれるわ」意外なくらい確かな口調で、少女は言った。

ゴムバンドで留めた黄ばんだ髪の毛まで動員して――つまり全身で、彼女はこう叫んでいるようだった、《わたしを見捨てないで!》と。さらには、《わたしがダメな子でないと、証明して! 少しは役に立つ人間だと! わたしだって守ってもらう権利があるのだと!》

このような内心の叫びを聞いて、わたしの心は締めつけられた。けれど、わたしはあくまでジェニファーに向かって微笑んだ。そして彼女に付き添っていってやると請け合った。

9

人生というものは不測の事態の連続だ、だれでも事件や事故の被害者になりうる。だからといってあきらめてしまうのはまだ早い――警察はそう言いたいのだろう。事実、最近の警察署では、みんながてきぱきと仕事をこなしている。と同時に、近頃取りまとめられた《被害者の扱いに関するガイドライン》もしっかり行き渡っているようだ。だれもが必要な資料に目を通しているし、適切な研修だって実施しているらしい。わたしとしては、ただただ呆気にとられて眺めているしかなかった。

担当の婦人警官が、報告書のなかからジェニファーの証言を拾っているさいちゅうも、わたしは眠くてしかたなかったが、薄汚い長椅子に身を横たえる気にはなれなかった。そこで、コーヒーメーカーのある場所まで、おぼつかない足取りで歩いていった。そのときだ。男のよく通る声が耳に届いた。これは信じられない、といった調子の声だ。

「ドクター・カブラル？」

声の主はまず、わたしの服装に目をとめたようだ。おそらく、署内で目をとめたのは彼だけではないだろう。わたしはノースリーブのワンピースを着ていたが、黒革製で、しかも飛びきり丈の短いやつだったのだ。まあ、警察署になど来る予定はなかったのだから、しかたあるまい。

「おやすみなさい、警視」

「ここでなにをしているのです?」スダン警視は逆に尋ねてきた。わたしの脚から目をそらそうとするのだが、うまくいかないようだ。それが話しぶりにまで影響している。辣腕の刑事の話し方とは言い難い。「睡眠不足ってわけですか?」

「ええ、でもわたしの場合、一目でわかってしまいますね……それに反して警視さんは、どうしてそんなに?」

今日のスーツは、くすんだ黒の薄い布地で、非の打ちどころがない白のワイシャツと好対照をなしている。こんな質素な装いでも、スダン警視が身につけると不思議と魅力的に思えてしまう。この男にはなにか人をたぶらかすところがある。特に今夜は、人を引きつける要素が感じられる。

「私は昔から不眠症なんです」警視はあっさりした口調で言った。「もしかしてあなたは、あの〈フランケンシュタインの許婚者《フィアンセ》〉といっしょに来ているのですか?」

「今の質問は、もう一度やり直していただきたいですね」

「いやあ、ちょっとしたユーモアですよ! ところで、今度私どもが採用したガイドラインをどう思われます? 被害者の取り扱いに関することですが」

「今警視さんがおっしゃったように、被害者の方に失礼なあだ名をつけるのをべつにすれば、悪くないですね」

これは痛いところを突かれたというように、彼は胸を反らせたが、わたしはきっぱりと言った。

「あなたが警察組織の最先端にいらっしゃるというなら、〝被害者〟と言わずに〝生存者〟と言うべきでしょうね」

すると警視は、意表を突く冗談が通じなかったときに、よく男の子がするような表情をつくった。そして、

「それじゃあなたは、なにを信用すると言うのです？　これだけの変化を受け入れさせるのも、簡単じゃなかったんですよ！　少なくとも褒め言葉くらいは、いや、ちょっとした励ましくらいは、あなたから期待していたんですが……」

まったく、なんという関係だろう。こんなことをしていて、わたしたちはこれからどうなるのだろう？　まあ、じつのところ、そんなことはわたしにはどうでもいい。べつにもっと大事なこと、つまりジェニファーの件があるのだから。

「あの娘さんは、どうして家族といっしょじゃないんですか？」自分のライターでわたしの煙草に火をつけながら、警視がまずは切りだしてきた。

わたしは彼が煙草を吸うのを見たことがなかったが、このときの仕種は、彼の人柄と完全にマッチしていた。つまり非の打ちどころがなかった。

「あの娘さんは、父親の友人にレイプされたんです。なのに父親は、娘の言うことを信じようとはしません」

「いつも、同じような話ばかりです」

「ええ、いつも」

どんな風の吹きまわしか、自分にもわからないのだけれど、わたしはこうつけ加えていた。

「マリー・ベルモン事件を、思い出させますね、そう思いません？　犯人が父親の近くにいる人物だった点、なんかが」

警視はわたしのことをじっと見つめた。例の、スキャナーで記録するような視線だ。じつに印象的な視線。それから、ちょっと奇妙な感じのする微笑を投げかけてきた。

「マリーの話はだれに聞いたんです？　フロッピーディスクを持ちだしたのはあなたでしょう？」

わたしはあ然とした。

「フロッピーディスクって、なんの？」

こう言ってしまえば、意味するところはもちろん、《どうしてわたしがフロッピーを持っているのを知っているのか？》ということになってしまう。

「はぐらかそうったってダメですよ。あなただってことを、私は知ってるんだから」

「警視さん、わたしたちの間の友情は尊重したいと思いますけど、そこまで不躾《ぶしつけ》なことを言われる筋合いがあるのでしょうか？　どんな権利があって、わたしをそんなに侮辱するんです？」

一瞬警視の表情は、下手な画家が描いた肖像画のように歪んだ。やや大きめの鼻、頑丈そうなあご、でき物の跡がある、落ちくぼんだ頬。それらがあいまって、当惑したような、ほとんど悲しげな表情をつくりだした。

「どうやら、あなたとの間では、意志疎通がうまくできていないようです」

「本当に、それが問題なんですか？」

「あなたにとっては、違うんでしょうね。でも私にとってはそうなんです」

長い沈黙があとに続いた。わたしは沈黙に耐えきれず、コーヒーを何口か飲んだ。わたしが飲みおわるのを待って、警視はわたしの手からカップを取りあげた。

「もう一杯いかがです？」

彼の指が、わたしの指にかすかに触れた。わたしは若い娘みたいに顔を赤らめ、口ごもった。

「いいえ、結構……」

婦人警官が、ジェニファーが待っていると告げにやってきたとき、わたしはやっと気分が楽になった。

「あなたはどうお考えですか、ドクター？　あの娘を家に連れ帰るか、それとも施設に収容するか？」

「彼女自身はどっちがいいと？」

「家には帰りたくないようです。恐怖心を抱いていますね」

「それじゃ、わたしがＣＩＰに連れていきます。そこなら、彼女も眠ることはできるでしょう。その間に、解決方法を考えることにします。それでは、おやすみなさい、警視」

微笑と固い表情が交錯する。視線が心なしか不安定だ。

「おやすみなさい、ヴェラ。その服はやめたほうがいいですね。仕事向きじゃない。革はあなたにとても似合うはずなんですが……」

「そんなことはわかってますよ、警視」

婦人警官はわたしたちの様子を見て、これからベッドをともにする間柄だと思ったにちがいない。だが彼女は間違っている。そのことをいちばんよく知っているのはこのわたしだ。


ジェニファーをＣＩＰに連れていくことは、なんの支障もなく行われた。彼女は疲れはて、途方にくれていた。また、これまでついぞしたことのなかったこと——つまり両親に刃向かったこと——をしたせいもあって、ひどく怯えていた。少女の耐えてきた苦悩を知って、シェイラは感心しきりだった。タンクトップの下の巨大な乳房を揺らせて、彼女は立ち働いた。まずは患者用の部屋にベッドをしつらえた。それから少女のために、ホットココアと、オーブンから直接出してきたみたいなクッキーを用意した。わたしは狭すぎるキッチンに二人を残して、長い廊下を自分のオフィスに向かった。さっそくメッセージをチェックする。窓越しに外を眺めた。病院の庭の向こうに、朝日が昇っていくのが見えた。冷えたコカコーラを飲みたいと思った。さぞかしおいしいだろうな。わたしのこんな他愛ない好みを、シェイラは理解してはくれまい。個人的には理解してくれたとしても、組合に属する彼女の立場としては、褒められたことではないだろう。

朝の八時頃になってやっと、ジェニファーの件でＤＤＡＳＳ（県保健・社会福祉局）の協力を取りつけるのに成功した。必要な書類を書き終えたとき、表のパーキングにエレーヌの車が止まる音がした。窓から眺めてみると、樫の木の下のいちばんいい場所に駐車している。わたしはあらためて、彼女の几帳面さに感服した。こんなに朝早くからはつらつとして職場に出てくるのにも頭が下がる思いだ。そんな彼女にくらべてわたしのほうは、車を置く場所は行き当りばったりで、仕切りをはみだしてしまうことさえある。そばに汚いごみ箱があったって気にかけない。それだけに、エレーヌには感心してしまうのだ。確かに疲れの痕跡はある。けれど、白いパンプスを履いた足取りは確かだし、ブルーのワンピースの襟元にちらつく首飾りは、薄くほどこした化粧によくマッチしている。とりたてて美人というわけではないが、目の保養になる。女から見てもそうなのだ。それにくらべたら、わたしなんか、革のワンピースに身を包んで女装したゲイ、といったところだ。

「こんにちは《サリュ》、エレーヌ！」

「おやまあ、ひどい顔してるじゃない！　昨日の夜は大変だったようだけど……」

エレーヌはキッチンに入って紅茶をいれてくれる。その間わたしは、ジェニファーの今後の処遇について、こまごまとした説明をした。今、少女は、シェイラが寝室として特別にしつらえた部屋で眠っている。

「ところで、あのブリュノ・ロメールは？」わたしは訊いてみた。「この間ガソリンスタンドに立てこもった人……あなたが診察することになっていたんじゃないの？」

「それがね、きのうが約束の日だったのに、来なかったのよ。裁判のときに、悪い印象を与えるわね、きっと……」

　ＣＩＰの緊急出動の対象となった患者は、少なくとも一度は、精神科医との面談を受けなければならない。そういう取り決めになっている。患者が起した事件の意味や、これからの生活設計などについて話し合うためだ。ところで、時間的な問題から、面談に当たる医師が緊急出動時に派遣された医師と同じであることはめったにない。ただし、それはとりたてて重要ではない。ＣＩＰで重視されるのは、当の患者が、今後問題なく社会復帰できるかどうかを客観的に見きわめることだからだ。まあ、そういったことはさておき、わたしはブリュノが姿を現さないという話を聞いて、気が気でない思いにとらわれた。それだけは確かだ。

「彼のお兄さんに電話してみる。今日、なんとしてもブリュノを来させなければいけないわ。保釈されたあともホームレス同然の生活を続けているはずなんだから！　ここにやってくる時間がないはずはないわ！」

「まさか、こんな朝早くに叩き起すこともないでしょう」エレーヌが言う。

「それでも、あの兄弟が問題を抱えているのは間違いないわ！　そのことに気づくとすれば今しかないのよ」

わたしはさっそく電話番号を押した。紅茶を飲みながら、エレーヌがせせら笑うような視線を投げかけてくる。彼女は、わたしがひどくファナティックになっていると思っているにちがいない。けれど、彼女はぐっすり眠ったあとだから冷静でいられるのだ。寝不足のわたしに、そんな余裕のある態度を取れるわけがない。

すぐに電話がつながった。

「もしもし、ロメールさんですか？　パスカル・ロメールさん？　ドクター・カブラルです、ガソリンスタンドの事件の際にお会いした……。弟さんについてちょっと問い合わせたいことがあって、お電話しました。弟さんはきのう、ＣＩＰに姿を見せなかったのです」

無言。

「ロメールさん？」

「……知らなかったんですか？」相手が奇妙な声で尋ねてきた。

「なにをです？」

「ブリュノは死にました。勾留中に独房で首を吊ってね」

どうやってパリに向かう高速道に乗り、モンマルトルの埃じみた通りにある、わたしのアパルトマンにたどり着いたのか、よくわからない。

部屋に入るなり、今にも吐きそうになった。というより、思わず声を上げて泣き崩れてしまった。かわいそうなブリュノ。冷たい双子の兄によって、人生を奪われてしまったようなものだ。しかもいまいましいことに、あのスダン警視は、ブリュノの死をわたしに告げるのを避けていた！　いっぽうわたしのほうは、その間なにも知らないままヒューマニスト気取りで飛び回っていたわけだ。たかだかホームレスの男を一人、排除したにすぎないのに、一人の男を救いだしたと勘違いした馬鹿な人間。それこそがわたしだった。

わたしはソファーに身を沈めた。スダン警視のことを、特に、彼の魅力がわたしに及ぼす侮辱的な力を思い出すと、身が引き裂かれるように苦しかった。それに、ダイスカップのように冷たい、人の心を射抜く力を持った彼の視線。もちろん、スダン警視とのことはエレーヌには黙っていた。わたしが〝辞表〟という言葉を口にしたとき、彼女は驚いて、とにかく一眠りしたらと勧めてくれた。彼女としては、わたしの狼狽ぶりにショックを受けたのかもしれない。彼女は、ブリュノの死については自分でも調査してみると約束してくれた。けれど、あとの成りゆきがどうなるかはよくわかっている。エレーヌはわたしたちの上司であるブローに、〝患者〟が警察署に勾留中引き起す恐れのあるトラブルについて知らせる。特に、救急精神科医の任務が終わり、担当弁護士が到着するまでの間が危ない。患者が拘置され、いっぽう警察署では、患者が呈している症状についてはなにも知らされていない。いちばんの問題はそこにあるのだと。彼女が言ってくれそうなことといえば、せいぜいそんなところだろう。ようするにエレーヌは、日頃から主張する持論を展開するにすぎない。

ジェニファーを指して〈フランケンシュタインの許婚者《フィアンセ》〉などと口走ったときの、スダン警視の口調が今さらながらに思い出されてくる。剃刀のような言葉。わたしに向けられたわけではないのに、何度も立ち返ってきては心を苛む。明らかに、そこには強い者の弱い者に対する侮辱が見てとれる。ユーモアの入り混じった傲慢さ、残酷味を帯びた冷笑。そんな言葉を平気で口にする男を、機知に富んだ人だと好意的な目で見ていたことさえあるのだ。

自分が空腹なのに、今さらながら気づいた。アメリカ風のシステムキッチンにこもって、冷蔵庫のなかを引っ掻きまわす。そのとき、寝室のほうの仕切り壁の陰で物音がした。いや、物音というより、あれはうめき声だ。おそらくは、セックスのときの。呆気にとられていると、電話が鳴った。反射的に受話器を取る。

「ヴェラ?」

「あら、ナタン、こんにちは。お元気?」

「ああ、元気だよ。カリーヌはまだそっちにいる?」

「今出たところよ」

さっきうめき声がした扉のほうに目を向け、じっと見つめてみる。うめき声は強まっているようだ。ナタンというのは義兄、つまり姉のカリーヌの夫だ。

「ああ」ナタンはちょっとがっかりしたようにため息をついた。「子供たちがカリーヌになにか訊きたいって言うんだけど、携帯の電源を切っているらしいんだ。まあ、べつの連絡方法を考えてみるとするよ」

ナタンほど模範的な人はいない。ユーモアのセンス、揺るぎない仲間意識、ビジネスの才能、そういったものだけでなく、二十年間変わることなく家族を支えてきたという面もある。そんな非の打ちどころのない人が、この度《たび》はわたしの誠実な対応すら当てにできないというわけだ。

わたしが受話器を置くと、体を包んだシーツのすそを引きずりながら、姉は姿を現した。

「わたしのシーツを雑巾みたいに扱わなかったことだけは、せめてもの救いだわね」さっそく言ってやった。「なにしろリンネルのシーツなんだから」

「どうしたっていうの? ご機嫌斜めってわけ?」

「ナタンが電話してきたのよ!」

「しーっ、静かに！」

わたしは言われるままに声のトーンを落とした。

「まったく、このありさまはなんなの？　わかっている？　あなたのせいで、ナタンに嘘をつかなきゃならなかったのよ」

「まあまあ！　わかってると思うけど……感謝はしてるのよ。わたしがナタンをつなぎとめておくように、あんたがいろいろと骨を折ってくれてるのは知っているし……」

そばかすのある、丸みを帯びた肩をそびやかすと、姉は冷蔵庫のなかに首を突っ込んだ。そしてトレイのうえに、バターとジャムとチーズをのせた。わたしは意外な思いにとらわれて、口ごもった。

「カリーヌったら……」

「なによ？　わたしのこんな姿を見たって、わたしに説教なんかしないはずよね」

あまりのずうずうしさに、わたしもとうとう頭にきた。姉の手からトレイをひったくると、小卓のうえに置いた。

「ありがとう。わたしに朝食を準備してくれるなんて、あなたにしてはずいぶん気が利いているわね」

「まあ、いいじゃない！　そんなに腹を立てなくたって！　あんたは昔から、気立てのいい子なんでしょ？」

少女時代に帰ったようなこんな言い方に思わずカッとなった。ここは自分の家なのに、なんで姉にこうまで好き放題にされるのか。けれど、わたしはすぐに冷静さを取り戻して言い返した。

「カリーヌ、わたしの部屋が、あなたの逢引の部屋にされるなんて、もってのほかだわ。きのうは部屋を使っていいようなことを言っちゃったけれど、それはね……」

そもそもどうして、きのう、そんなことを言ってしまったのだろう？　わたしが七歳のときみたいに、姉のお楽しみを手助けするため？　姉がわたしの部屋でこっそりお化粧するのを、わたしが賛嘆のまなざしで見つめていた、あの頃みたいに？　わたしはその頃、きょうだいとはべつに風呂に入り、母は泣きながらわたしの体を洗っていたというのに。

姉の視線を避けながら、口のなかでもぐもぐと言った。

「わたしにはわかっていなかったのね。わたしが帰ってくる時間までには出ていってくれるくらいの気遣いはしてくれると思っていたのに。少なくとも、わたしがこんなことに巻き込まれないように……」

「なにに巻き込まれるって？　わたしの破廉恥な振る舞いに、ってこと？　ちょっと、あんた、物事を堅苦しく考えすぎよ！　もっとこういう思いをさせてやればいいのかもね。そのほうがかえって、あんたの気持ちがほぐれるわね、きっと……」

どうやら、戦略を変えるときが来たようだ。

「ようするにあなたは、恋をしているんでしょう、そこがポイントね」わたしはおごそかに言った。「けれどわたしにとっては、今は悪いタイミングなの。患者の一人が自殺したりしたものだから、わたし……気が滅入っているのよ。報告書を書かなくちゃならないのも、頭の痛いことだし……」

　カリーヌと話すときは、仕事の話題がすべてに優先するということを、わたしは心得ているのだ。彼女は興ざめしたような視線でわたしを見つめた。

「自殺ですって？　困ったことね。転職して間もないというのに……そういうことが続くと、具合が悪いわね」

「どう考えても、失敗以外の何物でもないわ」

「まあ、心配しなさんな。仕事のほうはいずれ軌道に乗るんだから！　あんたみたいな人は重宝されるから、くびになんかならないわよ」

　わたしは相手に微笑みかけた。こうして見ても、やっぱり姉は、仕事好きなキャリアウーマンだ。成功というものは、食いついていってでも奪い取るものだ、という現実を知っている人。カリーヌ・カブラルは、ヴィーナスでもありバラクーダ（カマス属の肉食性海魚）でもあるのだ。用意してくれた朝食の前にわたしが座っている間に、姉は寝室に姿を消していた。

　三十分後に、ふたたび現れた。シャワーを浴び、香水をつけて、〈クレージュ〉ののらしい淡いピンクのワンピースを身につけている。甘い匂いを漂わせる美しい髪が、むきだしの肩にかかっている。まったく、食べてしまいたいくらいだ。彼女のうしろから、だれかが……ついてくる。思わずどぎまぎしてしまいそうな美男子だ。二十歳かそこらだろう。ブロンズ色の肌。脱色した髪が肩甲骨の間まで垂れさがっている。

わたしは呆気にとられてしまった。シャンプーのコマーシャルに出てくるようなこんな美青年と、美しいが子持ちの中年女にすぎないカリーヌとの間に、どんな共通点があるというのだろう？　はち切れんばかりの若さを発散しているこの男が、姉の新しい恋人というわけか？　精神科医としての本能が働いて、過剰な反応をしてしまうところをなんとか抑えた。わたしとしたことが、どうしたというのだろう？　もしかして、姉に嫉妬しているのか？

若い男──金の巻き毛──は、寝室の戸口に立って、わたしにあいさつのキスをしようかどうしようかと迷っているらしい。わたしは姉と目を見交わした。わたしたち姉妹は、こういう場合どう対処したらいいか、ちゃんと心得ている。


カリーヌたちが帰ったあと、寝室に入ってみた。姉はシーツを取り替えてくれていた。新品の、もっと美しい柄のやつだ。窓は開け放たれている。外は小公園の木々で、すぐ近くにサクレ＝クールの丸屋根が迫っている。苦しくてならなかった。羞恥心などかなぐり捨てて、外に向かって泣き叫びたかった。

電話機を取り、ドクター・アッケルバウアーに予約を入れた。彼はわたしが生まれたときから、わたしの障害を見てくれている主治医だ。わたしの病気が、手術をすればかならず完治すると請け合ってくれたのも彼だ。けれど、わたしはその頃、精神医学の勉強に夢中になっていて、手術の勧めをやんわりと断っていたのだ。

10

　さて、そのとき友人のスリムとわたしは、互いの体が触れ合わないようソファーの両端に身を落ち着けていた。奥行きのある三人掛けのソファーで、栗色のビロード張りだ。わたしが家にいてくつろいだ気分になれるのは、このソファーに腰掛けているときぐらいのものだ。ここにいると、まるでテントのなかにいるみたいな安心感が得られる。まわりには本があり、テレビがあり、飲物がある。わたしは今しがた、仔羊の串焼きをソースピカントとともに平らげたところだ。馴染みのチュニジア人の肉屋が教えてくれた食べ方だ。スリムのほうは、相変わらずインド煙草をふかしている。信じがたいことだろうが、スリムはカブラル家の人間ではない。彼は、フランスで〈民族精神医学〉なるものを修めたイラク人だ。シメーヌという名の、マルタ島出身のキリスト教徒と結婚している。妻のためにイラクでの生活をあきらめたのか、彼の専門が精神科医として希少価値を生んでいるのか、どちらが理由かわからない。とにかくスリムは、郊外の精神科病院にポストを得て、以来フランスで生活している。

「そのブラジル人の少年が」わたしがことの次第を詳しく話して聞かせたあとで、スリムはおもむろに口を開いた、「錯乱状態に陥っているかどうかを判断するには、養父と話してみる以外に、今のところ方法はないだろうね」

「それが簡単じゃないのよ。彼は要人なんだから……」

「息子が心を病んでいるということが明るみに出れば、あんな事件の直後だからマスコミがまた騒ぐだろうな。そのことをまず言ってやるべきだね」

「で、もう一人のほうは？」

「もう一人？　ガソリンスタンドの男のことを言っているの？」

「そう、ブリュノ・ロメールのことよ。彼は本当に、自殺したんだと思う？」

まあ落ち着け、というようにスリムは微笑んだ。

「ねえ、ぼくはきみと同様、迷信なんか信じないよ。偶然の一致ってやつだって、もちろん信じない。ぼくに言わせれば、ブリュノとセリーヌ・ベルモンのケースには、なんのつながりも認められないな」

「わたしもそう思う」

「ただし、二つの事件の現場にきみが居合わせた、という点はべつとしてね」

「じゃあ、わたしが二つの事件をつなげてるってこと？」ちょっと憤慨してわたしは言い返した。

「というか、状況に対処する際のきみのやり方がね……」

「ありがとう。わたしを大いに励ますようなことを言ってくれて」

「でも、きみは一人じゃなかったんだよ」論理の糸をたぐり寄せるように、スリムは言った。「作戦に加わっていた者はほかにもいたんだ。きみは救急精神科医の仕事を始めたばかりだから、ほかの要因がさまざまに働くってことがわからないんだな。診療所で患者と向き合っているつもりで、状況を判断する傾向が、きみにはまだ残っている……でもそいつは間違いってもんさ。きみが今やってる仕事は、診療所時代とはまったく別物なんだからね」

スリムの言い分は間違っていない。わたしは〝一歩引いてみる〟のが苦手だ。狭い視野で物事を観察してしまう癖があるのだ。

スリムは帰ろうとして立ちあがったが、猟犬みたいになにやら鼻をくんくんさせている。

「変だな」彼は言った。

「なにが？」

「二時間もここにいるのに、きみの兄弟姉妹が一人も現れないなんてね。まったく信じられないことだな」

「今朝来ればよかったんだわ。すばらしい見世物だったのにね」

スリムはわたしの家族をテーマにして、論文でも書くつもりなのだろうか。いずれにせよ、カブラル家における最近の騒動は、彼の学問的興味を大いにそそるものであらしい。

スリムが帰ったあと、さっそくミニテル（フランス固有の情報通信端末）の前に座った。ベルナール・トゥシェの元妻の電話番号を検索するためだ。公判記録によれば、トゥシェは結婚したことがあり、子供が二人いるはずだ。離婚後、妻はモゼールという旧姓に戻り、子供の姓も変えることを許されたらしい。

「モゼールさんですか？　スダン警視の代理でお電話しています。ベルモン事件のことなんですが……」

受話器の向こうから、ハッと息をのむ様子がうかがえる。わたしは相手がモゼール夫人その人だと確信した。

「モゼールさん、旦那さんが以前起した事件でどれだけつらい思いをされたか、お察しします。でも、ベルモンさんのところで、また事件が起ってしまったものですから……」

「わたしになにができると言うんですか？　あの人とはもう関係がないのですから、責任の取りようがないじゃありませんか！」

涙声が聞こえてきた。夫の起した事件は、彼女にとってきのうの出来事みたいに今も生々しいものなのだろう。夫を嫌悪する気持ちや、世間に対する恥ずかしさ――それらがずっと彼女の心を苛んできたことは想像するに余りある。

「あなたを非難するつもりはまったくないんです。わかってください」わたしは言い張った。「ただ、いくつか教えていただきたいことがあるので……」

「あなた方にまだ必要なことがあるんですか？　もう終わったんです！　わたしはなにもかも失ってしまいました！　子供たちだってそうです！　結局、ダメになった生活を元に戻すことはできませんでした！」

「わたしは精神科医です。あなたの旦那さんについて、お話ししたいことがあります」

「あの男はもうわたしの夫ではないのです！」夫人は叫んだ。「詮索したって時間を無駄にするだけですよ。あの男は精神科医の手に負える人間じゃないですからね！」

「わかっています。でもあなたは？　あなたは公判中一言も発言していませんよね。だれもあなたに質問しませんでしたから」

「それでよかったんです！　おわかりでしょうけど……ああいう場合、黙っているほうが身のためなんですから」

「でも、話を聞かせてください、マダム。今回ベルモン家で起った事件は、あなたとはなんの関わりもない。それはわかります。でも、わたしが知りたいのは、あなたが生活をともにした男のことなんです」


夕方、暑さにぐったりしてＣＩＰに出勤すると、そこはまるでオアシスみたいに感じられた。自動スプリンクラーが濡らした地面からは、心地よい爽やかさが、ウインドウを下ろした車のなかにまで立ちのぼってくる。おまけに、パーキングのうえまで張りだした樫の木が涼しい木陰をつくってくれている。近くに椰子の木が植わっていて、ミントティーを手にしていたら、言うことなしなのだが。

わたしは予定どおり、当直勤務の始まる一時間前に到着した。エレーヌと会って話をするためだ。ジェニファーがなんとか快復して、DDASSの施設まで滞りなく移されたかどうか、エレーヌの口から直接聞きたかったのだ。ところが、

「大変なことになったのよ。お父さんがやってきて、ジェニファーを連れていってしまったの」

わたしは息をのんだ。

「なんですって?」

「わたしの力では阻止できなかったわ。権限がないんだから。きっと警察のだれかが、親のほうに権利があると教えたのね」

「どんな権利があるというの?」思わず語気を荒らげていた。

「父親自身が娘をレイプしたわけではないし、共犯者ってわけでもない。だから娘を連れだす権利があるの。そのことについてはだれも異議を唱えられない。ジェニファーがその時点でDDASSの管轄下にあれば、拒むこともできたんだけど。DDASSには、裁判所の決定がなくても、レイプの被害に遭った未成年者を保護する権限があるから。でもわたしたちには、そんな権限はないの」

「……そんなことさせちゃいけなかったのに」

「わたしたちに運がなかったのね」エレーヌは口惜しそうに言った。「一時間後にはDDASSの職員が来て、ジェニファーを連れていく手筈になっていたんだけど」

「お父さんにはなにを話したの？　少しはきつい態度をとってやったんでしょうね？」

「もちろん。わたしだって腹が立ったから、言ってやったわ。もしジェニファーの体に手を触れたり、あのレイプした男に近づけたりしたら、お父さん、あなた自身が刑務所に入ることになりますよ、って」

「それから？」

「父親のほうだって息巻いていたわ。ヴェラ、あなたがジェニファーを薬漬けにしたんだとまで言ってね。娘を帰宅させたら、さっそく告訴を取り下げさせるんだって。明らかに、警察内に親しい人物がいて、その人物がそういうことも可能だって、父親に教えたのね」

わたしたちは玄関ホールを歩きながら話をしていた。エレーヌはハンドバッグと車のキーを手にしている。これから子供たちを迎えに行くのだ。だからこれ以上引きとめられないのはわかっていた。けれどわたしは執拗に迫った。なにがなんだかわからなくなって。

「わたしにはあの娘を見捨てることはできない。なにがなんでもあの娘に会いに行かなければ」

エレーヌは優しく微笑んだ。わたしのこんな態度に困惑したようだった。

「だれも見捨てはしないわよ、ヴェラ。エティエンヌが、帰りがけに彼女の様子を見に寄るって約束してくれたわ。ちょうど彼の帰り道なのよ。あなたはこれから当直なんでしょ、忘れちゃダメよ……」

「ありがとう」

といっても、ほとんど慰められた気がしなかった。けれど、今のところは、ほかに選択の余地がないこともわかっていた。それに、エティエンヌの存在が安心感を与えてくれた。もし異常な兆候を察知したら、即座にジェニファーを連れ戻してくれるだろう。

「ヴェラ、一つだけ頼みがある。今夜のところは、エティエンヌに電話しないで。彼に話を聞くのは明日にして、いいわね？」

「どうして？」

「あなたはこの件にのめり込みすぎてるから」

わたしは彼女の淡青色の瞳のなかに、いつか驚かされたきらめきを見た。エレーヌは敵ではない。それどころか、わたしを助けようとしてくれている。もうそろそろわたしも、同僚の意見を尊重し、歩調を合わせるようにしなければなるまい。

「ヴェラ」最後に彼女はつけ加えた、「ここでは、やれることをやるだけだ、ってことを忘れないでね。だれも奇跡なんか期待していないし、すべての人に精神療法をほどこすなんてことはできないんだから」

「わかっているわ……ジェニファーがわたしの担当じゃないってこともね」

わたしはいったいどこに落ち込んでしまったのか？　水槽のなかか？　そうだ、わたしは水槽のなかにいて、外にいる患者たちを感心しながら眺めているようなものだ。一つ、確かに言えるのは、わたしには酸素が足りなくなっている、ということだ。

11

わたしはその夜を、そして翌日の夜までも、心ここにあらずの状態ですごした。それでも、それとなく調査していたのだ。わたしたちがジェニファーのまわりに張り巡らせていた防護の糸をほどいてしまった人間が、警察内部にいる。その人物を突き止めるための。例えばブリュノ・ロメールの件と比較できる気がしてならない。つまり、人助けしようとするわたしの努力を、だれかが無にしようとしている。そんな感じがする。あるいは、あのスダン警視の熱情が、屈折した形でわたしの身辺にまで及んでいるのかもしれない。警視の人となり、野心、警察業務を改善する際に発揮した、並々ならぬリーダーシップ。そういった面が、脚光を浴びない立場にいる同僚たちの嫉妬を買っているとしても不思議ではない。例えばマルシオニ警部みたいな男が、にわかに怪しく思えてくる。こうして敵でありうる人間の顔を思い浮かべ、脅威を具体的なものにできるだけでも、気持ちがずいぶん楽になった。

とにかく、冷静にならなければいけない。同僚たちは、わたしがあらゆることを事件にでっちあげようとしているのではないかと、疑いはじめている。月並みな出来事を取りあげて、混乱と紛糾を引き起しているのではないかと。むしろさいわいなことに、と言うべきだが、ここ二、三日来ひそかに続けている調査からは、警察の動きを裏づける証拠はなにも出てきていない。わたしは胸を締めつけられるような不安を、完璧な合理主義と厳格さで武装することでひた隠しにしていた。当然、職務権限を逸脱する行為はつつしんでいた。こういったことが、みんなを安心させるために役立ったようだ。少しずつだけれど、同僚たちのわたしに対する厳しい視線がやわらいできたのだ。

トゥシェの元妻であるモゼール夫人は、セーヴル（パリ西郊の町）の質素な住宅地にある、四階建ての建物に住んでいた。つつましい4DKだ。彼女は現在、個人経営のクリニックで看護師をしている。事件後の彼女の人生が危機の連続だったのは、かえって運がよかったのかもしれない。トゥシェみたいな男と結婚してしまった不運を忘れていられたのだから。

「夫が逮捕されたとき、わたしはパリのとある児童養護施設で働いていました。もちろん、即座に解雇されました。殺人を犯した小児性愛者の妻というだけで、入所している子供たちに悪影響を及ぼすと判断されたんです。わたしは解雇を不服として、労働裁判所に訴えました。けれど組合は、力になってくれようとはしませんでしたね。それどころか、ペスト患者みたいな扱いでしたよ、ほんとに……。気がつけば、娘たちとわたしは無一文になっていました。失業状態を長い間続けるわけにもいかないので、ささやかな職にはつきましたが、その度ごとに問題が起るんです」

「どんな問題が？」

「例えば、わたしたち親子がベルナールといっしょに写った写真が、『パリジャン』紙に載ったことがあります。娘たちの目は黒く塗りつぶされていましたけど、わたしの顔はそれとわかるように写っていたんです。わたしはその日のうちに解雇されました。かつて殺人犯の妻であったという事実が、重大な過失と見なされ、解雇の理由となったのです。裁判所に訴えることもできたでしょうけど、経験上そんなことをしてもしょうがないのはわかっています。弁護士に払う費用を無駄にするだけですからね。看護師というのは、修道女にちょっと似たところがありますね。つねに純潔であることを要求されるんですから」

夫人はけなげにも微笑もうとした。こういった苦難のうえに身を置きながら、なおも冗談を言えるのだと示そうとするかのように。わたしは微笑み返したが、彼女の話に胸をえぐられる思いだった。

「二年間で三回も引っ越しをしましたよ」夫人は続けた。「べつに大変なことではありませんでしたね。マットレスのうえにじかに寝て、折り畳みテーブルで食事をする、という生活でしたから。夫婦生活で使っていた品物は全部処分してしまいました。娘たちがそういった品々を使用するというのが、わたしには耐えられなかったんです。彼が逮捕されたあと、〈エマユス〉（フランスの慈善団体の一つ）に全部引き取ってもらいました。お金と引き換える気はありませんでしたね。そんなお金、汚くて使う気になんかなれませんもの」

「でも、彼は無罪放免される可能性があった……」

「ベルナールが？　とんでもない！　あなたはあの男のことを知らないんです。彼が罪を犯したのを、わたしは知っていました。仮に裁判をうまく切り抜けて、釈放されたとしても、わたしはあの男とよりを戻すことはなかったでしょうね。不幸のどん底にいたって、やり直すチャンスはいくらでもあったんです。少なくともそう思っていました。娘たちがいてくれて、そこそこの仕事さえあればこそ、わたしはゼロから再出発できたんです」

「モゼールさん……」

夫人は正面からわたしを見つめていた。わたしがなにか都合の悪いことでも言いだすのではないかと、恐れている様子がうかがえる。きっと、他人は悪意を持って近づいてくるもの、という考えが染みついてしまっているのだろう。彼女はもう、憤慨する気にもなれないようだ。すっかり他人を理解したつもりになって。自分が他人の立場でも、きっと同じように振る舞うだろう――そう思い込んでいるのかもしれない。わたしに言わせれば、それは間違った思い込みなのだけれど。

「はっきりさせておきたいんですが」わたしは咳ばらいをしたあとで口を開いた。「わたしは……つまり、その……はっきり言います。わたしはスダン警視に言われてここにやってきたわけではないんです」

予想していなかったが、このとき夫人の表情がパッと晴れやかになった。わたしのうしろにスダンの影を見なくていいというのが、彼女にはそんなに嬉しいのか。あるいはそのことだけで、わたしが信頼するに足る人間と見なせるというのか？　とにかく夫人は、表情を輝かせた。

セリーヌ・ベルモンが自殺したことを手短に話した。もちろん、それが正真正銘の自殺で、責任の一端はベルモン氏にあるということを忘れずにつけ加えた。

「ベルナール・トゥシェの裁判記録に当たってみました。そして、起訴事実がことごとく、自白に基づいているのに気がついたのです。ろくに捜査もしていないか、あるいは真実の一部を隠蔽しようとしているか、そのどちらかという感じを抱かざるをえませんでした」

「おっしゃるとおりだと思います」モゼール夫人はきっぱりと言った。「ベルナールがポール・ベルモンと親しいことは、どうしても隠しておかなければならなかったんです。ベルモンにとっては、市役所の職員以上の存在だったんですから。ベルモンのために彼がしていたことを話したら、それこそ取り返しのつかないことになったでしょうね。ほんと、ああいう人たちというのは、身内で折り合いをつけるやり方をちゃんと心得ていますからね！　わたしは外から眺めていて、自分の目が信じられないくらいでしたよ！　警察と、裁判官と、弁護士と、殺された子供の父親が、殺人犯とぐるになっているなんて……まったくおぞましいことです。いずれにせよ、世間の醜い部分をたっぷり見せてもらいました。本当にそうなんですよ。わたしたちみたいな平凡な女所帯には、もういいことなんか期待できません。娘たちがいて、4DKに住んでいて、ときどきは海辺にバカンスに行って、月に一度は映画を見る。それだけでじゅうぶんです。生きているだけで満足しなくちゃいけないんです」

とにかく、気がすむまで胸のうちを吐きださせてやることだ。結果はおのずとついてくる。

「ベルナール・トゥシェは、ベルモンの協力者だったのですか？」

「いいえ、協力者というほどではありません。表向きは市役所の戸籍係の職員にすぎませんでした。市役所内では、ベルモンと顔を合わせる機会はなかったはずです。一支持者として会うことはあったでしょうが……」

「ベルモンの党の支持者として？」

「ええ。熱烈に支持していましたから。演説会には欠かさず顔を出していましたし、集会があるときにも、真っ先に参加の申し込みをしていました。最初はみんなといっしょにバスで行っていましたけど、その熱心さがベルモンの目にとまって、選対本部のボランティアとして雇われたんです。チラシやポスターを作ったり、会場の警備をしたりするのが仕事でした。二人の間になにがあったのか、わたしはまったく知りませんでした。もしかしたら、わざと見ないようにしていたのかもしれません。そのほうがわたしにとって都合がいいですから……。二人の関係を知ったのは、ある日、近所の人の話からでした。以来、夜になるとときどき考えたりします。彼を告発する勇気を持っていたら、あんなことにはならなかっただろう。わたしもある意味では共犯者なのではないか、って……」

《ある意味では共犯者なのではないか》。夫人はこの台詞を何度か口にした、しつこくつきまとわれているみたいに。

「当時の生活はどうでしたか？　旦那さんとはしあわせでしたか？」

「あの人は娘たちもわたしも大して愛してはいませんでした。でも、面倒な人ではありませんでしたね。彼はホテルで生活しているようなものでしたから。わたしの同僚からは、あなたは運がいいわねと言われました。生活費をきちんと渡してくれて、口出しはいっさいしませんでしたから」

「失礼ですが、その……」

「いっしょに寝ていたのかと、お訊きなんでしょう？　答えは、ノンです。というか、めったにそういうことはなかったので、避妊の心配もしていなかったほどです。結果として二人目の子を身ごもってしまったわけですが、そのときから、あの人はわたしの体に手を触れなくなりました。つまるところ、いい結婚生活でなかったのは確かです。でも……こう言ってはなんですが、そのおかげで時間ができて、子供たちが成長するさまをじっと見ていることができたのです」

「彼はどういうタイプの人でしたか？」

「それはまあ……端的に言って、たちの悪い男ですね。暴力をふるうことはありませんが、どうしようもなくたちの悪い男でした。裁判の過程で、わたしたち家族が隠れ蓑として利用されていたんだと気づきました。表向きは平凡な夫の顔を保ちながら、陰ではベルモンといっしょにおぞましい行為にふけっていたのですから。家庭にお金を入れていたのも、体裁を繕うためなんです。わたしは、あの人が〝平凡な夫〟であるために手助けしていたようなものです。逮捕されたその日から、あの人は家族なんか存在しなかったみたいな言動を始めました。まあ、それでなくても、わたしたち母娘はみんなから除け者にされたんですがね。さっきも言ったように、弁護士を雇うようなお金もありませんでしたし……事件のことは新聞でしか知るすべがありませんでした」

「で、その……あなたがおっしゃった〝おぞましい行為〟ですが、具体的にどんなものだったのですか？」

「あの〈クラブ〉とやらが舞台になっていたんでしょう、きっと……。あの人のほうが発見したんだと思います。あの頃はずいぶん嬉しそうな様子をしてましたからね。乱交パーティーとか、そういった種類のことをやる〈クラブ〉なんでしょう。思うに、ベルモンのたっての望みだったんでしょう。二人がいっしょにいるのを見られるようになったのは、あの頃でしたからね。そこに行くときだけは、ベルモンはいつもの運転手は使わずに、ベルナールを運転手がわりにしていました」

「その〈クラブ〉がなんという名前か、ご存じないですか？」

「ある日、彼の身の回り品を整理していたとき、ビデオカセットを見つけました。〈クラブ・デ・ジャルディニエール〉の宣伝ビデオでした」

「ビデオはごらんになりましたか？」

「ええ。ベルナールが逮捕された直後のことです。わたしは悪夢のただなかでうなされているような状態でした。だからそのビデオが、ことの本質を明らかにするのに役立ったのは確かです。正直言って、もっとひどいものが映っているだろうと思っていました。内容は、とりたてて美しくない、厚化粧した若い女たちが、馬鹿げた文章を読みあげている、というものでした。なにを言っているんだかよくわかりませんでした、暗号みたいなフレーズが連なっているだけで……どっちみち出演者は外国人でしょう。台詞が吹き替えられていましたから。かなり異様な内容でしたね。なかに泣いている女が一人いました。カメラに面と向かって。なにも言わず、ただ泣いているだけなんです。それだけです。特に猥褻《わいせつ》な要素はなかったと思います」

「そのビデオはまだお持ちですか？」

「スダン警視に提出しました」

「ああ、そうでしたか」

こんなビデオが存在することは、裁判記録のどこにも記されていなかった。ということは、スダン警視がビデオを手元に保管したままでいるにちがいない。こういうのが、あの前途有望な〈おたまじゃくし《テタール》〉のやり口なのか。彼は、ベルモンの名誉と引き換えにトゥシェが情状酌量される、という可能性を避けようとしたのだ。つまり、ベルモンに恩を売ったのだ。そうにちがいない。ただし彼は、証拠隠滅という大変なリスクを冒すことになった……。思うに、そんなリスクを冒してでも、そこから利益を得る必要が彼にはあった。もちろん出世のためだ。わたしが知るあの男の人柄からしても、私利私欲をまったく持たずに、ベルモンに身を捧げているとはとうてい思えない。

「モゼールさん、最後の質問をさせてください。ベルモンの娘が殺された家についてですが、あの家には、あなたもいくばくかの権利を有しているのですか？」

「あの家はベルナールが母親から相続したものです。わたしは一度だけ行ったことがあります。よろしければ所番地をお教えしましょう。彼はあの家を売ったと話していたので、わたしはそう信じていました。質問してみる気にもなりませんでしたね。ふだんのあんな冷たい態度を見ると、とてもそんな気には……」

わたしは立ちあがって、感謝の言葉を述べた。

「洗いざらいお話ししてくださって、本当に助かりました。感謝いたします、マダム。あの事件で孤立無援の立場に置かれたのに、よくぞここまで話してくださいました」

「あのときには、わたしなんか存在しないみたいにすべてが運んだんですよ、ドクター。ゴキブリ同様の扱いでしたね。殺人犯の隠れ蓑として利用されたわたしが、きっと悪いんでしょう。でも、わたしにだって言わせてください。この美しい世界が、とっくの昔からすべてをご存じだったのだ、とね」

非常な興奮状態で、モゼール夫人のもとを辞した。ついにセリーヌ・ベルモンの自殺の秘密をつかんだぞ、という確信を抱いたからだ。夫が自分の娘を殺した男と乱交パーティーに参加していた事実を、彼女がどのようにして知ったかは、わたしにはわからない。けれど、それを知ったことで、裁判記録を調べてみる気になったのは間違いない。彼女をいたわるという口実のもと、裁判記録に触れることはベルモン家ではタブーであったはずだ。資料を読んで、彼女は理解したにちがいない、わたしと同じように。つまり、なんらかの談合が行われているということを。その結果、彼女は夫に対して強い嫌悪感を抱くに至った。ただしわたしが当初思っていたように、恐怖感までは抱かなかったようだ。とにかくそのときから、夫は彼女にとって憎むべき存在となったのだ。夫と同じ空気を吸っているくらいなら、いっそのこと死んだほうがまし、と考えるほどまでに。

ふと気がつくと、実家のアパルトマンのほうに向かっていた。共和国広場とレオン・ブルム広場の間にある建物だ。わたしのこの行動には、ここ二、三日わたし以外のカブラル家の面々について消息を聞いていない、という以外の理由はなかろう。危ない。魚のように群れをなして移動するのに慣れてしまうと、一夜にして一匹狼に変貌する幸運など期待できなくなってしまうぞ。心すべし。

わたしたちきょうだいはみんな、両親のアパルトマンの鍵を持ったままでいる。鍵を返してしまおうなんて考えが、脳裏をよぎることはなかった。そういうわけだから、わたしは呼び鈴を押すこともなく、玄関に入っていき、だれもいないキッチンを通りすぎた。すると廊下の先にみんなが集まっている。床に膝をついてなにかやっているようだ。いや、それどころではない。床に頰をくっつけんばかりにして、浴室のドアの下からなかを覗き込んでいるのだ。わたしが来ているのには気づきもしない。やっとのことで、それぞれの後ろ姿と、履いているスリッパを見わけられた。マクサンスにローズマリー、両親、リンダ、従兄弟のテオ、それにナタンだ。みんなが狭い場所で、押し合いへし合いしているとしか見えない。

すぐに理解した。ローズマリーのいちばん下の息子が浴室に閉じこもって、ドアを開けられなくなったのだ。ドアの下の隙間から、なかへ紙切れを滑り込ませようとしている。

「ロマン、ほら、パパが描いた絵だよ……見えるかい？　さあ受け取って」

紙切れは滑り込んでいき、消えた。「あー、やれやれ」という安堵のため息が、みんなの間に漏れた。いちばん近くにいたナタンに話しかけてみる。

「あの紙切れはなんだったの？」

「マクサンスが差し錠の構造を図解して描いてやったんだよ」

「なるほどね」

どう考えてもいいアイディアではなかった。けれど、よけいなことは言わないことにする。

「ねえ、パパが描いた絵がなんだかわかる？」ドアに張りついたローズマリーが小声で言った。床とドアの隙間に目を釘づけにしている。

「さあ、右に回すのよ」母が有無を言わさぬ口調で指図している。

「ちゃんと見た、そこに描いてある羅針盤を？　パパが描いてくれた羅針盤……そのなかの小さい掛け金を回して……」

「本物の掛け金がどれだかわかる？」

「ねえ、そいつを右に回すのよ。右よ」

「右ってどっち？」ドアの向こうからロマンの泣き声がする。

「紙に描いてあることがわからないのか？」父親のマクサンスが激したように言った。

「右はね、羅針盤の東よ」ローズマリーが噛んで含めるように言う。「パパが描いてくれた図解のなかに、〝東〟というのが見える？」

「ちょっと、この子馬鹿じゃないの」リンダがだれにともなく言った。

ローズマリーがリンダのほうを振り向く。今にも噛みつかんばかりのコブラのような激しさで。

「子供なんて、小さいうちはみんな馬鹿なんだから。あんた、当分子供なんかつくれないわね！」

けれどカブラル家では、忍耐強く待つなんてことは尊重されない。たちまちみんなはこう決めつけてしまう。ローズマリーの子供たちはどうしようもなく不器用だ、と。

これで決まりなのだ。こう決めつけられたら最後、なかなか覆すのは難しい。いや、子供たちが将来、サーカスの曲芸師か、共和国大統領にでもならないかぎり、難しいだろう。

「ローズマリーはあの子にいずれ、なにをやらせるつもりなのかねえ」母がいかにも悲観的な口調で言った。

「お母さん！　あの子はまだ四歳なのよ、ほんとにもう！」ローズマリーがとうとう金切り声を上げた。

「あいつは読み書きがけっこうできるんですがね」マクサンスが弱々しげに言った。

「きみがそんなふうに思い込んでるとすれば、ちょっと心配だな」父が学者ぶった口調で、穏やかに反論した。

「理工科学校なら、四歳から準備したって手遅れだよ」わたしの足を踏んづけながらテオが冗談を言った。

「ちょっと、あなた、ここでなにしてるのよ？」わたしは訊いた。「家族とは縁を切ったなんて言ってたくせに……」

「穿孔機を借りに来なくちゃならなかったんだよ」

テオはわたしに背を向け、わたしのきょうだいたちといっしょにキッチンに消えた。

みんなにしてみれば、テオが姿を見せなかった間けっこう寂しかったのかもしれない。

廊下には、涙にくれるローズマリーと、夫のマクサンスだけが取り残されている。なすすべもなく。わたしもきょうだいたちのところに行こうかと思った。けれどカブラル家の一員として、甥をこのまま見捨てておくわけにはいかない(無能な両親を持った甥を不運だったと、思いつづける羽目になるのはごめんだった)。当然、馬鹿な親を持った子供たちのほうにこそ、同情を寄せてやらねばならないのだ。なんとかいたわってやらねばならないのだ。馬鹿な親に育てられたというだけで、破滅への道を突き進む、ということだってありうるからだ。とにかく彼らがこうむる被害を最小限にくい止めてやらねばならない。

わたしはそんな思いを胸に秘めて、浴室のドアに近づいていった。

「ねえ、ロマン? どうしたっていうの? 泣いているの?」

「動かないんだよーォ……」

「どうしたらそうなったの?」

「取っ手ーェをね、回したんだ……」

「じゃあ、取っ手を反対方向に回してごらん! 反対方向に回すんならわけないでしょ」

「どっちへ?」

わたしはドアの右側の壁を叩いた。

「こっちよ。聞こえる？」

トン、トン、トン。わたしは壁を叩く。

「よし、カウントするわよ。いい？　一……二……三！」

差し錠が回転し、ロマンが現れた。得意満面の笑みを浮かべて。

「大丈夫、あんた？」甥を腕に抱きながら言った。

それからわたしは、呆気にとられている妹を横目に、意気揚々とキッチンに向かった。

わたしがロマンとともに姿を現すと、母は型どおりの喜びの声を上げた。わたしが医学部の試験に合格したときとおんなじだ。

「だから言ったじゃないか。ヴェラにまかせればいいって！　さあ、お菓子でも召しあがれ。あんた、顔色がよくないよ。最近ちょっと痩せたんじゃないのかい？」

すでにテーブルについていたみんなは、席を詰めてわたしを座らせてくれた。いっぽうローズマリーは、完全に打ちのめされていた。まあ、生きていさえすれば、こういった大きな喜びが準備されているものなのだ。

12

電話が鳴っているようだった。長々と呼びだし音を響かせたのちに、墓場のように陰気な夢をつらぬいて、一本の細いトンネルを穿《うが》ったらしい。わたしの腕は、遠隔操作されたみたいにひとりでに、受話器のほうに伸びていった。

「ヴェラかい？ 起してしまったかな？」電話の相手はブローだった。上司というより、CIPを名目上統括している人物。

けれど、そのときのわたしには、声を聞いただけではブローの名前が浮かんでこなかった。

「どなたでしたっけ？」わたしは思わず寝ぼけ声を発していた。

「すまんが、ヴェラ、急ぎの用件なんだ」

その声が突然、なにかを思い出させた。例えば、上司の声。上司といえば、まず思い浮かぶ名前は、ブローだ。

「なんですって？ なにも聞こえません！ どこにいらっしゃるのですか？」

「ロワッシーだ。空港だよ。飛行機が乗っ取られた。乗客二百人が人質になっている」

そんな知らせを耳にしても、即座に覚醒したわけではない。わたしはなおも、もうろうとしたなかにいた。ただしブローは、部下を叩き起すのに慣れていないから、こんな状態のわたしに気づいてはいまい。

「全員の手が必要なんだよ、ヴェラ。イル・ド・フランス（パリ市を中心とした七県からなる地域圏）のＣＩＰのメンバーを総動員する。二百人の乗客を、われわれがケアしなければならないんだから……」

「ほかの人たちとは連絡が取れましたか？」

「エレーヌとジェロームは今出動中なので、こっちに呼び寄せるわけにはいかない。エティエンヌは今しがた到着した。今日きみが非番なのは知っている。でもすぐ出てこられるのは間違いないだろう。すぐに、というのが今の場合重要なんだ」

よろしい。こんな場合に雲のうえの上司から頼まれたら、断るわけにはいかない。急いでシャワーを浴びて、出発だ。


　空港の出入り口は、予想に反して封鎖されていなかった。けれど、数多くの警察車両が行きかっている光景には目を瞠《みは》らされた。手荷物預かり所をすぎたあたりから、緊張感がはっきり感じられるようになった。小走りに進む、銃を担った武装警官の群れとすれ違うのがひんぱんになる。〈共和国保安機動隊〉のジープに乗せてもらって、わたしは管制塔までやってきた。緊張ではち切れんばかりの航空管制官の間を通り抜けていくと、交渉のために設けられただだっ広い部屋に通された。部屋のなかは、あちこちから呼び寄せた精神医療の関係者でいっぱいだ。皆が皆、滑走路のいちばん端に止まった、六月の太陽に照らされた機体を凝視している。

ただ一機が、そこに止まっていた。広大な安全地帯が機体を取り巻いている。人っ子一人いない。ただし安全地帯の外では、混乱状態を呈していた。全世界から駆けつけたテレビクルーが文字どおり折り重なっている。近くにはアンテナとカメラと、その他正体不明の機材を突きたてた大型車両が待機している。その周囲をヘルメットをかぶった機動隊員が取り囲んで、人々が流入するのをくい止めている。

わたしが通された部屋には、テーブルが二つ用意されていた。一つは監視装置と交信機材で占められている。もう一つは、作戦会議に参加するメンバーたちのものだ。わたしが入ってくるのに気づくと、なかにいたブローが表情だけで合図を送ってきた。立ちあがってまであいさつする余裕はないようだ。エティエンヌがさっそく、部屋の奥まった場所まで連れていってくれた。テーブルでは制服姿の面々が、内務省の幹部や、その他の治安担当責任者らと議論しているさいちゅうだ。わたしはそのなかに、ポール・ベルモンの姿を認めた。ネクタイをゆるめて腕まくりし、髪は乱れていたが、精力的なのはいつもと変わらず、いかにも民衆の側に立っているという雰囲気を醸《かも》している。わたしはベルモンが、こんなにも感じよく振る舞える男とは思っていなかった。政治家というのは、もう昔みたいに威張っていればいいものではないのだ。彼らは今や、とても用心深く振る舞うようになっている。

エティエンヌが、紙コップに注いだコーヒーを手渡してくれた。

「現状が悪いうえに、先行きも絶望的だね」エティエンヌはさっそく言いはじめた。「テレビ受けを狙って部隊を展開したはいいけど、そのあとどこから手をつけていいかわからないんだよ。連中はあそこで、なにを話し合っていると思う？　今から善後策を協議しているのさ。事件の結末がどうあれ、政治的にはプラスになる方向に持っていきたいってわけだ。政府と治安当局の両方が、互いの功績を讃え合う。そういう結果になれば連中にとっては理想的なんだろうがね」

「なるほどね。もし飛行機が爆破されたりしたら、責任はだれが取るかっていう話になってしまうものね」

「われわれが得ている情報によると、犯人グループのなかの少なくとも二人は、サイコティックらしい。重症だという見方もある。そんなやつらと、お偉方は交渉しようっていうんだから、お笑い種だよ」

「あんなところで固まって相談してないで、現場に出てみればいいのにね。そうすれば、ことが意外に簡単だってわかるかも……。コーヒーをもう一杯、いただける？」

「はっきり言って、行きづまっているね。だいいち、犯人グループのリーダーときたら、大声を上げるしか能がないんだ。あんなに興奮してたら、アンフェタミンかクラックでもやってると思われてもしかたがない……」

「で、あなたは？」

「ぼくは今のところ頭脳明晰だから、なにもいらない。それはともかく、あの男の熱を冷ますことは期待できそうにないな」

「どうしようもないわね」

「やつらはクメール・ルージュ（ポル・ポト派のこと）の残党で、政治亡命と、カンボジアで獄中にいる仲間の釈放を求めているらしい」

「目的はそれだけ？」

「それが精一杯の要求だろうさ。連中は全部で七人いる。リーダーの男は、ポル・ポト時代にラオス国境地帯で大虐殺に関わったと認定されている」

「それがなにを意味するというの？」

「やつの頭のなかには、数十万の死体が積み重なっている。だから百人や二百人上積みされたって……」

「その男が、二人いるサイコティックの一人というわけ？」

「そのとおり。ポル・ポトと連絡を取り合っているとまで主張している」

「ポル・ポトは死んだはずよ」

「そんなのはどうでもいいんだ。やつは回線の雑音とは無縁の世界で、つまり頭のなかだけで交信しているんだからね」

わたしは二杯目のコーヒーを味わいながら、呆気にとられていた。じつを言うと、わたしは眠くて、あくびをかみ殺していたのだ。もう夜が明けてからだいぶたっている。その間わたしたち精神科医は、まわりを行きかう武装警官とほとんど関わることなく、止まったままでいる機体のほうを息をひそめて見守っているのだ。なかにいる人質の身の上を案じながら。時間がたてばたつほど、人質たちのトラウマは深刻さを増し、わたしたちがあとで行う治療も難しいものとなる。今のところ、治安部隊やマスコミの騒がしさとは裏腹に、最も悲観的な結果を予想させる一種の無気力状態が、機体の周囲を取り巻いている。特に敏感な人間でなくとも、これからなにかが起るだろうと感じられる――そんな雰囲気だ。

「あら、あそこにいる人は……」わたしはエティエンヌにスダン警視の姿を指し示しながら言った。ブローと、ポール・ベルモンと、わたしの知らない現場司令官とで議論のさいちゅうだ。司令官は〈フランス警察精鋭部隊〉の人かもしれない。

「今まで気がつかなかったの?」

「ええ。ねえ、ブローがあなたに合図している……」

エティエンヌがブローのほうに行きかけたとき、わたしは彼の袖をつかんで言った。

「今思いついたんだけど、《視覚的刺激》のことを、ブローに話してみたらどうかしら。アメリカでよく行われる、古いやり方だけど……」

「もちろん、そんな方法はとっくに考えていると思うけど……」

「もしそうなら、よく極秘にしておけるものね」

三分後、ブローに呼ばれた。

「ヴェラ、《視覚的刺激》について、われわれに話してくれたまえ……」

ブローは《視覚的刺激》のことはまったく知らなかった。けれど彼は、部下のなかに先端技術に詳しい人間がいて満足しているようだ。わたしとしては、大して知らない技術のおかげで昇進でもしてしまったら、ちょっと大変だなと思わないではいられなかった。

「相手の錯乱状態がどうあれ、とにかくつながりを保っておくことが大事なんです。アメリカではそのために、患者にとっての《内的イコノグラフィー》を用いていました。つまり、患者が頭のなかに抱いているイメージと類似するイメージを持ちだしてきて、そこから接点をつくりだすのです」

「具体的にはどうすればいい？」

「例えば、滑走路にポル・ポトの大きな肖像画を掲げるとか。それも、よく中国で見られるみたいな巨大なやつを」

「やってみる価値はありそうですね」わたしのアイディアに魅せられてか、エティエンヌが言った。「少なくとも、われわれが首領様に敬意を表している証明にはなるかも」

「でも、毛沢東とはわけが違うんだぞ。ポル・ポトは自分の写真をいっさい撮らせなかったというし……」

わたしはスダン警視のほうを見やって、冷たい口調で言った。

「なにしろ警察なんですから、どこかから写真の切れ端を探してくるくらいのことはできるでしょう。あとはそれを拡大して、乗っ取り犯からよく見える場所に掲げればいいんです……」

乗っ取り犯のリーダーが、ポル・ポトによる大量殺戮の片棒を担いだことで今も苦しんでいるとすれば、肖像は少なくとも対話のきっかけにはなる。そのことはブローも納得したようだ。確かに、リーダーとのやりとりは支離滅裂なものになるだろう。けれどその裏でほかのメンバーと接触して、もっと合理的な交渉を進められる可能性はあるはずだ。犯人グループは七人いる。全員頭がおかしいわけでもないだろう。

そのとき、恐ろしい叫び声が管制塔のほうから上がった。わたしたちはいやおうなく、そっちのほうに回れ右した。滑走路の方角だ。

今、乗っ取り機の出入り口が開いたところだ。すると人間の頭が三つ、滑走路に転がり落ちてきた。つづいて胴体が、機体のわきにどさりと崩れ落ちた。

だれもがその場に凍りついた。それから、〈共和国保安機動隊〉の司令官が駆け込んできた。人々は機材を置いたテーブルのまわりで右往左往しはじめた。通訳として呼ばれていた男は、ショックのあまり頭がどうにかなってしまったようだ。軍服に似た制服を着た司令官を間近に見たからか。あるいは、彼もまたポル・ポト時代に家族を虐殺された経験があるからか、どちらが理由なのかわかりかねるが。

「司令官」ブローは制服を着た男に直接話しかけた、「この男はもはや、通訳としてわれわれの役に立ちそうにありませんな」

「よけいな口出しをするんじゃない！」司令官は怒鳴った。

「あの、いいですか」ブローはうんざりしたように言い返した、「私は端役を演じるためにここに来ているんじゃないんです。やることがないんなら、家に帰ってあなた方の活躍をテレビで見ていますよ。あの男は優秀かもしれませんが、さしあたりわれわれの役に立ちそうにありません。ポル・ポト時代を知らない若い人で、あなたの言葉の暴力に耐えられる程度にはタフだといいんですがね」

「私の言葉の暴力？」司令官が憤慨して言った。

「ブロー教授のおかげで、問題の所在が明らかになりましたよ」このときスダン警視が、落ち着きはらった声で口をはさんだ。「乗っ取り犯とコンタクトをとるには、若い世代の人を通訳にしなければダメなんです。今まではミスマッチでした。男女間にはよくある話ですが」警視はわたしに目配せしながら、小声でそうつけ加えた。「さあ、一からやり直しです」

ストレスがこの男の機能を妨げることはない、いや、むしろその反対であるようだ。こういう雰囲気には慣れているのだろう。計算機みたいな精密さにますます磨きがかかっている。絶好調と言うしかない。

一時間後に、六人のカンボジア人通訳がやってきた。みんな三十歳以下の若者だ。男は白いワイシャツにネクタイ、女はマリンブルーのスカート、といったいでたちだ。同時に警察が、巨大な写真を貼りつけたベニヤ板を用意してきた。痩せた男の顔が写った、ちょっとピンボケの写真だ。ただし、眼鏡の奥のどんよりした目が、無気味な光を放っている。

「あれを見てください」ポル・ポトの肖像をわたしに示しながら、スダン警視はもの思わしげな口調で言った。「あの男のどこにカリスマ性があるんです。あんな平凡な男に、数千もの人々が嬉々として服従したとは……」

「虫の好かない顔。陰険で無気味な男としか思えませんね。胸くそが悪くなります！」

口元に薄笑いを浮かべて、スダンはこう応じた。

「最初はだれでもそんなようなことを言うんですが……」

13

二枚の肖像写真が滑走路上に降ろされた。紙でできた花飾りで枠を囲ってある。ブローの指示に従って、肖像写真は待機する〈共和国保安機動隊〉の前、コックピットの真正面に配置された。

それより前、新しい通訳と肖像写真が現場に届くまでの間、わたしたち以外の精神科医はカフェテリアへ軽食を摂りに行った。いっぽうわたしたちは、乗っ取り犯に与える食料のなかに、神経弛緩剤を混入する案を検討した。うまくいけばリーダーの錯乱状態を鎮めることができる。ただし、乗客が同じ食料を摂らされるリスクがある。そういうわけだから、人質一人一人の健康状態を確認するため、家族に電話で問い合わせることまでした。その結果、神経弛緩剤のせいで命を落とすかもしれない乗客が何人かいることがわかった。

犯人グループと交信中――交信の機会はめったに訪れない――、メンバーの話し声を拡大して伝えてくるスピーカーから、突然激しい口論が聞こえてきた。

二人の若い通訳が、興奮のため目を輝かせながら早口で通訳する。

「リーダーが滑走路の肖像写真に気づいたようです。一枚を機内まで運べと要求しています」

「肖像写真に封印はしたか？」スダンが落ち着きはらった口調で尋ねた。

「はい、警視」

そのとき初めて知ったのだが、花飾りのなかには小型マイクと、わたしたちには用途がわからない小型装置が埋め込んであったのだ。

「私たちにも知らせてくれるべきでしたね」ブローが抗議した。

「そうですかね？」スダンとしてはこれで丁寧に答えたつもりなのだろう。

きっと、わたしたちになんか知らせたってしょうがないと思っているのだ。スダンにしてみればわたしたちなど、ちょっと特殊な通訳、程度のものでしかないのだろう。

窓から外を見れば、乗っ取り機の機体から数メートルのところに、三体の首なし死体が転がっている。真昼の太陽にじりじりと焦がされているようだ。スピーカーからは、犯人グループの一人が肖像写真を機内へ持ち込むのに反対している声が聞こえる。これはフランス警察の陰謀だ、われわれの本来の目的に立ち返らねばならない――そんなことを言っている。通訳の女性が速記を終えないうちに、銃の炸裂する音が聞こえた。悲鳴と、もう一回の銃声。

滑走路の安全地帯は、先ほどより数メートルは狭まっている。混乱に乗じて、〈フランス警察精鋭部隊〉の隊員たちがさらに前進する。

　エティエンヌがわたしに目配せした。犯人グループに内輪もめを引き起すというわれわれのもう一つの目的は、だいたいは達成されたという意味だ。犯人のうち、残っているのはあと六人だ。

「肖像写真を一枚、機内に運び込むようにと、犯人側は要求しています」若い通訳があらためて言った。

「それには賛成だ」司令官は同意した。

「警察関係者が肖像を運び込むのを、彼らは拒否しています。運ぶのは民間人でなければならないと」

「たやすいことだ」

　それから、声を低めてスダンに言った。

「われわれの部隊に女性隊員が一人いますが、私服を着せたりしたらお笑い種でしょうな」

「仲間に負傷者がいるんだから、医師を行かせると言ってやったらどうですか？」スダンが提案した。「それも女性の医師なんか？」

「ただし、独身・子供なし、というのが条件ですよ」司令官はきっぱりと言った。「家庭の主婦を最前線に送るなんてことはできないですからね」

　みんなの探るようなまなざしがわたしに注がれているのに気づくと、心臓が飛びだすような心地がした。わたしに成功するチャンスがあるかどうかなんて、だれ一人思ってはいまい。わたしが命を落とした場合どうするか。むしろそっちのほうで頭がいっぱいのはずだ。もし〝不測の事態〟が起きた場合のマスコミの反応、それが政治的ダメージをもたらすものになるかどうか、慎重に見きわめようとしているにちがいない。ようするに彼らは天秤《てんびん》にかけているのだ。わたしという存在になんらかの価値があるのか、それとも捨て駒にしてしまってかまわないのか？　そう値踏みしているのだ。

今無言のうちに行われている討議の結果を待たずに、わたしはスダン警視のほうを振り向いた。わたしにそんな役割をさせることには、スダンだって賛成できまい。そう確信して。眉毛の下に落ちくぼんだような彼の灰色の視線が、わたしのうえに注がれた。人間的な温かさがこれっぽっちもない視線だ。わたしはとたんに凍りついた。マニュエルとセリーヌ・ベルモンのことを思い出したのだ。わたしは、ベルモン事件の陰で彼が演じていたらしい役割のことも。わたしたちは結局のところ、彼の持ち駒にすぎないのだ。

「正直言って、ヴェラ、私にはきみしか眼中にないよ」ブローがとうとう沈黙を破った。「ここには女性精神科医も何人かいるが、こんな危険な任務に当たるには歳をとりすぎているからね。どうだい、引き受ける気はないかね？」

スダン警視が巧妙な罠を仕掛けたのだ。もし断れば面子《メンツ》を失う状況に、わたしは追い込まれていた。いや、わたしが拒否することをむしろ期待しているのかもしれない。もし断れば、わたしのCIPにおける評価は固定してしまうだろう。気は優しいがちょっと臆病なところがある。ようするに大したことのない人物だと。ポール・ベルモン一味にとってはなんら害のない小物だと。

他方、ベルモンやスダン以外の幹部たちにとってわたしという人間は、二十時のニュース番組で証言させるために都合のいい存在でしかない。すべての作戦は血を流すのを避けるために行われたことだと。結局わたしたち精神科医は、口実づくりに利用されているにすぎないのだ。エティエンヌだってわたしと同じく幻想は抱いていまい。けれどわたしたちは自分の仕事に自信を持っているから、いい結果が出るものといつも期待しているのだ。重要なのは過程でなく結果だ。わたしたちの仕事のマニュアルとか、日頃どんなに苦労しているかとか、地道な活動から得られた教訓とか、そんなことはどうでもいい。他人がわたしたちについてどう思っていようと、それも勝手だ。わたしたちにとっては結果がすべてなのだから。

わたしは、平然と言ってのけていた。

「いい考えですね。一か八かやってみましょう。いずれにせよ、選択肢はないんですから」

「ヴェラ！」エティエンヌが口をはさんだ。「こんな話に乗せられてはいけない。危険すぎる」

だれも彼の言うことなんか聞いていなかった。テーブルについている幹部連中は、医者を——それが精神科医であっても——派遣することで得られる利益について、さっそく議論を始めた。早口で意見をまくしたてている。プロだったら、次々と考えが浮かんできて当り前だというように。通訳たちはふたたび持ち場についた。制服姿の男たちは足早に外に出ていった。試合に向かう選手のマネージャーよろしく、エティエンヌがわたしのほうに身を乗りだした。そしてこれからの段取りを、嚙んで含めるように繰り返した。彼はいかにも不安げだ。心を引き裂かれている様子さえある。本当にわたしを行かせる必要があるのか？　そう自問しているにちがいない。

「エティエンヌ」わたしはため息まじりに言った、「あなたはわたしの気持ちを萎えさせようとしてるみたい。わたしの身の上を案じてのことなのね。そう思うと胸がいっぱいになるけれど……でもわたしには、かえってあなたの助けが必要なのよ」

ブローが戻ってきた。さっきよりは余裕をなくしている様子だ。

「本当にやってくれるのかね、ヴェラ？　きみが乗り気でないんなら、計画をとりやめることだってできるが……」

彼は率直にものを言ってくれる人だ。とはいっても、わたしはまったく後悔していない。

さっそく仕事に取りかかった。まずは、機内に持ち込む化学薬品をリストアップする。エティエンヌが、薬品箱をべつの物が入っているように見せかけたらどうかと言う。犯人側を攪乱しようというのだろう。

「なんなら、ラベルのついてない新しい箱を用意することだってできますよ」わたししたちの作戦を担当する司令官が、逆に提案してきた。

「リスクが大きすぎます」とブローが言った。「それでは連中のパラノイア症状を掻きたてるだけです。薬局でふつうに売られている品物と同じ銘柄でいいのでは……」

「あとは包帯と、消毒薬と、最小限の外科用機材も必要でしょうね」司令官が念を押すように言った。

司令官は善良な男ではあるが、彼はもともと、今回の事件はわたしたちみたいな素人の手に負えるものではないと思っているふしがある。そんな考えを改めさせるのは容易ではない。

つづいて、わたしの体に小型マイクを仕掛ける案が浮上した。けれど、わたしはきっぱりと拒否した。

「機内がどういう状況かは、とっくにご存じのはずです」

「犯人側はそうしたければいつでも、コンタクトを絶つことができるんです」と司令官。

「そんなことで命を落とすのはごめんです。お断りします。わたしの体にはなにも取りつけないでください」

「それじゃ、この小箱を、出入り口近くの機体のどこかに取りつけてください。こうやって、手のなかに隠すように握って、手を近づけると自然にくっつきます」

「それはなんですか?」

「機内でのあなたの位置を探知する装置です。あなたは英語を話しますか?」

「ええ、なんとか」

結局、さまざまな薬品を持たされ、たっぷりと忠告を受けたあとで、わたしは乗っ取り機のほうへ向かった。

正直言って、こういったこまごまとした準備は、わたしにとってどうということはなかった。赤十字をあしらった白い診療かばんを肩から斜めにかけ、滑走路に到着したときには、軽やかな精神の昂りさえ感じていた。結局、死んでしまえば、わたしが少なからず抱え込んでいる問題など、一度に解決してしまうのだから。

わたしはポル・ポトの肖像写真を腕に抱えていた。わたしの姿をすっかり隠してしまうほど巨大なやつだ。自分が滑稽な姿をしていると思わないではいられない。わたしのこんな姿を世界中のテレビカメラが追っているのだと思うと、穴があったら入りたいくらいだ。

安全地帯を横切る。最初の犠牲者の首が転がっているのを目にすると、激しいショックがわたしの体をつらぬいた。でも、進んでいかざるをえない。投げ捨てられた胴体のわきの血の海を超えていくと、わたしの目の前に巨大な機体が立ちはだかった。押しつぶされてしまいそうな圧迫感を感じる。

円窓に張りついた乗客たちの顔が見える。どの顔も恐怖で歪んでいる。肖像写真の枠がタラップの手すりにぶつかるときの音以外、物音はしない。

タラップを登りきると、重そうな扉が滑るように開いた。すると目の前に、大きな穴がぽっかりと口を開けていた。一瞬、機体の表面に触れる。磁気を帯びたマイクロチップはひとりでに張りついた。わたしは肖像写真を抱えたまま機内に入っていく。

尿と汗と嘔吐物の臭いが鼻をつく。息が詰まりそうだ。機関銃を縦に構えた乗っ取り犯たちが、さっそくわたしを取り囲む。

そのときになってやっと、わたしはスダン警視の深い意図が理解できた。キャリアを台無しにしたくない一心で、わたしは要請を受け入れたのだが、その時点ですでに、生きて帰る可能性はないも同然だったのだ。つまり彼は、死ぬのが確実な戦場へわたしを送りだしたことになる。それと知らずにわたしは、進んで彼の求めに応じてしまった。

乗っ取り犯たちはわたしの体をすばやくチェックした。小型マイクを拒否して本当によかった。そうでなければたちまち殺されていただろう。彼らは全員カンボジア人で、皆同じような顔立ちをしていた。だからわたしは、彼らの顔をよく観察して、各人を区別できるあだ名を考えつこうと躍起になった。

なかの二人がさっそく、肖像写真をつかみとり、乗客たちの正面に据えた。ちょうど、映画のスクリーンが下りてくる場所だ。

戦闘服を着た一人が、わたしの前に立ちはだかった。ベルトの間に鉈《なた》をはさんでいる。彼の血走った目つきに気づいてハッとなる。なにかに取りつかれたような目だ。〈スキゾフレニー〉（統合失調症）という病名が脳裏に浮かぶ。で、とりあえずこの男のことは〈スキゾ〉と呼ぶことにする。けれど、じっくり観察している時間はなかった。いきなり、肩にかけていた診療かばんを銃撃されたからだ。前方に体を飛ばされるような感じがした。気がつくと、トイレの扉の下にうずくまっていた。かばんはすでに奪われている。ショックのあまり息もできないほどだった。それでも顔を上げると、五人の男たちがわたしのことをじっと見つめていた。なかでもかばんを手にした〈スキゾ〉が、わたしのことをいちばん熱心に観察しているようだ。まるで新種の動物を観察するような目つきで。よく見ると彼は、首にネックレスみたいなものを巻きつけていた。異様に大きな六つの白い真珠を紐に通したものだ。

不快な液体が食道を駆け登ってくる。わたしはあっという間に、胃のなかにあるものを全部吐いてしまった。〈スキゾ〉が首にかけているのは人間の眼球だったのだ。首を切り離された三人の乗客の眼球にちがいない。

希望を託せるはずの人間が、犯人グループと接触するやたちまち打ち倒されるのを目の当りにして、人質になっている乗客たちはさぞやがっかりしただろう。こんなありさまだから、わたしの能力に疑問符をつけられるのは致しかたあるまい。けれど、ここでもっと大事なのは、わたしの弱さを〈スキゾ〉がはっきり見てとったということだ。こんな場面で嘔吐する人間が、警察官であるはずがない。したがってこいつはなんの危険もない。そう判断したにちがいない。じつのところ、彼自身驚きが覚めやらない、といった様子だ。

「外に行かせて」わたしはかろうじて英語で言った。「アウト。アイ・ウォント・トゥー・ゴー・アウト」

外の新鮮な空気を吸えば、少しは気分がよくなるだろう。つまりそういうことを、わたしは言おうとしたのだ。〈スキゾ〉は、わたしがここを立ち去りたがっていることは理解したはずだ。それに、わたしが意志に反してここにやってきたということも。

「アウト？　外に？　おまえをここに送り込んだやつらは？　連中はなんと言う？」

できればこのままぐずぐず考えていてほしい。確かに、彼は考え込んでいる様子だ。だがそれもつかの間、わたしの顔めがけてかばんを投げつけ、部下たちに向かって行動を開始せよと命じたようだ。わたしは操縦室のほうに連れていかれた。

操縦席のうえでは、乗っ取り犯の一人が倒れていた。いまだに血が流れつづけている。肖像写真を機内に持ち込むのに反対したメンバーにちがいない。刃向かった罰として、〈スキゾ〉に撃たれたのだろう。ただしこういうやり方はほかのメンバーの支持を得られなかった。だから〈スキゾ〉は、怪我したメンバーを治療するようわたしに求めているのだ。

男の傷を治療するのは、わたしの能力をはるかに超えたことだとすぐにわかった。わたしは精神科医なのだからやむをえまい。そのかわり、治療中の叫び声をやわらげるのに必要なモルヒネなら、診療かばんのなかに蓄えてある。なんとかなるだろう。したがって、今わたしが考えねばならないのは、〈スキゾ〉の暴走をいかにして止めるか、ということだけだ。

わたしは細心の注意を払いながら、傷口の縫合を続けていた（銃弾はなかに残したままにして）。と、そのとき、〈スキゾ〉がわたしの前に現れた。興奮状態の冷めたような顔をしている。けれどわたしはきっぱりと無視して作業を続けた。そして、作業が一段落すると、わたしは立ちあがった。

「まだ怪我人がいるのですか？」

短いやりとりのあと、べつの男がやってきて、血のにじんだ包帯を巻いた手を差しだした。わたしはこれはひどいという表情をつくって、包帯をほどいてむきだしになった傷口を長いこと観察した。

学費を払うために、救急病院で夜勤のアルバイトをしていたときから、担当する患者に対していたたまれない思いを抱くことがあった。自分が不器用だからとか、知識が足りないからというわけではない。そうではなくて、傷口というものを目にする度に、わたしは一種の深淵に落ち込んでしまうのだ。ひどく困惑してしまって、どうしようもなくなってしまうのだ。傷の深さや、醜さのせいではなく、治療するのが難しそうに見えるからでもない。傷口というものが、患者の無意識を暴露していると思えてしかたがない。それでかえって戸惑いを感じてしまうのだ。つまり、どうしてこの人は手に怪我したりしたのだろう？　とそんな疑問にとらわれてしまうのだ。どうして足に？　自傷行為の結果ではないのか？　この事故は被害をこうむった人の人生になにか悪影響を及ぼすのか？　事故の被害が、なにかの役に立つとでもいうのか？　すべてを問い直すのに、なにかを相殺《そうさい》するのに、愛してもらうのに役立つ？　なんの前触れもなく起る事故なんてものが存在するのか？　心の傷というものを、体の傷がこのように白日のもとにさらしているのではないのか？

そんな調子だから、傷口二カ所を縫合するのに数時間もかかっていた。そのせいでわたしの医者としての評価は惨憺たるものだった――まあ、それは過去の話だ。現在に目を向けよう。悪臭漂う乗っ取り機の機内で、胃のなかが沸き立つほど不快感を覚えながら、昔からの固定観念がけっこう役に立ってくれたのだ。《手の動きには、かならずなんらかの意味がある》。さて、この手（おまけに右手）はとうとう動かなくなってしまった。興味深いことじゃないかな、ワトスン君。つまりこの傷ついて動かなくなった手は、〈スキゾ〉に従うのを暗に拒絶していることを意味するのだ。これも不服従の一種だし、無意識の反抗とさえ言える。もしそうであれば、この点を利用してやることだ。

「深刻な状態です」わたしは眉をひそめて言った。「痛みますか？」

はっきり言って、大してひどい状態ではない。けれどこの男が痛いと感じるなら、それによって心の痛みを告白していることになるのだ。こんなのは初歩的な知識だが。

男はこくりとうなずいた。顔の表情筋はまったく動かさずに。無表情だからといって、反抗心が萎えたわけではない。焦ってはならない。慎重にことを進めよう。

「神経がやられてますね」そう診断をくだした。「重症です。麻痺が残って、手が使いものにならなくなるかもしれません。さあ、これを飲んで」

ザナックスという薬品だ。人を無気力状態にする効果のある薬。ケチらずに、必要なだけ与えた。すると、そばにいたもう一人の男が、わたしの手から薬箱をひったくった。そして薬の効能書きを読みはじめた。炎症を抑えるための強力（ある意味でほんとうだ）かつ基本的（平凡な効き目ということを意味する）な成分が含まれている。そう書かれているはずだ。わたしは男をそのまま放っておいた。きっと目立ちたがり屋なのだろう。自分の能力をわたしに向かって誇示したい気が強いのかもしれない。まあ、とりあえず、薬の成分まで気にする性格を重視して、この男のことは〈気むずかし屋〉と名づけよう。いっぽう手に傷を負った男は〈小心者〉だ。というわけで、彼らは名無しの怪物集団ではなくなり、哀れな小物たちの一団にすぎなくなった。つまり、わたしにとって最も扱いやすい相手というわけだ。

わたしは〈小心者〉を、思いきり甘やかしてやることにした。彼の痛んだ指のまわりに、包帯で小さな人形をこしらえてやったのだ。あとはそこに添え木を添えてやる。その作業は人質たちをないがしろにする形で行われた。もちろん、人質よりおまえたちのほうを大事に扱ってやってるんだぞと、犯人グループに思い込ませるためだ。

神経弛緩剤は、ゆっくりとだが確実に効いてきた。〈小心者〉の筋肉は弛緩しつつある。体が軽くなって、いい気分なはずだ。いい気分にしてやったのはこのわたしだと、彼が気づいてくれればいいのだが。微笑みかけてやるようなことはしなかった。いかにもうやうやしげに治療器具を動かしながら、彼の様子をじっと観察するだけにとどめた。爪の手入れをしてやるくらいしか、彼にしてやれることがないのはわかっている。けれどそんなことはおくびにも出さないつもりだ。

そのとき、客室のほうからかん高いわめき声が上がった。わたしたちは思わず飛びあがった。乗っ取り犯の一人が肥った女性の髪をつかんで、通路のほうに引きずりだしているのが、ここからでも見える。髪にパーマをかけた、五十歳くらいの女性だ。きっとフランス人だろう。豊満な胸に続くむきだしになった襟ぐりには、金のネックレスが光っている。たぶん夫だろう、同年輩の男が座席に崩折れている。顔を血だらけにして。女性はわめき、懇願し、泣きじゃくった。わたしだってパニックに陥り、体がこわばった。どうやって彼女を助けたらいいかわからずに。ポル・ポトの写真の前まで来ると、男は女性の髪を放したが、相変わらずうなじに銃を突きつけている。男は極度に痩せていて、しかも若かった。きっと幼くして悲惨な体験をしてきたのだろう。そのせいで、破壊のあとによりよい世界が待っていると信じ込むに至ったのだ。この若い男には、サイコティックのレッテルは必要あるまい。生きる望みさえ持てれば、それでじゅうぶんなはずだ。

わたしはなんとかつぎの行動計画を思いつこうとしたが、うまくいかなかった。そのときだ。〈気むずかし屋〉が、わたしたちのいるほうに大股で駆け寄ってきた。激昂している様子がありありとうかがえる。彼は、〈小心者〉の手を放すようわたしに命じた。わたしがすぐに従わなかったので、彼はわたしの手に銃身を打ちつけた。激しい痛みが走る。手にしていたはさみを放りだす。間を置かずに、〈小心者〉の怪我をしたほうの手にも打撃が加えられた。打たれたほうは悲鳴を上げる。ただし、〈小心者〉だってやられっぱなしにはなっていない。手にしたアメリカ製の小銃を〈気むずかし屋〉に向け、至近距離からぶっ放した。相手はその場に倒れ込む。即死だった。

銃撃音のあと、しばらく沈黙が続いた。〈小心者〉は、ほかのメンバーや乗客たちが茫然自失しているのにも、いっさい注意を払わなかった。無表情のまま、治療を続けろというように、わたしのほうに手を差しだした。わたしとしては、やるべきことをやるしかなかった。

治療を続けながら、相手のことをそれとなく観察してみる。彼の態度が少しばかり変わってきたように感じた。ザナックスをもう三錠、与えてみたらどうだろう。そう思いながら、それとはべつのかなり不愉快な考えが脳裏をかすめた。もしかしたら〈小心者〉は、二人いるサイコティックの一人ではないのか？　そうだとすれば、抗不安作用のある薬品は、かえって激しい〝脱抑制〟を引き起す恐れがある。つまりわたしが薬を投与したせいで、この男の症状をいっそう危険な状態にしてしまったことになる。

〈スキゾ〉にとっては、このような振る舞いは許し難いことだったろう。〈小心者〉の前に立ちはだかり、説明を要求した。〈小心者〉は、驚くほど冷静な態度でこれに応じた。すると〈スキゾ〉は、独特の勘のよさから〈小心者〉も寝返ったと感じたようだ。すぐに言い争いをやめて、人質の処刑を行うよう言いつけた、たぶん。わたしは背筋が寒くなった。あの肥った女性がなぜ選ばれたか、たちまちにして理解できたからだ。彼女は、とても美しい目をしていた。最悪なことに、〈小心者〉は早くも浮き浮きしているようだ。ということは彼こそが、人質の眼球をえぐりとる役を引き受けているにちがいない。

けれど、〈小心者〉が目を輝かせたのもほんの一瞬だった。彼は、〈スキゾ〉の下僕に成り下がってまで、わたしとの間に築きあげた解脱《ニルヴァーナ》の境地を捨て去る気はないようだ。彼はいかにも退屈げにため息をつき、あくびをした。馬鹿にしたような目でリーダーを見つめながら。〈スキゾ〉にとって、これは我慢の限界を超えていた。弾丸が〈小心者〉の頭部をつらぬき、脳味噌と骨片がわたしのうえに飛び散った。

同時に、乗客たちはすさまじいパニックに陥り、口々にわめきはじめた。機内は無秩序状態と化し、みんな最後尾のほうに殺到する。〈スキゾ〉は部下たちに、〈小心者〉と〈気むずかし屋〉の死体を外に放りだせと命じた。だが、扉に近づく間もなかった。〈フランス警察精鋭部隊〉の隊員たちが機内になだれ込んできたからだ。

操縦室まで到達した精鋭部隊は、犯人グループをうむを言わさずに射殺した。すべてがあっという間に行われたため、わたしは現場からどうやって抜けだしたかわからない。

例のマイクロチップのおかげで、機内でのわたしの居場所は正確に把握されていたようだ。この間、べつの隊員たちによって非常口が開かれた。脱出シュートが引きだされ、人質たちの脱出がすぐに始まった。

わたしがその場に動けないでいると、隊員の一人が肩を支えてくれたので、なんとかタラップまでたどり着けた。外の新鮮な空気は、ラベンダーの香りがするみたいだった。わたしたちがタラップを降りていくと、カメラを構えた各局の撮影クルーが殺到し、現場は混乱をきわめた。わたしはただ呆然と立ちつくしていた。汚物をたっぷり浴びたこんな姿で、テレビカメラの前を横切る気になどなれるものか。けれど、付き添っていた隊員にうながされ、しぶしぶタラップを降りた。するとスダン警視が大急ぎでこっちに駆けあがってくる。いかにも得意げな様子だ。立ちどまらずにわたしのことを一瞥だけした。

「やあ、ヴェラ」彼は声をかけてくる、「まあまあの活躍でした……」

もっといい評価を得られると思っていた。とんでもない誤りだった。タラップを降りきると、付き添いの隊員はわたしを救急車のほうにうながした。

「犯人グループは全員殺されたのですか？」わたしは出し抜けに尋ねた。

「いいえ……ほら、リーダーの男が出てきますよ」

タラップのうえに、鎖をつながれた〈スキゾ〉の姿があった。脚と腕に傷を負っている。苦痛で真っ二つに引き裂かれたように、その表情にはなにかに取りつかれたみたいな視線と、勝利者の微笑とが交錯している。相変わらず、眼球ネックレスは首に掛けたままだ。女性看護師がわたしの腕を取って救急車に乗り込ませようとした。そのとき、怒声が上がった。タラップのほうがざわめいている。〈スキゾ〉が倒れ込んでいた。スダン警視が打ちのめしたらしい。精鋭部隊の隊員らがまわりを取り囲む。皆の視線を避けるためみたいに。わたしは救急車のなかに身を落ち着けると、もう身じろぎしなかった。はっきり言って、どうにでもなれ、という気持ちだった。

14

女性看護師が必要な応急処置をほどこし、服を脱ぐのに手を貸してくれた。新しい服と白衣を手渡される。体にこびりついて固まった汚物をすっかり拭ったあと、首からうえと両手を消毒してくれた。すっかり身づくろいが整うと、ふたたび救急車が動きだす。安静にしていなければならないほどではないし、まだわたしが必要になる場面もあるだろう——ということでわたしは、管制塔の前で降ろされ、救急車は多数の負傷者が待つ乗っ取り機のほうに取って返した。

これら一連のことは、どれくらいの時間を要したのだろうか？　とほうもない時間だったかもしれないし、一時間ほどだったかもしれない。

司令部には幹部連中だけが居残っていて、スタッフをまじえて行う予定の記者会見の準備にあわただしかった。そこにはスダン警視の姿はなかった。将来を属望される男が、華々しい会見の場に出てこないとはちょっと驚きだ。だがすぐに、警視がマスコミ嫌いなのを思い出した。あくまで、陰の実力者になる道を歩むつもりらしい。

わたしが入っていくと、ポール・ベルモンが立ちあがって出迎えた。

「おめでとう」議員は熱のこもった口調で言った。「よくやってくれました。私たちとしても、いずれお礼をしないと……」

「コーヒーを一杯いただきたいんですけど」わたしは言った。

「コーヒーですか……もちろんですとも。さあ、これをどうぞ。極上の品物ですよ」

差しだされたのは紙コップではなかった。幹部用の磁器製のカップだ。汚れた服の入ったポリ袋をごみ箱に放り込むと、わたしはコーヒーカップを受け取った。会議中のテーブルから離れた場所で、わたしたちはしばらく立ち話をする。

「マニュエル君は、その後いかがですか?」わたしは出し抜けに尋ねた。

「……まあその」彼としては不意をつかれたようだ。「とてもいいですよ」

「実際はその反対ですよね。嘘をおっしゃらないでください。ちゃんと記録に目を通したんですから。マニュエルの家族は、ブラジルのセルタン（北東部の放牧地帯）で皆殺しにされているんですよね」

心身ともにふつうの状態であるなら、もっとうまいやり方でその問題に触れただろう。あるいは、あえてそんな問題を話題にしなかっただろう。かつて診療所を営んでいたとき、カーペットを新しくしたあとなんかには気持ちが浮きたって、よくそんなことを訊いてみたものだ。つまり家族についての立ち入ったことを。まあ、それはさておき、こんな話を持ちだされて、さすがのベルモンも微笑しているわけにはいかなかった。

「おっしゃるとおりです」彼はあっけなく認めた。「マニュエルとの仲はしっくりいっていません。私のせいではないのですが、うまくいっていないのは確かです」

「どれほどうまくいっていないんですか？」

「私にもう話しかけてきません。私が部屋に入っていっても眠っているふりをします。ぷいと出ていってしまうこともあります。まあ、そんなところですかね……」

「二人の母親を殺したのがあなただと、マニュエルが思い込んでいるとすれば、そんな態度も当然と思いますけど……」

どんな風の吹きまわしで、そんなことを言ってしまったのだろう？　こんな場所で、こんなときに、そんな話をしてしまうなんて。

「ちょっと待ってください。ブラジルで起きた事件の責任が私にあるというのですか？」

どうして、ブラジルの事件だけ責任がないというのか？　ふつうに見れば、ベルモン邸で起った事件だって、彼が責任を負う筋合いのものではない。彼は明らかに落ち着きを失っていた。なにか言葉を発しないではいられない、というように、

「この私に、なにかができるとお思いですか？」

「近いうちに、マニュエルといっしょにＣＩＰに来ていただきます。その際、どんな些細なことにも正直になるようにしてください。どんなときにも嘘をつかないように。疲れているなら疲れているとおっしゃってください。《元気いっぱいです！　今すぐプー

ルに飛び込んでみせますとも》などと言わないようにしてください。マニュエルはあなたが嘘つきだと知って、あなたに殺されると思い込むに至ったんですから」

どういうわけか、マニュエルについて話すことは気晴らしになった。忙しい一日をすごしたあとでテレビの連続ドラマを見るのに似た気晴らしだ。物思いから解放してくれる効果がある。けれど、立ち話を長く続けることはできなかった。突然エティエンヌがやってきて、

「きみを捜しまわっていたんだよ！　気分はどう？」

「へとへとだわ」

「聞き取り調査が行われる。搭乗ロビーを占拠してね。来るんだろう？」

「ねえ、勘弁して、わたし働ける状態じゃ……」

相手の微笑が顔のすみずみまで伸びひろがった。わたしは自分がどうしようもなく馬鹿な女に思えた。

「わかってないのか、ヴェラ。聞き取り調査はきみのために開かれるんだよ。きみは席につき、洗いざらい話す。患者である以上、こっそり姿を消すなんてことは許されないんだ」

わたしは自分も治療を受ける身になろうとは、思ってもいなかった。

「それには及ばないわ。言っとくけど……」

「きみだって人質と同じ立場だったんだよ！」

このとき、私服警官が何人か、管制塔のなかに入ってきた。みんな神経の昂りと上機嫌が入り混じったような表情をしている。試合に勝って引きあげてくるサッカー選手といったところだ。なかにいたスダン警視をのぞいて、わたしたちになど目もくれなかった。

「警視！」エティエンヌが呼びかける。「どんな権利があって、捕虜をぶちのめしたんです？」

はじめわたしは、なにを言っているのだろうと思った。すぐに合点がいった。〝捕虜〟とは〈スキゾ〉のことを言っているのだ。問いかけに対して、警視はなんの反応も示さなかった。

「あの男は手足を縛られていたんですよ」エティエンヌは激しく食いさがった、「おまけに病気の症状からいって、完全に責任を免れます。あなたのやり口は、警察全体を穢《けが》すほどひどい……」

「やめて、エティエンヌ」

警視の態度はちょっと変だった。それでわたしは口をはさむ気になったのだ。スダンは立ちどまったままだったが、かといってわたしたちの話を聞いているようには見えなかった。背後ではコーヒーが回されている。煙草に火をつける者がいる。やっと、司令官から許しが出たのだろう。

「あの人がショックを受けている」わたしは声を低めて言った。「でなければなにかの発作かも……」

「ちぇっ、きみの言うとおりみたいだね。これから発作が始まる。そんな感じだ」

青白く、むくみ気味の顔面をてかてか光らせて、スダンはこっちに向いた。

「ブラボー、スダン！　ドクター・カブラルをよこしてくれるとは、あなたはすばらしいアイディアを思いついたものだ！」

ベルモンが戻ってきていた。嘘っぽい声は相変わらずだ。コーヒーポットを手にして、みんなに注いでまわっていたのだ。彼流の民主主義のつもりなのだろう。ベルモンはスダンの顔を見て、ぴたりと立ちどまった。警視の固い表情にようやく気づいたらしい。

「ちょっとした虚脱状態というところですね。よくあることです」警視に錠剤を一錠手渡しながら、エティエンヌは解説した。

「これを飲んでください」彼は医者が命じるときの口調で言った。「あなたは働ける状態じゃありません。車の運転もダメです。無理したら事故を起しかねません。さあ、搭乗ロビーまでいっしょに行きましょう」

患者と見なした人には、だれであれ誠実に対応する。エティエンヌのそんな態度には感服する。彼はベルモンの存在を利用してまで、〈スキゾ〉の件を追及しようとはしなかった。いや、そんなことなどなかったかのように振る舞った。警視は今問題を抱えている。大事なのはそのことだけだ。結局この出来事は、つねに危ない橋を渡っている警察官こそ精神的危機に瀕する恐れがあるのだという、エティエンヌの日頃の考えを裏づすることになった。

ベルモンは、エティエンヌの態度に気圧《けお》されてか、わたしたちがその場を去るのを無言のまま見送った。その際ベルモンが考えていたことを想像してみる。スダン警視の評判を傷つけないこと。それが第一だろう。同時に、警視に対する同情と、彼の健康に対する一抹の不安とを、感じただろう。絶対にそうだとまでは言えないが。


エティエンヌが与えた錠剤は、少しずつ効いてきたようだ。人質となった乗客の聞き取り調査が行われるロビーの出入り口に立つと、警視は自分から口を開いた。

「家に帰ることにします」単調な声でそう言った。

〈スキゾ〉をぶちのめしたことを、今になって思い出したというわけか？

「それじゃ、お送りしましょう」と、わたしは申し出た。

「とんでもない」エティエンヌが遮るように言った。「きみは残らなければいけない」

「エティエンヌ、安心して。わたしには洗いざらい話せる相手がいるの」

これは精神科医の間だけで通用する言い回しだ。つまり、《なんでも話せる医者仲間がいる。だからそちらに行く》ことを意味する。

「ヴェラ……三カ月後か十年後かに、きみが今回の事件の代償を払うのを見たくないんだ。それにしても、すさまじい事件だった……」

「あなたの言ったことは、ちゃんと肝に銘じておくわ」

奇妙なことだが、スダンが変調をきたしたという出来事が、わたしを本来の自分に立ち返らせてくれたのだ。言うまでもなく、彼を送っていこうというわたしの提案には、表向きとはべつの狙いがあった。そんなことは知らないエティエンヌは、明らかにショックを受けていた。頭のなかではいろんなことが渦巻いていたにちがいない。つまりは、いろんな……ことだ。彼はちょっと無愛想に、わたしたちから離れていった。こういうことはめずらしい。嫉妬しているのだろうか？　わたしがエティエンヌに好かれるかもしれないとは、これまで一度も考えたことはない。丸眼鏡の奥で、彼のエメラルド色の目は、いつもとは違った光を放っているように思えた。左手の結婚指輪（彼にとって残念なことに）と同じ輝きの光だ。

スダン警視とわたしは車のなかにいた。わたしの運転する車だ。警視は少しずつ、霧のなかから抜けだしつつあった。わたしが彼を家まで送る気になるとは、なにか重大な理由があるにちがいないと、内心訝しんでいるようだ。

「ここのところ過労気味でしてね」警視はとうとう打ち明けた。

わたしは答えない。

「もちろん、あなただってそうなんでしょう。すさまじい事件に巻き込まれたものです……いずれ内務大臣に報告するつもりです。あなた、勲章を受ける気はありますか？」

「そんな！　とんでもないことです」

警視は助手席で、何度も脚を組み直した。わたしが黙ったままでいるので、なにを話したらよいかわからない様子だ。わたしは無表情を保って、運転を続けた。この際彼には、話したいことを思う存分話させてやろうと心に決めて。

「私としたことが、どうしてしまったのかわからない……」

「わたしは反対に、よくわかってらっしゃると思いますよ。でも、わたしには関係ないですね。あなたの内面のことですから」

「ありがとう」警視は微笑を浮かべた。

ようやく警視の顔に、生気が戻ってきたようだ。確かに、活気づいている男の存在を助手席に感じる。ただし、少し大げさに振る舞っているきらいはある。彼としては恥ずかしいはずの意気阻喪を、大したことなどなかったと見せかけたいのだろう。

エティエンヌがスダン警視に話しかけたときのことが思い出される。あのとき警視は、まるで幽霊に出くわしたみたいな顔つきをした。乗っ取り事件が解決したあと、タラップの頂きでなにが起ったのか？〈スキゾ〉がなにかをしたから、警視はあんな状態に陥ったのか？

「あそこの角で降ろしてください。カルム通りは、サン゠ジェルマン大通りからすぐですから」

「大丈夫です。道はよく知っていますから」

「ほら、すぐそこです」

「部屋までお送りします」

わたしがそう言うと彼はびくっとした。恐怖にとらえられたみたいに。わたしが部屋までついていって、都合の悪いことでもあるのか。

「それには及びません」冷ややかな口調だった。

「あなたはいいかもしれませんが、わたしの責任というものもありますから」

五分ばかりの間、押し問答した。ひょっとしたら嘘の番地を告げたのではないか――そんな気がしてくるほど、執拗な拒絶反応だった。額にじっとりと汗を浮かべている。けれど、わたしのほうから引きさがるつもりはない。

二人同時に車から降りた。車は適当に停めておけばいい。わたしは警察関係の勲章を受けるそうだから、駐車違反くらい大目に見てもらえるだろう。

「そんなに速く歩かないで。わたしだって気絶しそうなほどふらふらなのよ」背後から声をかけた。「あんな恐ろしい体験をしたあとで、こうしてあなたを送ってきてあげたんだから、水の一杯くらい飲ませてほしいわ！」

わたしを置いてきぼりにするわけにはいかないと、スダン警視も悟ったらしい。そんなことをするのは、思いやりに欠けるだけでなく、奇妙な振る舞いでさえある。噂は警察内部にも広まり、辣腕警視としての評判はダメージを受ける。彼は今や、瀬戸際に立っていた。

警視は覚悟を決めたように口元を引き締めて、わたしを階段のある場所まで連れてきた。そこは古びた建物の入り口だった。彼をこれ以上刺激するのを恐れて、階段を登っていきながらわたしは黙ったままでいた。歩きにくい階段をつたって、やっと三階までたどり着く。階段を登っただけなのに、またしても警視はその場に倒れ込みそうになった。

スダンがポケットから鍵を取りださないうちから、その部屋のドアは魔法にかかったみたいに開いた。車椅子の男が、敷居口に現れた。猫背気味だががっしりした体軀だ。短く刈り込んだ白髪。落ちくぼんだ眼窩《がんか》から、射るような視線をこちらに投げかけてくる。二人の間の、明らかな類似。

「なにをやっとる？」車椅子の男は、おそらく息子に向かって怒鳴った。

男はわたしの顔をじっと見つめた。わたしに向かって唾を吐きかけんばかりの形相で。

「この方はご気分がよろしくないんで」スダンは嚙んで含めるように言った。「水を一杯所望しています」

わたしは精一杯の微笑をつくってつけ加えた。

「できれば、温かい飲物が欲しいんですけど……」

「出ていってくれ。二人ともだ。今はそんな時間じゃないんでな」

ドアは目の前でぴしゃりと閉められた。スダンが激しく身を震わせているのがわかる。わたしは内心、彼がドアを打ち破るのを期待していた。けれど、あっさりあきらめて、きびすを返した。打ち負かされたような表情さえ浮かべて。わたしは意外の感にとらわれた。

「これで満足ですか？」歩道まで戻ったとき、警視はつぶやくように言った。

わたしはまだ呆気にとられていた。

「わたしが怒らせたわけでは……おや？　どこに行くおつもり？」

通りの角に立って、警視は手を挙げた。タクシーを止めるためだ。

「私にどこへ行けっていうんです？　警察署しかないじゃありませんか！」

「でも、そんな状態では無理かと……」

「セックスすることが、ですか？」微笑もうとしたが、声がきしむ。「確かに無理です。あなたの頭のなかにあったのは、そんな考えでしたか？」

警視が乗り込んだタクシーは、そのまま走り去った。彼の最後の台詞は、わたしをいきなり平手打ちしたみたいなものだった。わたしを愛人とでも思っているのか？　さて、わたしは自分の車に乗り込む前に、スダン父子のアパルトマンの窓を見上げてみた。父親は、わたしのことをじっと観察していた。車椅子に座ったまま、身じろぎもせず。表情まではっきり見ることはできなかったが、突き刺すような憎しみがわたしのところまで届いてくる気がした。

15

吹奏楽団の演奏とともに勲章を授与されるという、例の話は、いったいどうなってしまったのだろう？　わたしはどうやら、行進に加わりそこなってしまったようだ。どこかでファンファーレを鳴らしながら、わたしを待っていてくれる人たちがいるのかもしれない。けれどわたしは、一人の警官――スダン警視とともに道に迷ってしまった。そいつがろくでもない男だとわかったとき、奇妙なことだが、わたしは男友達を失ったときのような悲しみを抱いた。確かに、ちょっとばかり夢を見させてもらった。今では淡い期待を抱いた自分を恥ずかしく思っている。

わたしは携帯からスリムに電話して、会う約束を取りつけた。場所は〈オルド・ソヴアージュ〉、兄のディディエがセーヌ右岸のマレー地区で経営しているレストランだ。夕食にはちょっと早かったが、わたしはむしょうに話し相手が欲しかった。エティエンヌに申し渡したように、わたしは〝だれか〟に話さなければならないのだ。

「予約していないね」わたしが入ってくるのを見ると、ディディエは穏やかな口調で言った。

「妹でも予約がいるの？」

「商売繁盛してるからって、おれの責任じゃないよ。ほら、隅の席が空いているから、あそこに座って……」

「バッグがじゃまだっていうなら、頭のうえにでも載せておくわ」

ディディエは笑い、わたしにグラスを用意するためカウンターのうしろにさがった。

「こんにちは《サリュ》、ジル」

「やあ《サリュ》」ジルが鼻を鳴らしながら応じた。

ディディエの双子の弟であるジルは、毎日かならず〈オルド〉にやってきては一杯引っかけていく。もちろん、ほかのきょうだいの最新情報を得るためだ（なにを隠そう、わたしも同じ目的でここに来るのだ）。彼がいつも鼻を鳴らしているのは、そうするのがプロレタリアっぽいからだ。いや、彼の人生における目標は、できるだけプロレタリアに近づくことなのだ。ずっとそのように考えているらしい。診療所時代にわたしが観察したところでは、本当のプロレタリアというのは、今のジルなんかよりずっと上品なのだ。こんな話をしても馬耳東風だろうが。結局、彼が鼻を鳴らしたり、グラスを飲み干したあとで舌打ちしたりするのは、いつもながらわたしをいらいらさせるだけだ。両親やきょうだいだっていらいらしているだろう。ディディエはべつとして。言うまでもなく、兄は弟のことを申し分ないと思っている。ジルの経営する修理工場からは、レストランに資金がまわってくる。けれどそんなことは重要じゃない。ジルが完璧にドロップアウトしてしまったって、ディディエはやっぱり弟のことを欠点の一つもない人間だと思いつづけるだろう。

「それで、ヴェリュ、おまえはロワッシーに行ったってわけか？」

さて、一言発するだけで相手を怒らすという、とほうもない力を有している者たちがいる。いや、そんな大げさなものではないが。つまり、わたしの兄たちのことを言っているのだ。彼らがわたしのことを〈ヴェリュ〉（いぼ、汚点の意味がある）と呼ぶのは、今に始まったことではない。もちろん、今さら目くじら立てたりはしない。わたしは黙って煙草に火をつけた。ディディエは弟のグラスをいっぱいにした。これが完全なる愛情のしるし、とでもいうように。

「おまえをテレビで見たよ」ジルがなおも言った。

「番組がなにを話題にしていたか、わかった？」わたしはジルの口調をまねして言った。「とにかく見つづけることね、ジルー、もっと真相を知りたいんなら」

「どうしたんだい？　おまえの口から話してくれないの？」

ディディエのほうは、すでに電話機に手をかけている。

「ヴェラがテレビに映ったって？」

このときスリムがやってきた。

「こんばんは《ボンソワール》！」気さくに声をかけてくる。

双子の兄弟は熱烈にスリムを迎えた。ひどく不機嫌なわたしの相手をできる人間が現れて、ありがたい――それが理由の一つだろう。けれど、十年間、一点の曇りもない友情で結ばれたすえに、家族の一員として迎えられる、ということだってあるのだ。

「よし、母さんに電話しようか？」ディディエが言った。

わたしはとうとう爆発した。

「ちょっとあなたたち、いつまでそんな兄弟ごっこを続けているわけ？」

いきなりそう言われたほうはキョトンとしている。

「どういうこと？」

「乗客たちを助けたのはわたしなんだから、お祝いの言葉くらいかけてほしいわね。テレビに映ったことなんかどうでもいいのよ。わかった？」

「いったいどうしちゃったんだ、こいつ！」これは驚いた、というようにディディエは叫んだ。

彼はいったいどういうことなんだ、というように、ジルに説明を求めた。

「悪気はなかったんだけどね」ジルは言い訳した。「テレビに映るなんてことはめったにないんだぞ！　だから一度くらいは、話題にしたっていいんじゃないか？」

「早く母さんに知らせてやらないと、おれたち殺されかねないよ」ディディエはさっそく電話番号をプッシュする。

結局、事務室となっている小部屋に落ち着いた。そこにテレビがあるからだ。ディディエをのぞいた三人で、事件を扱ったルポルタージュ番組を見た。ディディエは接客で忙しい。二人連れのアメリカ人がやってきたからだ。わたしたちが別室に引きさがったのはかえってよかったのかもしれない。カブラル家の人間が一カ所に集まっておしゃべりを始めたら、それこそ商売なんかそっちのけになってしまうのだから。

ルポルタージュ番組は、空港滑走路での乗っ取り事件発生の映像から幕を開けた。やがて、滑走路の真ん中を乗っ取り機のほうへ進んでいくわたしの姿が現れる。ポル・ポトの肖像写真を重たそうに抱えて。

「きみは、映画俳優にでもなったほうがいいんじゃないか」スリムが冗談を飛ばした。

「うしろから見るかぎり、おまえはやっぱりいい体つきをしているねえ」ジルが混ぜっ返した。

こうして自分の姿を見るのは、とても奇妙な感じがする。わたしのところには全身を映す鏡がないから、自分の姿を目にする機会はめったにないのだ。あちこちの店で試着をしたすえに、大して似合わないスカートを買ってしまう若い女たちがいるものだが、わたしはそういうタイプではない。試着なんかせずに服を買ってしまうほうなのだ。そのためかつては、サイズが大きすぎたり小さすぎたりすることがままあったが。こんにちでは、そんな心配は無用だ。今のわたしは、細身のジーンズやオックスフォード地の白シャツなんかを選ぶ際、失敗したためしがないというのが自慢の種だ。若くてぴちぴちした娘が、金魚みたいに見えてしまうことさえある。

こんなことを考えていると、なにか冷たいものが心のなかに入り込んできた。そしてたちまち、わたしをとらえてしまった。

「やるじゃないか、あいつら！」画面をうっとり見つめていたジルが叫んだ。ちょうど、〈フランス警察精鋭部隊〉が展開する様子を放映しているところだった。「おまえはあいつらを間近に見たってわけか？」

テレビが映しだした映像を見て、あのとき隊員たちがどうやって機内に突入したのかがわかった。ようするに、機内に沸き起ったパニックを利用したのだ。突撃の迅速さといったら息をのむほどだった。塩漬けピーマンの皿を手にしたディディエさえ、ドア口に立ったまま呆気にとられている。

「外に出たところで、運がよければインタビューしてもらえたのにな」いかにも残念そうにジルが言った。

「彼女はまだ外に出ていないんだよ」スリムがぶっきらぼうに指摘した。

「なんだって？」ジルがかん高い声を出した。「おまえまだなかにいるっていうのか？」

「そんな簡単に出られるわけないじゃない、馬鹿ねえ」

「うるせえ、黙ってろ、おまえら！」

銃撃音がとどろき、悲鳴が上がる。脱出シュートが垂れさがり、乗客たちが滑り降りる。画面で見ると、関節が折れ曲がった人形にしか見えない。いっぽう、周囲に待機していた救急車がいっせいに現場に到着する。

ついで、またわたしの姿が映る。シャツは赤茶けた染みで覆われ、髪の毛は乱れている。隊員にやっとのことで抱きかかえられた、小柄な老婆にしか見えない。

「おやおや、ひどいありさまだな」スリムはそう言うと、いかにも精神科医らしい視線をわたしに向けてきた。

わたしは聞いていなかった。スダン警視が駆け足でタラップを駆けあがる場面が映しだされたからだ。元気はつらつとした足取りで、わたしになど関心なさそうにすれ違っていったときの。手足に鎖を巻かれ、よろめく〈スキゾ〉の顔がアップになる。スダンはふと立ちどまった。突入を指揮していた司令官がなにか話しかけたが、聞こえていない様子だ。あんなにまじまじと、なにを見つめているのか？　そうだ。〈スキゾ〉が首に掛けている眼球ネックレスだ。はっと息をのんでいる。そんな感じではないか？　けれどスダンは嘔吐しはしない。〈スキゾ〉のほうに進み出て、すばやく手を動かした。なにを握っているのかはわからない。ともあれ〈スキゾ〉は前のめりに崩折れ、腹を押さえた両手は痙攣している。

あとの場面はカットされていた。キャスターがふたたび現れ、内務大臣が画面に登場した。事件について大臣の口から直接話させるつもりなのだろう。つまらない。リモコンを操作する音とともに音声は消え、画面も真っ黒になる。

番組の間、みんなはテレビの前に陣取って興奮していた。わたしはスリムと並んで座り、ゆっくりとビールを飲み干した。ディディエはわたしたちにテーブルを見つけようとしてくれた。わたしとしては、もう落ち着いて食事などできる気分ではなかった。とてつもなく大きな収穫を得たと確信していたのだ。嬉しさを押し隠すのに苦労するほどだった。スダンのあの放心状態の原因は皆目わからなかったが、今やっと、それがわかった。いつ、どこでその原因となる出来事が起ったかも。とにかく、これを取っ掛かりにして、多くの推論が導きだせそうだ。

翌朝、わたしはすっきりと目覚めた。

昨晩は遅くまで、スリムが親身にわたしの話を聞いてくれた。そして彼のほうからも、スダン警視の件を調査するにあたっての手がかりを提供してくれた。スダンが〈スキゾ〉を刺し殺したことに関しては、そうにちがいないと主張できる立場にいるのはわたしだけだ。肝心の場面がルポルタージュ番組からカットされていたのだから。そのかわり、人質だった人たちの衝撃的な証言は利用価値がありそうだ。スリムはまた、あのときのスダンの動きの真の意味を、わたしが取り違えているとも指摘した。解釈しすぎているのではないかと。結局わたしは、起った出来事をきちんと見てはいなかったのだ。とはいえ、スダンがなんらかの発作をともなう病気を患っている可能性は、彼もはっきりと否定した。〝独特な〟人物であることには同意したが。きっとあの男は、もともと特殊部隊にいたが、もっと重要なポストを求めて、あるいは警察組織でキャリアを積もうと転籍してきたのではないか——どうもそんな気がする、とスリムは言う。ともかくあのときのスダンは、冷静さを失いつつあるようには見えなかった。あの男に関するかぎり、冷静さを失うなんてことはありえないだろう——というのが彼の結論だった。いっぽうわたしは、ある種の深い二重性、つまりスダンという人物における、外見と内面とのはなはだしい分裂を明らかにすることにこそ、謎を解く鍵があると思っている。

「人類の四分の三がそうなんだからね」スリムはわけ知り顔で言った。「われわれはみんな二重人格者なんだ。いや、三重人格者かもしれない。いずれにせよ、深淵と頂きの間で引き裂かれているんだ……だけどあの男の特殊性というのは、そういうこととは関係ない気がする」

「彼は眠らないのよ」わたしは言った。「部屋にベッドがあるかどうかだって、わたしは知らない」

「彼は父親といっしょに住んでいるんだね」

「決まった時間でなければ、アパルトマンに入ることさえできないらしいわ。あの人、鍵を持っていないの」

「でも、彼が嘘をついていたとすれば？　そこが実際には彼の家でないとすれば？」

「父親にまったく頭が上がらないのをわたしに見せて、彼にどんな利益があるのかしら？　辣腕刑事《スーパー・デカ》のイメージには、あまりにそぐわない光景だわ」

「とにかく彼は、きみに並々ならぬ興味を抱いている」スリムはそう言って微笑した。だが急いでこうもつけ加えた。

「べつに不名誉なことでもなんでもないんだよ。きみは医者としてのアリバイづくりのために、あの男の〝症状〟をでっちあげるつもりなんだろうが、そんな小細工はやめといたほうがいいな。きみはいずれ彼の気持ちを知って驚くんだろうが、結局のところ、《女は男に引かれ、男は女に引かれる》んだからね」

わたしはそんな考えを一蹴するように手を振った。

「そんなことは、この件にはまったく関係ないことだわ。彼との間にはなにもない。わたしを信じて」

わたしたちは静かに料理を食べおえた。〈オルド・ソヴァージュ〉のキッチン――商売のじゃまをしないよう、キッチンに料理を運んでもらったのだ――は狭いから、わたしたちがこんなふうに急接近しても大目に見てもらえるだろう。けれど、勘定をする段になって、スリムが蒸し返してきた。

「ねえ、ヴェラ、きみは愛の告白なんてものを、一度もしたことがないんだろう。それはぼくとしてはありがたいけど、やっぱりぼくに言ってくれたっていいんだよ、あの男が……」

わたしは嘘っぽく見えるとわかっていながら、それでもあえて微笑をつくって相手の言葉を遮った。

「ねえ、あなた、ちょっと考えてほしいんだけど。わたしはいつだって体が空かないってことをね」

今だってそうだし、将来だってそうだろう。

16

玄関扉が開いた先にあの男が現れた。車椅子に腰掛けたまま、石像のように動かない。

「こんにちは《ボンジュール》、ムッシュー。スダン警視に頼まれて、ビデオカセットを受け取りに来ました。彼の部屋に置いてあるそうです。かわりにフロッピーディスクをお返しする約束になっています」

「今はそんな時間じゃない」

やはり、気が変になりかけているようだ。こういう人間は扱い慣れているから、べつに驚きはしない。あえて相手の目のなかをのぞき込むようにする。それから、変わらない口調で言った。

「あなたにとっては都合が悪いのかもしれませんが、わたしにはこの時間しかないものですから」

わたしは相手を押し返すようにして、ずかずかとなかへ入っていった。車椅子はあとずさりし、壁を背にして止まった。意外なことに、男は抵抗しなかった。こうわめいただけだった。

「入ることを禁止する！」

「ちょっとの間だけですから」

最初の部屋はいかにも陰気で寒々としていた。大きなベッドの両脇に、ナイトテーブルがシンメトリックに置かれている。あとは洋服箪笥だけ。スダンの父親が使っている寝室なのだろう。その真正面の部屋に、わたしは入っていく。予想どおり、息子の部屋にちがいなかった。一人用のベッドには、赤と水色の格子模様のシーツが掛けてある。カーテンもシーツと調和した布地だ。パソコンが置かれた事務机、椅子が一脚、法律書で埋めつくされた書棚。この狭苦しい部屋が抱かせる胸塞がるような印象を、職業柄、わたしはさっそく分析しないではいられない。

ベルモンからくすねたフロッピーディスクを机のうえに置き、書棚をざっと見渡してみる。ビデオカセットは雑作もなく見つかった。一本だけ突っ込んであるのだから、見つけるのは簡単だ。警視としては、この部屋に他人が入り込むなんて、思ってもみないことにちがいない。この陰気な小部屋よりも安全な隠し場所が、ほかにあるはずがない。だれだってそう思うだろう。

わたしはさりげなく、ビデオカセットをバッグのなかに滑り込ませた。ドア口では、車椅子の男がわたしのことを無言で見つめていた。

「終わりました、ムッシュー。長くはかかりませんでした」

「わしがおまえの好きにさせるとでも思っているのか、このあばずれ？」男はあえぐように言った。

「それ以上わたしを侮辱するなら、訴えますからね」これしきのことで動揺するまいと、わたしは言い返した。

「訴えます、だと？」信じられないというように、わたしの言った言葉を繰り返した。

「あばずれめ、わしが見舞ってやるものを見るがいい！　ひざまずけ！」

「……なんですって？」

「ひざまずくんだ！」彼はうなり声を上げた。

鞭の革紐が乾いた音を立てた。〈メード・イン・タイワン〉の代物じゃなく、南仏の牧人が使うような正真正銘の鞭だ。

「ムッシュー・スダン」わたしはあわてて声を上げた、「わたしはすぐお暇《いとま》すると……」

「黙れ、馬鹿女！」

ふたたび鞭がしなった。わたしは悲鳴を上げる。痛みと、不意を襲われたせいで。顔をしたたかに打たれた。

「ひざまずけと言ってるんだ！」相手は逆上して叫んだ。

パニックに陥らないよう自分に言い聞かせながら、わたしはバッグのなかに手を入れ、携帯電話を探る。

「そいつを放せ、売女！」

手首を切断されるような痛みが走り、叫び声をこらえる。携帯は床に落ちた。激しい痛みに耐えながら、男から目を離すまいと躍起になる。一つのことしか頭になかった。つまり、絶対にひざまずいたりしてはならない。おかげで、また顔面に一撃を加えられた。目の前が真っ暗になる。なすすべもなく、わたしは立ちつくしていた。

「あばずれめ、そんな格好で、ケツの皮を守れると思っているのか？　おとなしくひざまずいたほうが身のためじゃないか？」

　このとき、ドアを叩く音が鳴り響いた。二人とも驚きで飛びあがる。男は車椅子をくるりと回転させた。わたしはこの瞬間を利用して、車椅子を力いっぱい前方に押した。同時にドアが開き、スダン警視が姿を現した。車椅子は激しく彼とぶつかり、座っている男は危うく転げ落ちるところだった。わたしはすばやく携帯を拾いあげる。

「ヴェラ、こんなところでなにをしているんだ？」

「警察を呼ぶわ」

「ぼくは警察官だ」

　車椅子の男は、ふたたび不動の姿勢に戻った。待ち伏せの姿勢を取って、今にも飛びかかろうとしているかのようだ。だがスダンが彼を押しとどめ、まるで家具を扱うみたいにわきへどけた。それからゆっくりと、わたしの手から携帯を取りあげ、わたしのバッグのなかに放り込んだ。

「きみを鞭で打ったんだ？」わたしの顔を調べながら彼は言った。

確かに彼は〝きみ《テュ》〟と言った。〝あなた《ヴー》〟ではなく。わたしはあごをくいしばった。歯をガチガチいわせながら。

「いいえ、これは自分で切った傷、剃刀をあてているときに……」

「あの人はどうかしているな、まったく」

「トマ、わたし、訴えますから」

わたしはなおも手足を震わせていた。スダンがわたしを腕に抱きかかえようとしたが、きっぱりとはねつけた。そして頭を高くしたまま、走るように部屋を出ていった。なにも見ず、なにも聞かずに。

「ヴェラ！　待って、ぼくも行くから！」

彼は追いかけてきた。父親に非難の言葉を投げかけることはとうとうなかった。いや、驚きや怒りの態度さえ示さなかった。ようするに、なにもしなかった。ただ一つ確かなのは、彼が自分の鍵を持っていたということだ。

彼は一階の出入り口付近でわたしに追いついた。そのときわたしは、建物の扉を開けようとしていた。手首をつかまれる。鞭をあてられたほうの手だ。傷のうえに、彼は唇を押しつけようとした。わたしは激しく抵抗し、手を引き離した。

「やめて！」

「わかってる、ヴェラ、わかってるよ。あの人を閉じ込めなきゃならないことは承知している」

「わたし、訴えますから」さっきの台詞を繰り返したが、ほとんど泣き声になってしまった。

緊張は少しずつやわらいできた。相変わらず息も絶え絶えの状態だったが。泣くまいとしているのにどうしても涙が出てきてしまうのが、悔しくてならない。わたしはもう、自分がどうなったのだかわからなくなった。

「きみの気持ちはよくわかる」彼は言った。「ぼくが悪かった、みんなぼくのせいなんだ」

「あの人は……鞭を持っていたのよ！　わかっているの？　あなたが鞭を渡したんでしように！」

「眠っているときにでも取りあげることにするよ。さっきは、騒ぎになって人が集まってくるのが嫌だったんでね」

もうなにを言ったらいいかわからなかった。彼の落ちくぼんだ目は鈍い光を放っていたが、それがかえって優しい雰囲気を醸していた。嵐のあとに港に吸い込まれていく――彼の目はそんな印象を抱かせた。今度は、両側から肩を抱きしめられた。彼のほうに引き寄せられる。そのまま胸のなかに吸い込まれてしまった。顔がやけどしたようにほてり、体のあちこちが痛んだ。彼の手がわたしの髪を愛撫している。もうなにがなんだかわからなくなってしまった。

「ヴェラ……」言いかけた。

彼のほうに顔を向けた。彼の口は、わたしの口から数センチ離れたところにある。

「なに？」

「……」

頭のなかに埋め込んだずだ袋から言葉を引きだそうとしている——そんな感じだった。今や彼の口とわたしの口は、一ミリのところまで接近している。一ミリの距離があるかないかで、すべてが変わってしまう。

「薬局を見つけなければ。痛いわ、一週間、醜い顔のままでいたくない」

「車のなかにいい薬がある」

その間、わたしたちの体はゆっくりと離れていった。たちまち、わたしたちは午後の熱気に包まれた。結局、このほうがよかったのだ。


どうか、思い違いをしないでほしい。つまりこういうことだ。わたしは小さいときにはとても可愛がられたのだ。何度となくキスしてもらったものだ。特に母にはしょっちゅうだった。きょうだいのなかで、母からいちばんキスしてもらったのはこのわたしだ。キスするとき、母は涙ぐんでいた。熱い涙と、胸のなかで押し殺したようなすすり泣きを、わたしはいつも感じていた。それでもされるがままになっていた。母に対する愛に我を忘れ、同時に、母にこんなに悲しくみじめな思いをさせている自分が恥ずかしくてならなかった。だからそれ以来、人からキスされるのをあんまり好まなくなったのだ。

わたしたちはスダンの車のなかにいた。彼はグローブボックスから軟膏を取りだした。そしてわたしの顔に手ずからそれを塗ってくれた。

「きみはこれから仕事か、それともなにか食べに行くほうがいい?」

わたしはびっくりして、しばし彼を見つめた。それから少しばかりかん高い声で、

「何事もなかったみたいに食事しようと言うの? あなたの部屋でわたしがなにをしたか、聞きもしないで?」

「とっくに気づいているよ」

「あ、そうなの?」

「もちろんさ。きみはベルモンのフロッピーディスクを返しにきた……」

彼を恋人として見たら、まだあやふやなところがある。けれど警官としてなら、彼は自分の仕事を知りつくしている。

「ああ! 今日きみに会えるなんて予想もしていなかったよ」はっきりとそう言った。

「父のところには、日用品を届けるためにちょっと寄っただけなんだ」

「でも……」

「それ以上のことはなにもないさ。きみがフロッピーを返しにくるのは知っていたよ。郵便で送ってくるようなことはしないだろうともね。いつかオフィスの机のうえに置かれているか、メールボックスに入っているのは予想していた。でも、ぼくの部屋に直接とはね。そこまでは予想していなかった」

わたしたちは少しの間話すのをやめて、フロントガラスの向こうに見えるサン＝ジャック通りの雑踏を眺めた。

「そろそろ行かなければ」わたしは突然、思い出したように言った。「CIPで約束があるの」

「キャンセルしちゃえよ」

答えるかわりに、肩をすくめてみせた。スダンはわたしの車までついてきてくれる。車のエンジンをかけたとき、やっぱり言っておくべきだと思って、ウインドウを下ろした。

「訴えるという気持ちに変わりはないわよ、あんな目に遭ったんだから……」

「きみの立場なら、ぼくだって同じことをするさ」

訴訟の話を持ちだしても、せいぜいそんな反応しか得られなかった。もしかして、彼はそんな事態になるのをずっと待っているのかもしれない。つまり、自分の手を汚すことなく父親を施設送りにすることだ。〈おたまじゃくし《テタール》〉はきっと、今の境遇から自分を解放してくれる王女様を待っているのだ。ヒキガエルはいずれ王子様となり、わたしたちは子供をたくさん授かることになるだろう。

わたしが十五分ばかり遅れてやってきたとき、ポール・ベルモンとマニュエルはすでに待ちかまえていた。まあ、なんとか許してもらえる程度の遅れだろう。今日はシェイラに代わってミシェルが、交換台に座っている。彼女がさっそくコーヒーを出してくれた。CIPの労働組合に属する人間なら、ふつうそんなことはしないものだが、代議士がお出ましとなると話はべつなのか。それはさておき、わたしはマニュエルに微笑みかけた。

「言ったとおりでしょ？　わたしが頼めば、パパだっていっしょに来てくれるって……」

はじめは探るような目つきでわたしのことを見つめていたが、やがてこちらに微笑み返してくるようになった。大した変化ではないかもしれないが、よい方向に向かっている証しではあろう。とりあえずマニュエルには、ベルモンとの面談が終わるまで会議室に待機していてもらうことにする。お絵描き用のフェルトペンを持たせて。それからベルモンと二人だけで、わたしのオフィスにこもった。

「さて、ベルモンさん」と、わたしはさっそく始めた、「あなたは奥様と同意のうえで、マニュエルを養子に迎えることにしたのですか？」

「もちろんですとも！」

「必ずしもあなたの意向に反してではなかった。それはわかります。けれど、本心ではどう感じていらっしゃったかをぜひ知りたいのです。当時、あなたは大変重要な選挙を控えていましたね。選挙のために、子供がいたほうがよかった、という事情はなかったですか？」

「私個人として？　妻の意向とはべつに、ということですか？」

「ここでお話ししていることが外部に漏れる心配はありませんから、ご安心ください」

「そういうことでしたら……。はっきり言って、養子をもらいたいという気はまったくありませんでした。死んだ愛娘の代わりを見つけるなんて、考えただけでもおぞましいことです。最初に私たちが出した養子縁組の申請はDDASSに却下されましたが、賢明な処置でしたね。私自身が乗り気でないことを見抜いていたわけですから。セリーヌに関しては……どういう気持ちだったか私にはわかりません。私どもは……その頃はもうほとんど言葉をかわさなくなっていました。妻の病気がますます悪化していったという事情もあります」

　ひじかけ椅子にかしこまって座ったベルモンのスーツ姿が、ちょうど外の芝の緑を背景にして黒っぽいシルエットをつくっている。彼は姿勢を崩さずに、わたしをじっと見つめていた。長い旅行から帰ったばかりみたいな、疲れはてた目つきだが、平静さだけはなんとか保っている。彼は今になってようやく、嘘をつかないほうがずっと簡単なことだと悟ったらしい。

「ではセリーヌは、あなたがマニュエルを養子にしたくないのを知っていたのですか？」

「もちろん！　知っていたはずです。妻が養子の話を持ちかけてきたとき、私は……激しい拒絶反応を示しましたから。それにしても、妻がマリーに代わる存在を求めるとは！　べつの子供がマリーのおもちゃで遊んだり、うちのプールに飛び込んだり、庭を自転車で走りまわったりするなんて。そんな考えは、私には耐え難いことでした」

「で、そのあと？……」

「妻は一人で苦しむようになり、それが日に日に昂じていきました」

「薬の量も多くなった？」

「そのとおりです。なんとかなるだろうと思っていたのですが……しばらくして、夫婦生活は破局に瀕していると、ようやく私は悟りました。そこで、今度は私のほうから養子の話を持ちだしたのです。私がすがることのできる、それが最後の拠り所でしたから」

「外国にまで手を伸ばしたのは、あなたの意向ですか？」

「そうです。法的に可能なすべてのことをやりました」

「うまくいかないことを、内心望んでもいた？」

「そのとおりです」

いったん沈黙。それからさらに、ベルモンは続けた。

「不幸なことですが、私は世間では有用な人間ということになっています。結局、うまくいってしまったのです。私はそのときこう思いました。極貧のなかで育った子供なら、私たちとの生活をむしろ幸福に感じてくれるだろうとね。たとえ私の愛を得られなくとも、孤児のままでいるよりはましだろうと。学校には行けますし、スポーツもやれます。

ようするに、向こうにいるよりはいい人生を送れるはずですから……。私には……想像もできなかったのです……反対に……もっと悪い結果になることがね。おわかりですよね？　案の定、最悪の結果になりました！」

「養子をもらう話がうまくいったことを後悔している？」

「マニュエルが私たちのもとに来てしまったことを、後悔しています。彼はもっとましな家庭に迎えられたはずですから」

「でも、奥様はマニュエルを愛していた……」

「とても愛していました。妻のそもそもの間違いは、彼がマリーの代わりになると考えてしまったことです。彼がいれば家のなかの空虚が埋められるとね」

「でも、空虚はそのまま残ってしまった……」

「そうです。マニュエルは……なんと言ったらいいか、以前は存在しなかった場所を、家のなかに造りあげてしまったのです。自分一人だけの空間をね。おかげで私たち夫婦は、二人だけでマリーの喪に服しつづけているという形になってしまいました」

「マニュエルに聞こえるところで、マリーの話をしたことがありますか？」

「いいえ、決して」

「でもあの子は、マリーのことを知っています」

「どうして知ったのかわかりません。嘘をついているわけではありませんよ」

「では、家族のことは話してやりましたか？　ブラジルで惨殺された家族のことですけど？」

「もちろん、話していません！　だいいち、彼は事件のことはまったく憶えていないのです。農場が襲撃されたとき、母親が彼をどこかに隠したとかで……虐殺の現場には居合わせなかったわけです。したがってなにも目撃してはいません」

　わたしは思わず相手のことを見つめ直した。今までさんざん嘘八百を並べたてておきながら、どうしてこうも感じよくなれるのかと訝しく思いながら。同時に彼は、真の意味ではだれの助けも期待できない、孤独な人なんだなと思わずにはいられなかった。

「あなたは本当に、そう思っているのですか？」わたしはあらためて尋ねてみる。「マニュエルはなにも目撃してはいないと？　したがってなにもわかっていないと？」

　ベルモンは肩をすくめた。

「……当時の警察記録によれば、マニュエルは段ボール箱のなかで眠っているところを発見されたそうです。まだ二歳にもなっていなかったということで……」

「わたしの考えでは、ベルモンさん、マニュエルはいまだにその農場で生活しているつもりでいるんです。そして、彼らがふたたびやってくるのを待っている……」

「だれを待っている、ですって？」

「彼を殺そうという人たちです」

　わたしは窓の外に目をやった。ブロンズ色のルノー・サフランに身をもたせかけて、運転手がベルモン父子を待っている。けれどわたしは、いつまでもそこに立ちつくして、カーテン越しに彼らを見送るようなことはしなかった。急いでトイレに駆け込んだのだ。もちろん、スダンのところでこうむった傷がどうなったか確かめるためだ。紫色を帯びた手首の傷はすっかり消えていた。顔も調べてみる。顔に傷が残っていたりしたら、マニュエルとベルモンだって気づかないわけがなかったろう。けれど二人とも、どうしたのかと尋ねたり、じろじろ見つめたりはしなかった。それはそうだ。スダンが塗ってくれた軟膏のおかげで、傷跡はすっかり消えていたのだから。

いちばん都合がいいのは、家族にいろいろと訊かれなくてすむという点だ。家族がわたしの仕事はやっぱり危険だと疑いはじめたら、やめさせるまで圧力をかけつづけるだろう。そういう恐れはどうやらなくなった。そのかわり、診断書を書いてもらうほどの怪我でないのだから、訴えたってまともに取り合ってもらえないのは目に見えている。暴力をふるわれたという話には、いちおう耳を傾けてくれるだろうが、せいぜいそこまでだろう。おまけに、暴力をふるったのがエリート警察官の父親だとわかれば、見て見ぬふりをするのが得策、ということになりかねない。

もっと気がかりなのは、スダンがあの軟膏を車のグローブボックスに入れていたということだ。つまり、すぐ手の届くところに置いていた。常用していると言ってもいい……それに、あのとき、父親から鞭を取りあげるそぶりさえ示さなかったのも気になるところだ。いや、それだけでなく、驚きもしなければ、注意することもなかった……ようするに、当り障りのない対応に終始していた。一過性のトラブルとして片づけてしまうほうが、身内を精神病院に送るよりはまし、と考えているふしもある。

そんなことどもに思いをめぐらせながら、わたしは仕事机の前に座った。ちょっとがっかりしていたのは認めざるをえない。わたしはとんでもない思い違いをしていたのだから。ベルモンはマリー殺しの共犯者などではない。それどころか彼は、娘の死と妻の死を、十字架のように背負っているのだ。それもたった一人で。毎日地獄をかいま見ていて、しかもそれに慣れてしまった人の言葉づかいで、彼は自らの思うところを語った。そこから判断するに、ベルモンがマニュエルを愛せるようになるとは、わたしには思えない。それはしかたがないだろう。ベルモンのことを考えていると、奇妙なことに、夏の日照りで水の干あがった川のイメージが脳裏に浮かぶ。かつては水が流れていたが今は砂利がむきだしになっているだけの川床のイメージだ。

「どうぞ！」

シェイラがドアを少しだけ開けて顔を突きだした。昼時間は終わり、夜の当直担当者が勤務についたところだった。

「これ、あなたの？」

金色に輝く、とても上等そうな万年筆を、シェイラが差しだした。CIPでふだん目にするような代物ではない。

「ベルモンさんのものよ」わたしは言った。「今度会うときに返しておくわ」

ポール・ベルモンがマニュエルに貸し与えた万年筆だ。わたしが与えたフェルトペンでは細い線が描けないと、マニュエルが駄々をこねたからだ。きっとフェルトペンといっしょにしたまま忘れてしまったのだろう。ありうることだ。けれどベルモンの立場に立ってみれば、これはなにを意味するのだろう？　万年筆は、彼が捨て去ってしまいたいなにかを象徴しているのではないか。あるいは、彼がすべてを話したわけではないことを、はからずも示しているだけなのか？　おそらく、その両方の意味あいがあるだろう。

外では薄闇が広がり、小さな雲がゆっくりとほぐれては、消えていた。草木は風にそよぎ、夜の鳥たちの鳴き声が聞こえてくる。けれど、わたしが望んでいる心の平和は逃げ去っていく。いつものことながら。

窓の向こう側にエレーヌの顔が現れたのだ。庭のほうから微笑みかけてくる。

「根を生やしちゃったってわけ？　あなたは今日は非番なのに」

「遅れ気味の仕事があるものだから……」

「ヴェラ……働きすぎよ」

「注意するから、心配しないで」

なんとか、気持ちを落ち着けることができた。

「この仕事ではね、自分の体を大事にしなければいけないのよ。さもないと役立たずになって、結局辞めざるをえなくなる」

「心配しないで。今のところはうまくいっているから」

言葉とは裏腹に、自分の体をいたわる気がわたしにないとすれば？　つまり、体なんかどうにでもなれ、と思っているとすれば？　自分の命なんかにもう関心がなくなって、毎日だって身を危険にさらせる気になっているとすれば？

わたしみたいな人間が自分の命をどう考えているかなんて、エレーヌにはわかるまい。

「だれかが来るわ」わたしは物思いにふけったまま、つぶやくように言った。

窓の外に立っているエレーヌの背後に、車が止まるのが見えた。ちょうど彼女の車の隣だ。

「知っている人？」

パーキングの明るみのなかに、白い口ひげを生やした太った男がいる。こちらに向かって歩いてくる。

「マルシオニ警部よ。ここに来たことなかった？」

「ないと思う。ちゃんとした道があるんだから、なにも芝生のなかを歩かなくてもいいのに」

「警部としては、規則なんか意に介さないってことを示したいのよ、きっと」

「とても警察官には見えないわね」

「まあね」

「こんばんは《ボンソワール》、ドクター！」マルシオニはさっそく声をかけてきた。

「こんばんは、警部さん《ボンソワール》」わたしは愛想よく応じた。「わたしたちになにかご用でも？」

「ジェニファー・バルベの姿が見えなくなりましてね、その件でちょっと」

「なんの件ですって？」エレーヌは叫んだ。

急いで言っておきたいが、エレーヌの顔が青ざめるのを見て、わたしは悪い気はしなかった。わたしのほうがヒステリーに陥りそうなところなのに、そうならなかったのだからなおさらだ。エレーヌがあんまり激しい反応を示したので、マルシオニは戸惑っている様子だ。わたしたちが簡単に協力してくれそうにないのを、今さらながらに悟ったのだろう。

「ジェニファーが二日前に姿を消したんです」この場にふさわしい態度を取って、警部は説明を始めた、「でも両親が捜索願を出したのは、やっと今朝になってからです。逃亡した娘が、あなた方の施設に収容されていると疑っているようです」

「警察署のご丁寧なアドバイスに従って父親がここに迎えに来てから、だれも彼女の姿を見ていませんよ」エレーヌがきつい調子で言い返した。

「そのアドバイス云々には、私はまったく関与していません、マダム」マルシオニが反論する。

「〈マダム〉ではなく〈ドクター〉と呼んでほしいですね。わたしたちだって、あなたのことを肩書で呼んでいるんですから。それが対等な関係というものでしょう」

エレーヌとしたことが、言葉の選び方にも感情的になってしまっている。ちょっとした言葉の混乱さえ我慢ならなくなって。追い打ちをかけるようで気が引けるが、それでも言ってやることにする。彼女がわたしにしてくれた約束はどうなったのか、と。

「エティエンヌがジェニファーに会いに行くと思っていたわ！　彼がなんとかやってくれるって、あなた言ってたじゃない……」

「結局家に入れてもらえなかったのよ。ジェニファー自身が会うのを拒んでいるって、両親が言い張るものだから」

「わたしに知らせてくれるべきだったわ！」

「あなたにエティエンヌ以上のなにができたっていうの？」

「やることを探すぐらいできたわよ、ほんとにもう！　あのあとで、DDASSに電話をかけ直さなかったの？」

「もちろん電話したわよ！　ジェニファーが訴えを取り下げたのをそのとき知ったわ。おかげで手続きが複雑になってしまって……」

「訴えを取り下げた？」わたしは繰り返した、いい加減うんざりして。

「それじゃ、なにかね？」マルシオニが割って入る。「あなた方の考えでは、ジェニファーは逃亡したのではないと？」

「逃亡なんかするものですか！」

「ちょっと待って、そう話を急がないで」エレーヌが口をはさんだ。彼女なりに冷静になろうとして、なにかきっかけを見つけようとしている。そんな感じだ。

全部あなたのせいなのよと、わたしは彼女の顔に向かってわめきたてるところだった。けれどなんとか自制した。そのかわり、冷ややかな口調でこう断言した。

「一人で逃亡計画を立てて、実行するなんてことを、あのジェニファーができるわけないわ」

「顔を包帯でぐるぐる巻きにしていたら、目立つと思いますがね」マルシオニはいかにも自信ありげだ。「じつは、近所で彼女を目撃した人はいませんでした」

この男に飛びかかっていきそうになるのを、わたしはこらえた。

「だったら、逃亡したわけがないじゃありませんか！」

エレーヌがわたしに刺すような視線を向けてきた。けれど直接マルシオニに向かって言葉をかけた。このままだとわたしに平手打ちされかねないと、本能的に悟ったようだ。

「同僚のヴェラ・カブラルは、正しいことを言っていると思います。ジェニファーが自分の意志で逃亡するなんてありえないですね。はっきり言って、そんな勇気があったら、自傷行為に走ることはなかったでしょうね。わかりますか、わたしの言ってることが」

「ええ、なんとなく……。つまりこういうことでしょう。逃亡するか自傷行為をするかのどちらか一方で、両方はありえないと」

「ジェニファーの場合はそうですね」

マルシオニは途方にくれたようにわたしたちを見つめている。

「えーと」ひどくぶっきらぼうな口調で彼は言いはじめた、「私の印象ではね、かつて彼女を暴行した男が関わっているのではないかと……」

「その男がここに収容されているとでも思っていたのですか？」エレーヌが皮肉っぽく言った。

「いいや」相手は平然と答える。「ジェニファーがここにいると、父親に教えたのはだれか。私はそれを知りたいんです」

「警察署のだれかが教えたんでしょう！　あなたの同僚のだれかが！」

「だからこそ、それがだれか知りたいんですよ。私がここに来たのもそのためなんです。とにかく、ことの次第を詳しく話してくれませんかね……」

自分が属している警察署の人間を調査対象にするとは、マルシオニはどういうつもりなのだろう？　わたしたちが知っていることを聞きだしただけで、その人物がだれかわかるというのか？

わたしは二人と別れる前に、最後の質問をしてみた。

「ジェニファーがじつは、家族に監禁されているとしたら？」

「それは、われわれがまじめに検討していい仮説でしょうな」マルシオニはきっぱりと言った。

彼が証人として、本当に意見を聞きたいと思っているのは、エレーヌのほうだろう。まあ、ご健闘をお祈りしよう。もっとも、エレーヌのことだから、知っている以上のことは言わないだろうが。わたしが身の回り品を片づけたり、資料を整理したりしている間に、二人いっしょに遠ざかっていった。パニックに近い興奮状態のまま、わたしはバッグを手に取った。今同僚のだれかとすれ違ったりしたら、たちどころに見抜かれるだろう。わたしが遅かれ早かれこの仕事を辞めるにちがいないと。その同僚がまったく間違っているわけではないというのが、微妙なところだ。

わたしが部屋を出かかると、電話が鳴った。

「お母様からよ、ヴェラ」シェイラの声だ。

「母が？」

「とにかく、あなたのお母さんと名乗っている人から……」

さっそく切り替えてもらう。

「もしもし、ヴェラ？」

「お母さん？　どこで番号を知ったの？」

「あんたがそこの電話番号を教えてくれるまで、黙って待っていろとでもいうの？」

母の言い分はもっともだ。電話番号くらい知らせておけばよかった。

「どうしたってわけなの、お母さん？」

「何時にこっちに来るつもりなのか知りたいんだけどね？」

「何時に来る？」

「羊のもも肉を焼きたいんだけれど。あんたにとっては、帰る時間なんかどうでもいいんだろうけど、あたしにとってはどうでもよくないんだよ。あんた、ここのところ骨と皮みたいなものなんだろう」

わたしはなんだか背筋が寒くなるのを感じた。今日がアレクシスの誕生日なのをすっかり忘れていたのだ。

17

わたしは誕生日というものが好きなほうだ。いや、自分の誕生日だけでなく、他人の誕生パーティーにも出席するのが好きだ、という意味だ。ただしそれは理屈のうえでのことで、実際には、ちょっとひんぱんにありすぎて困る。欠かさず顔を出すとなると右往左往しかねない。立て込んでくれば悪夢と化す。だから新しい友達から、もうすぐ私の誕生日、などと言われてしまうと、たちまち翌月の家賃の支払いを心配しなければならなくなる。人づきあいを大切にするかぎり、そういうことになってしまう。これはだれもが抱く悩みだろう。

アレクシスはわたしにとって気の合う兄弟だ。けれど彼には欠点がある。誕生日がリンダと、テオと、甥姪たちの二、三人と同じ月なのだ。毎年今頃になると、決まって備蓄品は底をついている。相手の趣味に合わせて本とかCDとか、いろいろなものを用意しておくのだけれど、いざ贈ろうとするとぴったりした品物が見当たらない、ということもある。問題をやっかいにしているのは、アレクシスの場合贈り物を選ぶこと自体が簡単じゃないということだ。彼は仕事一筋の人間だ。さらに、この世紀末にパリに住む独身者が欲しがるものはなんだって手に入れてしまっている。お金で買えるものは彼にとっては意味がないのだ。アレクシスはアメリカ系の大手証券会社に勤めている。当然、莫大な金額の収入を得ているが、自由に使えるプライベートな時間はほとんど持てない。自分の誕生パーティーに出席できるのが不思議なくらいだ。

さて、わたしはそれでも実家にやってきた。少々時間に遅れて、しかも手ぶらで。出席者の何人かはすでに集まっている。カリーヌ＝ナタン夫妻に子供たち、ジルと妻のクリ＝クリ、ディディエとティナ、それからローズマリー＝マクサンス夫妻と三人の子供。居候しているローズマリーの子供たちは、場所ふさぎにならないよう学校から帰ると寝かされるのが習慣だ。だから早くもパジャマに着替えている。

「あとはアレクシスとリンダを待つだけだね」玄関口の十字架の下でわたしにキスすると、母は言った。「あんたたち独身者にはやきもきさせられるよ！　どうやったら時間どおりに来てもらえるのかね、まったく！」

実家のサロンは、相変わらず殺風景だが、時がたつにつれて快適にすごせるようにはなったのだ。幼少時代のわたしたちは、リスボンから持ち込んだ『アンリ三世』の贋作画や、母が嫁入り道具として大事にしていた家具の間を、おぼつかない足取りで歩き回っていたものだ。母の実家は大事なものには出し惜しみしないほうだったから、それらの家具も、長持ちすると言われる上等のクルミ材を使った高級品だった。けれども、年月がたつにつれ、五〇年代のポルトガル風良俗はすたれてしまった。やがてサロンには、見てくれは悪いが座り心地のよいソファーと、食前酒を好きなだけ並べられる大テーブルがお目見えした。そして、古いものと新しいものが混在した状態は今も続いている。というわけで、わたしは今日も、いつもの見慣れたサロンのなかに、いつものように足を踏みいれたのだ。すでに各自のおしゃべりでざわついている。ソファーに腰掛けたり体をうずめたりしている兄弟姉妹と、さっそくあいさつを交わす。

窓辺の一角——いつもは両親がスクラブル（クロスワードパズルに似た、単語作りゲーム）をする場所だ——には、双子の兄たちが陣取って、チェスの勝負に熱中していた。まわりの喧噪が、かえってゲームに集中するのに都合がいいらしい。兄の妻たちは退屈そうにひじかけ椅子に座り、雑誌のページをめくっている。自宅でテレビでも見ていたほうがずっとよかったと、今では後悔しているにちがいない。残念なことに、家族一同が集まる夕べ（そういう機会はしょっちゅうあるわけだが）には、母は断固としてテレビをつけるのを拒否するのだ。せっかくみんなが集まったんだから、みんなでおしゃべりする時間を大切にしたい、という母の気持ちは理解できるが。

「こんにちは《サリュ》、みんな！」

「こんにちは《ボンジュール》、ヴェラ」

ディディエが奥から声をかけてくる。

「なあ、ヴェラよ！　今朝レストランに、おまえに会いたいってやつが来たんだがな……」

「へえ、どんな男？」

「五十歳くらいの」チェスボードを睨みながらディディエが答える、「青い目をした血色のいい男で、やけに清潔感があった」

「清潔感？」

「うまく説明できないんだけど。会ってみたら、おまえだって清潔な男だと思うよ」

ディディエはときどき変なことを言う。いや、子供のときからそうなのだ。幼稚園から、両親が呼び出されたこともあったはずだ。

「兄さん、その男になにを言ったの？」

「おまえに関して言えるほどのことなんかなにもないだろ。そうしょっちゅう会っているわけじゃない。どこで働いているかもよく知らない。言えるとしたらそのくらいのことだろうよ……」

学校時代以来、第三者に個人情報を漏らしてはならない、というのが習慣になっている。こんなご時世だから、他人に情報を知らせないほうが無難、というわけだ。

ソファーのなかにうずくまるように座って、カリーヌはなにかのレシピを書き写している。みんなからキスされても上の空だ。夫のナタンは今電話中だ。姉夫婦は放っておくことにして、わたしは義姉たちのそばへ腰掛けに行った。

「それで、クリ＝クリ、ジルの自動車修理工場は、うまくいっているの？　商売繁盛、ってわけ？」

「このままうまくいってくれって、祈りたいくらいよ。九月まで予約でいっぱいなの。庭にプールくらい造れるかも……」

クリ＝クリはお人好しだから、夫のつけている帳簿を信じ切っている。だから夫に利用されるだけ利用されて、なんの見返りも得られず、まったく感謝もされないのだ。プロレタリアより下の階級があるとすれば、それはプロレタリアの妻だ、という古い格言の正しさを立証しているようなものだ。

「で、あなたのほうは？」雑誌から目を上げずに、ティナが口をはさんでくる、「いかれたやつがいっぱいいってわけ？」

「で、レストランのほうは？　大食漢でいっぱいいってわけ？」わたしはこれ以上ないほどの陽気さを装って言い返した。

「そうね、閉店日には家でごろごろしていたいくらいいい生活をさせてもらってるわ……」

ここに来るより自分の家にいたほうがまし、と言いたいのだろう。ディディエは十九歳でティナと結婚した。それ以来、ティナはいつ会ってもご機嫌ななめだ。生まれつきこういう性格の人なのかと疑いたくもなる。

闘牛士が入場してくるような勢いで、カリーヌが横やりを入れてくる。

「で、メラニーの件は、どういうことに決まったの？　結局豊胸手術をすることにしたの？」

「まだためらっているけど、ほとんど気持ちは決まったみたい」

「あの子はいつまでたっても自分の体に自信が持てないのよ」カリーヌが決めつけるように言った。「そういう気持ちを変えてやらないことにはね……」

わたしはこの場を逃げだしたい気になりかけた。姉たちの話題が心理学の領域に入ってくると、わたしを含めたみんながみんな、我を忘れて没頭してしまうのだ。最初にいきり立ったのはティナだ。目がらんらんと輝いている。

「自分の子供を世話しない人に、他人の子供をとやかく言う資格はないわよ」

「ねえ、わたしのことを言っているわけ、わたしが自分の子供を世話しないと？」相手を小馬鹿にした口調で、カリーヌがおうむ返しにした。「どうしてそんなことが言えるのよ？」

「最近のあなたが、母親の役割を果たしているとはとうてい言えないわよね……」

カリーヌの顔は、琥珀色の肌の下ですっかり青ざめている。

「どういうこと？」

話が変な方向に行きだした。ティナがよけいなことを言ったばっかりに、すべり台を奈落の底までまっ逆さま、という事態になりかねない。興味を引かれたのは、あの〈金の巻き毛〉の存在を知っているのがわたしだけでなかったことだ。噂がきょうだいじゅうに広まっているとすれば、カリーヌのガードが甘くなっていたということだ。もしかして彼女は、本気で恋しているのか？

わたしはいたたまれなくなった。話題を変えるために、その場にいるだれにともなく言ってみた。

「ねえ、わたしがテレビに映ったところを、だれも見なかったってわけ？」

これが家族のため、きょうだいのためでなくてなんだろう？　案の定、みんなの視線はいっせいにわたしに向けられた。じつはわたしはそのとき、いつもの格好とは似ても似つかない、商品配達人みたいな地味な服装をしていたのだ。こうしてみんなに、この場にふさわしい罪のない話題を提供できたわけだ。やっと雰囲気がなごみかけたそのときになって、アレクシスが到着した。リンダもいっしょだ。エレベーターの前で出くわしたという。とにかく、これできょうだい全員がそろったことになる。

今まで三十四年間生きてきたなかで、わたしはアレクシスとまじめな話をしたためしがない。それでも関係がうまくいっているのは、ようするに波長が合うからなのだろう。彼は、母親や姉妹から、つまり女の家族みんなから気に入られていたけれど、そのことがわたしたちの関係を脅かすことはなかった。みんなは彼のことを、社会的成功のシンボルと見なしていた。いっぽうわたしの見方は全然違っていて、アレクシスはわたしには、ちょっと変わった人というにすぎなかった。彼の生活様式は、わたしから見れば価値のないものだし、どんなにお金を稼いでいたってそんなのはわたしには大事なことではない。とにかくわたしは、アレクシスが今のような生活をして人生を台無しにしていると思っている。そこがみんなと考えが違うところだ。けれどアレクシスはわたしを恨むどころか、そんな考えをするわたしのことをかえって好ましく思ってくれている。わたしが診療所を開いていた時期、彼は金払いのいい患者をたくさん紹介してくれたものだ。

アレクシスがサロンに入ってくると、たちまちそれまでの緊張した雰囲気がほぐれた。いつもどおり、きょうだいみんなのために贈り物を持ってきてくれている。今日は彼の誕生日なのだから、これは奇妙な習慣と言うべきだろう。

「なんなの、これ？」アメリカで売りだされたばかりの電気脱毛機を手にとって、カリーヌは忍び笑いをする。「こんなものが使いものになるの？」

「おい、ちょっと！」チェスボードから顔を上げて、ジルが叫んだ、「そんなもの見せびらかさないでくれよな、子供たちがいるんだから！」

アレクシスが百キロの巨体をどさりとわたしの隣に下ろした。

「年配者向けのソファーなんだから、壊れちゃうわよ」わたしは親しみを込めた口調で言った。

「ぼくがきみをどこで見たと思う？」

「同じテレビでも、飛行機のなかね」

彼の悔しそうな顔を見てわたしは吹きだした。

「この際はっきり言ってしまうけど、きみに男ができないのもわかる気がするな！」抗議口調で言いだした。「そうさ、ボスの自家用機のなかにいたのさ。ペルシャ湾の上空を飛んでいたときだったな。正面のプロジェクターが映しだしていたCNNニュースの画面に、ぼくがなにを見たと思う？……当てられるかい？」

みんなはアレクシスの言うことに耳を傾けている。彼でさえ驚いているのだから、どんな話なのだろうと興味津々といったところか。

「ヴェラ＝ラ＝ヴェリュの姿を見たんだよ」

「今呼び鈴が鳴らなかったかい？」シャンパンの栓を抜こうとしながら、父が言った。

喜び勇んだローズマリーの三人の子供たちが、玄関に向かって廊下を駆けていく。ただし大人たちのほうは、家族以外に客を招いただろうかと、首をかしげている。

「ヴェラにお客さん、男の人よ」姪のジュディットが戻ってきてそう告げた。

沈黙。カブラル家では、ちょっとした沈黙というものは存在しない。決まって鉛のように重苦しい沈黙となる。あるいは、死のような永遠の沈黙。ほんの一瞬、用心を怠ったものか、わたしはその沈黙のなかに落ち込んでしまった。シャンパングラスを手にしたまま、折り重なった脚をよじ登り、肩をかすめて這っていき、わたしを身動きできなくしている粘ついたかたまりから、やっとのことで抜けだした。

スタダン警視が、玄関口に立っていた。

わたしはなにがなんだかわからなくて、ただこう言葉を発した。

「あなた、ここでなにをしているの？」

彼はさっそくわたしに近づいてきて、有無を言わさずにわたしを抱きしめた。

「ヴェラ！　こんなに嬉しいことは……」

数時間前に車のなかにいたときと同じく、わたしたちはしっかりと身を寄せ合っていた。あのとき始まったなにか、わたしがもはや抗《あらが》うことのできないなにかをやり終えるために、彼はここにやってきた。そんな気がした。

そのまま彼に身をあずけた、頭を空っぽにして。わたしの体は、人肌の温かみを渇望していた。自分になにが起りつつあるのかわからなかった。ただ、自分のやろうとしていることに身をまかせずにはいられなかった。

「どうしたというの？」わたしは彼のほうに顔を上げると、そう尋ねた。「なにか困ったことでも？」

わたしは微笑んでいた。微笑む気などなかったのに。

彼は問いかけに答えようとしながらも、わたしをさらに強く抱きしめ、キスをしてきた。

すべてが、書物のなかの出来事と同じだった。甘美な感覚とともに喜びが湧きあがってくる。脚が萎え、喜びが欲望に取って代わる。背後では、闇のなかに無数の視線が光っているような気がした。わたしたちが抱き合う光景をうかがっている視線。特等席に陣取って、どんな些細なことも見逃すまいと目を凝らしている、わたしの家族という観客たち。

わたしはやっとのことで口を開いた。

「いったい……なにが望みだったの？」

「いや……なにも、これといってはね……きみがここにいてくれる。それだけでいいんだ」

「今日は弟の誕生日なんだけど……」

「知っている。すまなかった。帰らなければ……」

その言葉どおり、彼は立ち去っていった。

わたしがサロンに戻ると、カブラル家の面々はことごとく、手にしていたグラスに口をつけた。つまり顔を伏せた。ときどき咳払いなどしながら、お互い声を低めて話そうとしている。この場に居合わせたことで、みんなは気まずい思いをしていた。いや、わたしが見知らぬ男と親密にしているのを目の当りにして、困惑していた。ヴェラが好みだなんて、どんな男なんだろう？　変態男か？　でなければよほど無分別な人間か？　結局のところ、わたしはまだ手術をしていないのだ。

わたしには、みんながなにを考えているか手に取るようにわかる。そのこと自体が、わたしには悲しく、苛立たしい気持ちにもなる。家族にはいずれ事情を説明しなければなるまい。けれど、それはあとまわしにしよう。今はそんな気になれない。にわかに湧きあがってきた新しい感情にとらえられ、わたしはどうしようもなく胸がいっぱいになっていた。集まりの間じゅう、わたしは高いところを漂っている感じだった。雲一つない、幸福の真綿で取り巻かれたような空間を。あの男に突然こんな欲望を抱いたことにショックを受け、なぜわざわざ訪ねてきたのか考える余裕さえ、わたしはなくしてしまっていた。

デザートが終わるとすぐに、わたしは実家をあとにした。だれにも引きとめられなかった。それどころか、わたしが姿を消すのを待ちかまえているようだった。そのほうがわたしの件について心置きなく話せるからだろう。とにかく、突きつめて話すにはまたとない話題だ。義姉たちにだって興味深い話だろう。そういうわけだから、今年のアレクシスの誕生日は後年までみんなの記憶に残るにちがいない。

雨が降りだしていた。ムッとするようなすえた臭いが路上から立ちのぼってくる。車に近づいてみると、運転席のドアのウインドウが下りたままになっている。座席は雨に濡れている。けれど最初にわたしの気を引いたのはそのことではない。座席に鞭が置いてあったのだ。組紐状に編んだ、黒革の鞭。明らかに本物だ。わたしはそれをつまみあげると周囲を見まわした。通りに人影がないのを確かめる。行きかうのは車だけだ。ときどきヘッドライトの光がこちらを照らしていく。わたしは身震いした。道路工事の多い時期だから、路上は埃っぽい。だからウインドウはつねに閉めっぱなしだったはずだ。

そう思い至った。つまり何者かが、ドアをこじ開けた痕跡をいっさい残さずに鞭を車内に残した。しかもこれ見よがしにウインドウを開け放したまま立ち去った。おそらく警告の意味を込めて。

そう考えると、思わず怒りにとらわれた。鞭を側溝に放り投げ、座席をティッシュペーパーでごしごし拭いた。そうしたあとで運転席に腰掛け、携帯電話を取りだす。心臓が激しく鼓動している。いくつかの仮説が脳裏に浮かんだが、どれも決め手に欠ける。スダン警視の父親がいちばん疑わしいが、車椅子に乗った彼がここまで出てこられるはずがない。息子の手を借りないかぎりは。ただし、一つ屋根の下で他人同士みたいに暮らしている、あの父と息子がぐるになっているとは、どうしても思えない。スダンがさっきアパルトマンの入り口で、あんなに熱くわたしを抱きしめてくれたという事実がなくとも、だ。

電話の向こうから響いてくる母の声に、わたしの物思いは断ち切られた。ディディエを呼んでくれと頼む。

「なに?」

「ねえ、今朝わたしに会いにレストランを訪れた男の人って、さっきうちに来た人と同じ人だった?」

「さっきの男の顔はよく見ていないけど、別人だな。同じ人間ではないと断言できる」

「今朝来た男は、白髪を短く刈っていなかった? 年老いた元外人部隊兵みたいなタイプの？」

つまるところ、スダンの父親の障害は、見た目ほど重症ではないのではないか。そんな考えがふと頭をかすめる。彼は息子に知られることなく、ときどき車椅子を離れたりできるのではないか、と……。

「いや、そんなタイプの男じゃなかったな」ディディエが答える。「レストランに来た男は頭頂部が禿げていて、腹が少しばかり突き出ていたな。けれどひどく身だしなみがいいんだよ。想像できるかい？　ほとんど度をすぎたくらいにね」

同僚や患者のなかに似た人物はいない。わたしは兄に礼を言った。電話を切る前に、彼は急いでつけ加えた。

「助けが必要になったら、遠慮なくそう言ってくれよ、いいね？」

こんな保護者然とした言い草にも、わたしは驚かない。カブラル家の人間は、自分以外の身内の健康や安全にすこぶる敏感だからだ。例えば、ブレーキとタイヤ圧をチェックしてからでないと車を身内に貸すことはない。もちろんこれには隠された意味あいがある。世の中にはびこる危険から、いくつになってもうぶであるべき弟妹を守ってやるという、そんな態度が透けて見えるのだ。

まあ、それはさておき、スダン父子とはべつの、この第三の男はいったい何者なのか？

わたしは立ち往生せざるをえない。こんなとき、自分がどうしようもなくもろくて傷つきやすく感じる。裏切られたという思いもある。それもこっぴどく裏切られたという。どう考えても、さっき実家のアパルトマンにスダンが現れたのと、車のなかに鞭が置かれていたという出来事の間には、関係があると思わざるをえないのだ。スダンはわたしと会ったことでほっとしているように見えた。捜していたわたしがやっと見つかったとでもいうように。なぜなのか？　どのようにして、わたしの居場所を知ったのか？　尾行させたのか？　確かにあのとき、わたしの質問を封じるのに最も都合がいいのが、キスすることだった。わたしはあのときどんな世界にいて、一瞬とはいえあんな行為を信じる気になったのか？　間抜けなお針子娘の見るようなバラ色の夢に浸っていたというわけか？

わたしはやけどしそうなほど熱いシャワーを浴びたあとで、ショートパンツと、襟ぐりの深いタンクトップを身につけた。郊外のサッカー少年みたいな格好だ。サクレ＝クール寺院が、そのすべての明かりで漆黒の闇を照らしているかのようだ。見たところ世界は、煤《すす》のような色調を帯びはじめていた。

わたしはスダンの部屋から持ちだしたビデオカセットを、ビデオデッキにセットした。雪のようなノイズ画面につづいて女の顔が現れた。褐色髪、肌は真っ白く、青い目をした女。東欧系らしく、年齢は三十五くらいか。つけまつげをし、唇には真っ赤な口紅を塗っている。大して美人とは言えないが、セクシーであることは確かだ。はじめに不自然な声（たぶん別人の）で、視聴者に向かって「〈クラブ・デ・ジャルディニエール〉にようこそ」とあいさつする。さらに、このビデオを見るにあたっては、じゅうぶん注意してくださいと忠告する。つまり一人で見るか、《開かれた精神を持った方》といっしょに見るようにと。反動的な検閲機関のせいで、〈ジャルディニエール〉は秘密厳守で活動せざるをえないことをご理解ください、と。単調な声でそのような口上を述べたあと、女は姿を消した。つづいて、同じようなタイプの若い女たちが画面に出てきて、同じような言い回しで〈クラブ〉のすばらしさを宣伝しはじめる。女たちは、自分たちこそ〈極点〉を志向する宗教の守護者なのだと自己紹介する。理不尽きわまる抑圧的法制度から〈クラブ〉を守るために、自分たちは戦っているのだと。トゥシェの元妻が言っていたとおり、女たちの一人がカメラをじっと見つめたまま泣いていた。というわけで、二十分もすれば（それまでに眠ってしまわなければの話だが）、このビデオテープはおもしろい内容をなに一つ含んでいないと、見る者だれもが決めつけることだろう。

ビデオ映像の終わりを告げるはずの雪模様のあと、突然、ただならぬ光景が映しだされた。素人が撮影した映像をつなぎ合わせたものらしい。まさに、まともな人間にとっては地獄を予感させるような、おぞましいイメージの数々。縛られ、鎖につながれた人間たち。死んだような視線をこちらに向けている。あるいは拷問され、虫けら同然の扱いを受ける者たち。最悪なのは、登場してくる者たちがことごとく、凌辱されて性的快感を味わっているらしいことだ。

特にものめずらしい内容ではない。いや、ことごとくが、教科書の『性的倒錯』の章にリストアップされていたものばかりだ。なのにわたしは、たちまち吐き気をもよおしてしまった。ここはなんとしても、医師としての冷静さに立ち返らねばならない。それにすがるのがいちばん安全な道なのだから。今にもわたしは叫びだしそうだった。こんな世界は即刻物置き小屋に放り込んでしまえ、と。あるいは、独房送りにしてしまえ、電気ショックをほどこせ、神経弛緩剤や精神安定剤を大量投与しろ——そんな内心の声を振り払うのに、わたしは躍起になっていた。

この間も、映像は流れつづけていた。画面の女たちは、皆同じようなかつらをかぶって、流れ作業のように進んでいく光景を見守っている。やがて女たちは後方にしりぞいて、拷問を受けた者たちが垂れ流した血や、便や、尿を拭き取るようなそぶりをしている。そのおごそかで有無を言わさぬ雰囲気は、女奴隷や主人の情婦のものではなく、むしろ女祭司に近い。画面上にはほかに女は出てこなかった。いっぽう男たちは、このとき、眺める存在として一人残らず画面から排除されていた。

画面に登場する人物の多くが鞭を手にしていた。見たところわたしの車のなかにあったのと同じ造りのものだ。同じ色、同じ大きさ、同じ形。組紐状に編んである。もちろん、セックスショップで売っているような安物の鞭を手にした者もいるが。いずれにせよ、スダン警視の父親が手にしていた鞭と同じ鞭を、〈クラブ〉のサディストたちは使用している。こうなるともう、スダンの父が〈クラブ〉のメンバーである――あるいはかつてメンバーだった――と考えざるをえなくなる。そして、スダン自身もメンバーなのではないかと、わたしが考えるまでには、ほとんど今一歩しか要しない。これは一種の運命だったという、あきらめが交じった悲しみの感情とともに、そう考えるまでには。結局、スダンという男に関わるようになったこと自体は、べつに驚くに値しないのではないか？　彼との出会いは、たんなる偶然の巡り合わせだったということで。

こんなふうに、自己憐憫としか言いようのない感情に浸っていると、玄関口のインターホンが鳴った。まったく、今何時だと思っているの？　午前二時じゃない。訪ねてきたのはアレクシスだ。いつも未明まで長引く実家のパーティーを抜けだして、わたしのところで最後の一杯をご馳走になりに来た。どうもそういうことらしい。

オーダーメードの服を着込んだ百キロの巨体と、皮下脂肪でふくらんだ顔が、目の前にあった。痩せて陽に焼けていた彼の少年時代の姿を思い出して、わたしはちょっと胸の締めつけられる思いがした。あの頃は、祖母が住んでいたポルトガル南部のアルガルべ地方で夏のバカンスをすごしていたが、付近の灌木地帯で二人して探検ごっこをしたものだ。一家は夏をのぞいてアフリカのルワンダで暮らしていた。父が現地でフランス人学校の教師をしていたからだ。あるとき、在住する白人たちがルワンダをあとにした。大部分はリスボンに帰ったが、うちの両親はどういうわけかパリに住むことにしたのだ。

「これはカナル・プリュス（フランスの有料テレビ局）か、でなければレンタルビデオ？」テレビの前に突っ立って、アレクシスが尋ねた。

目隠しをされ、手錠のかかった手首で吊るされた男が、今画面に映しだされている。もがけばもがくほど、金具が手首に食い込む。おまけに男は、数メートルもある太い鎖を肛門のなかに突っ込まれていた。わたしはリモコンを操作して、画面をオフにした。

「消すことないだろ。きみがどこまで進んでいるか知りたかったのに……」

　わたしはヒステリックな笑い声を上げた。

「まったくもう、アレクシスったら……楽しみのためにこんなものを見てるわけじゃないのよ！　仕事なんだから……」

　彼はめずらしいものでも見るような目つきでわたしを見つめた。わたしがもうお気に入りのヴェラ＝ヴェリュでなく、異星からやってきた〝人間もどき〟であるかのように。わたしは思わず身構えてしまった。こんな時間に、アレクシスはなにをしに来たのか？

「ぼくになら、本当のことを言えるはずだ」彼はどさりと腰を下ろして言った。

「なんのことを言っているの？　ビデオは患者のところから拝借してきたのよ！」

　愛情と上機嫌の混じり合ったきらめきが、彼の目にふたたび宿った。

「拝借しただって？　ヴェラ、それじゃ、きみの患者になった人たちというのは……脚を骨折してきみのところへ行けなければよかった、ということになってしまう！」

「あなた、とんでもなく間違っているわ」わたしはいらいらして言い返した。「とても役に立つってことがあるのよ、こういう仕事をしているとね」

「いずれにせよ、きみの頭のなかはアイディアでいっぱい、ってわけなんだな！　でもね」悲しげな面持ちで部屋の家具を見渡しながらつけ加えた、「見たところ、いい稼ぎを得ているとはとても思えないな。きみがぼくの顧客なら、きみの持ち株が下落するのが目に見えるようだよ」

「結局のところ、わたしたちは価値観が違うのよね！　見た目とは裏腹に、わたし、これでもけっこう人生を楽しんでいるのよ」

「さっきの新顔といっしょに？」

これからが本題なのだ。

「とんでもないわ……彼はただの……」

「あの男のところから、ビデオを拝借してきたのか？　まあ、あれだけ親しそうにしていれば、そんな芸当はわけなくやれるだろうが……」

わたしはのどを掻きむしった。

「それについてはなにも言わないことにするわ」

アレクシスはしばらく黙り込んだ。わたしもただ黙って、この沈黙に耐えた。わたしの知るかぎり、沈黙のあとにアレクシスはとほうもない話をしはじめるのがつねだ。

「ぼくはあの男に会ったことがあるよ」彼ははっきりとそう言った。

「どの男に？」

「きみが言うところの患者さ。実際は警察官なんだけれどね」

「それがここに来た理由ってわけ？　わたしに警告するために？」

「そのとおり」

「告げ口したってかまわないわよ。わたしあの人のことを愛してなんかいないから」

「率直に言って、きみの言うとおりだといいんだがね」

「言うとおりだったら？」

「……」

　わたしはいい加減いらいらして、

「だったら、なにも問題ないでしょう、密告すればいいのよ！　なにをぐずぐずしているの？　わたしとあの男の間にはなんにもないんだから」

「ねえ、ヴェラ……お金っていうのは奇妙なものでね。欲しくてしょうがなかったものをお金によって手に入れてしまうと、あとはなんだか馬鹿らしさと空しさだけが残るものなんだ。食事ごとにキャビアを食べようとか、一日に三回服装を変えようとか思ってみても、一年は三百六十五日しかなくて、自分の体は一つしかないんだ」

「賛成だわ。百万長者だって、一人の人間には変わりないもの」

「そうだね。だから、たちまち退屈するってわけさ。相変わらずお金は好きだ。けれどそいつがなんの役に立つのか、はっきりとは知らないんだ。まあ、考えだしたらきりがなくなる問題だよね。というわけで、楽しんだり、うらやましがられたりすることで満足を得ようとする。お金が与えてくれるすばらしいイメージを思い浮かべながら、そいつを実現しようと躍起になる。でも実現すれば、すぐにつまらなくなる。そこで、退屈しないためにべつのことを探しはじめるのさ。自分は他人に抜きん出て特別なんだと証明できるなにかを……エリートであれば、そのなにかは一般人には禁じられていることでなければならない。人に抜きん出ていることを示したければそういう方向に行くしかなくなる……例えばインモラルなセックスを追求するとか」

　わたしは心臓を掻きむしられるような思いだった。アレクシスがタイまで行って、少女をレイプしたなどという話は聞きたくもない。彼がどんな下種《げす》野郎に変貌したかなんて、知りたくもない。けれどわたしは、話を遮る気はなかった。いや、むしろもっと話してもらわなければいけない。

「きみがさっき見ていたものだけど……あれはカナル・プリュスの番組なんかじゃないとわかっていたよ。あれは〈クラブ・デ・ジャルディニエール〉の宣伝ビデオさ」

「あなた、〈クラブ〉のメンバーだというの？」わたしはやっとのことでそう言った。

「メンバーってわけじゃない。けど、一度か二度、集まりに参加したことはあるよ」

「……」

「ビデオの映像よりずっとハードなことが行われる……ビデオに出てきたのは、出演に同意した者たち……それも大人だけだ。警察が怖いからね。まんいちの場合、不利な証拠になったりしてはいけないから……」

「まんいちの場合って、どんな場合？」

「死体が発見されたような場合」

「拷問で殺された人の死体ってこと？」

アレクシスはちょっと悲しげな笑みを浮かべた。

「きみの言うとおりだよ、ヴェリュ、つまり犠牲者の死体だ。あるいは、性器を食わせたり、血を飲ませたりしたあとに残った残骸。話しはじめると際限がなくなるけど」

「それを言うために、ここに来たというわけ？」

「もちろんそうさ。さっきうちに来た男だけれど、ぼくはあいつがだれだかわかった。ぼくは決して堅物なわけじゃないけど、あの男がきみにキスするとはね！」

「ええ、確かにキスした。でも長く続くような関係じゃないわ」

「ぼくがあいつと出会ったときに、あいつがなにをやっていたかはもう憶えていない。でもだれといっしょにいたかは知っている。とにかく、逃げるんだな。絶対に、あいつには近づいちゃいけない」

「でも……あなたは、アレクシス？」

「ぼくは、今からでは遅すぎるよ」

そう言ったときの、彼の口調。腕も、脚も、そして瞳さえ、動かさなかった。目の前にいる彼の、存在の重みをひしひしと感じた。繭のように彼のまわりを取り囲む、汚れた闇。彼は立ちあがり、開いた窓を前にして立った。

「ぼくはダメになってしまったんだよ、ヴェラ。遠くに行きすぎてしまったんだ。最初は心地いいんだ。禁を犯す行為を続けていると、だんだんと興奮してくる。そしてしまいには、いたたまれなくなる。確かに心地いいし、大事なのはそれだけだとも言える。けれど、結局のところ、ほかの人間と違いはしないんだ。ビデオに出てきた連中だって、みんな違わない。自分を愛し、尊敬してくれる家族がいる。けれど家族には、自分の本当の姿を隠しておかねばならない。嘘をつかなければならない。永久にね。そんな偽善に、たった一人で耐えていかなければならないんだ。ぼくに言わせてもらえば……」

「言わないで！」

わたしは思わず叫んだ。わたしの精神はひとりでに点滅していた。彼は違う！　アレクシスが下種野郎だなんて、そんなことはありえない！　わたしは本当のことを知りたくなかった。

彼の微笑は、苦虫を嚙みつぶしたように歪んだ。わたしは打ちのめされ、ただこう言った。

「ごめんなさい……」

「いや。きみが謝ることなんかない。正しいのはきみのほうなんだから。人より自惚《うぬぼ》れが強かったために払った代償がこれだったというわけさ。つまり今のぼくのみじめな状態さ」

戸口に立って、アレクシスはふたたび微笑もうとした。

「とにかく、用心するんだよ、ヴェリュ」

エレベーターを待たず、逃げるようにして階段を駆け降りていった。

18

「冗談じゃないわ、ここでなにをやれと言うの？」

現場に到着してみると、〈共和国保安機動隊〉の隊員が、ガラスを割られた〈青少年文化会館〉の周囲を取り囲んでいた。門の前にはバリケードが築かれ、あちこちにスローガンが書きなぐってある。右手では車が一台炎に包まれている。こぬか雨が降りしきるなか、フランス３（フランスの国営テレビ局の一つ）のイル・ド・フランス支局の中継車両が、目の前で展開している場面をローカル放送向けに編集していた。確かに、襲撃した側の熱気と決意は感じられたが、結局は三面記事に取りあげられるのが関の山だろう。ただでさえ少ない通行人が、ぶつぶつ文句を言いながらバリケードを迂回していく。かくして、暴動を起した青年たちは世間の笑いものとなり、いっぽう警察官どもは、戦争ごっこをして退屈をまぎらすというわけだ。

「ＣＩＰに電話をかけてきたのはどなたですか？」その辺にいる人たちに訊き回った。

「マルシオニ警部ですよ。あそこの車両の陰にいるはずです」そんな答えが返ってくる。

わたしは気を取り直してそっちのほうに急ぐ。

アレクシスが訪ねてきた日から二晩続けて、わたしは車のなかや階段の踊り場で、泣き言や叫び声や歯ぎしりを聞いてすごした。わたし自身感じたためしがない落ち着きを、相手に取り戻させようと躍起になって。真夏の季節風が吹きはじめる前みたいに、わたしは体が熱っぽく汗ばんでいるように感じていた。いや、雷鳴がとどろくのを待ちかまえてさえいた。心のなかは硬直し、自分がどこに足を踏みいれているのかさえわからなかった。

鉛のように重苦しい夏がやってきそうな予感がした。

「ドクター・カブラル！」わたしがやってくるのを眺めながら、マルシオニが声を低めて叫んだ。「お会いできて嬉しいです……」

「警部、わたしがここでなにをやったらいいか、説明してくれますか？」

「まあ、その……郊外の青少年問題を理解するために、あなたのお知恵をお借りしたいと思いまして……」

「冗談にもほどがありますよ、警部さん。警察がみだりに出頭要請をしすぎる旨《むね》を、上部に報告しますからね。CIPの精神科医は、警察の使い走りとは違うんですよ」

「で、その報告は、だれにするつもりなんです？」

「それは……」

「スダン警視に、でしょう？　お友達なんだから、当然ですよね……そういう間柄なら、なんだって話せますものね」

いきなりこんなことを言われて呆気にとられたけれど、すぐにどういうことか理解できた。

「なにかおっしゃりたいことがあるようですね、警部さん」

「そのとおりです」警部はあっさり認めた。

「わたしを非難するおつもり？」

「いいえ。打ち明けたいことがありまして」

ちょっとの間、沈黙があった。状況を把握するにはじゅうぶんな時間だ。

「……わたしに会うために、ＣＩＰに派遣要請をしたわけですか、そんな必要がないのを承知のうえで？」

「そうかもしれません」

「だとすれば、それは重大な……」

「ずっと隠しておくわけにもいきませんから」

ためらいがちに、探るような視線をこちらに向けてきた。

「私は、あなたが誠実な方だと思っています、ドクター」だしぬけにそう言いだした。

「ずばぬけて頭脳明晰というわけではありませんが、とにかく誠実な方です。これは今の世の中ではめずらしいことです」

わたしはしだいにやきもきしだした。いったいなにが言いたいんだ、この男は。マルシオニはわたしの横に立って、大きな身ぶりで若者たちのほうを指し示していた。わたしに状況を説明するかのように。わたしはちゃんと聞いているのを示すために、うなずいているしかなかった。

「あなたは事情に通じていないということを、どうか忘れないでください。CIPのあなたの同僚の方たちだってそうです……」

とうとうわたしは、言うべきことがあるなら言ってほしい、決して他言はしないから、と相手に請け合った。わたしたちみたいな職業の者は、口の硬さは専売特許みたいなものなのだから、と。

「ジェニファーが、惨殺されました」打ち明け話というのはこれだった。

もちろん……ショックを受けた。けれどそんなには驚かなかった。事実、少女の失踪以来、こういう結果になるだろうとは思っていたのだ。

マルシオニはわたしの顔をのぞき込むようにする。

「知っていたのですね」いかにもつらそうにそう言った。

彼は見た目にも意気阻喪していた。古手の刑事にしては意外なことだ。わたしは刑事というものは、つねに鎧を身にまとっているものとばかり思っていた。この男にかぎってそうでないなら、いっそのことはっきり言ってしまったほうがいいと考えて、

「予感はありました。ことの次第を聞かせてもらえますか？」

「遺体安置所に安置されています。よろしければ、ごらんになれますよ」

「犯人は捕まったのですか?」

「当然ですが、父親の友人のあのレイプ犯が、真っ先に事情を訊かれました。疑いをかけるのにもってこいの人物ですから、同情する者もいませんしね」

「でもあなたは、その男が殺したとは思っていない」

「彼女は訴えを取り下げましたよね。そのあとは、ゆっくりと狂気に落ち込みつつあった。ようするになにもしなくたってその男は、枕を高くして寝られるんです。どうして彼女を殺すようなリスクを冒さなければならないんでしょう、捜査が始まれば真っ先に自分が疑われるのはわかりきっているのに?　私はロジェというその男に面会しましたよ。警察署に連れてこられたときにね。男は過去のレイプについては認めましたが、殺人については否認しました。私には、彼が嘘をついているとは思えませんね」

どうして警部は、わたしをこの件に巻き込もうとするのか、すべてが終わってしまった今になって?　突然、怒りにかられた。いや、こんな打ち明け話を聞かされたこと自体がむしょうに腹立たしかった。

「わたしからなにを期待しているのです?　わたしのしゃべることが、そんなに重要性を帯びるようになったってわけですか?　結局はあなた方警察の仕事じゃないですか!　わたしがあなた方に代わって仕事をしなければならない理由がわかりません……」

相手の白い口ひげが心なしか逆立っているように見えた。きつい目つきでわたしを見つめながら、

「あなたについて、間違った見方をしていました」警部はきびすを返しながらそう言った。「あなたという人は誠実でもなんでもない」

わたしはなおもその場でぐずぐずしていた。一種の放心状態に陥って。それは屈辱的な体験だったと言うしかない。その間、なんの役にも立たないばかりか、そのことにまったく気づいていない間抜けづらをさらしつづけていたのだから。しばらくして、ようやくCIPに電話する気になった。戻る前に、急ぎの用事が一つあると知らせるために。

「急ぐことないわよ」シェイラがとげとげしい口調で皮肉った。「保留にしている呼び出し要請は七件しかないから」

なぜそんなことをシェイラに知らせる気になったのだろう？　彼女が同僚たちを焚きつけて、またぞろわたしをつるしあげる会議が開かれる手筈になるのは目に見えているのに。

「わかったわよ」わたしはしぶしぶ応じた。「すぐに戻るから」

けれど、わたしの意志を超えるなにかが働いた。十五分後、わたしは遺体安置所の前に車を停めていた。

医師であることを示す三色の通行許可証のおかげで、わたしはすぐに検死医を介してジェニファーの遺体と対面することができた。

ただし、見せられたのは血の色をした肉のかたまりにすぎなかった。よく見ればかろうじて、かつてはやや太めの若い娘だったとわかる。たった一度だけ、積極的に生きようと試み、結局は果たせなかった、不幸な娘の無惨な遺体。

少女と初めて出会った夜のことを、わたしは思い出す。いっしょに警察署に向かう車のなかでのことも。彼女がわたしに寄せていた信頼、そして、あのときにわかに高まった生きることへの希望。彼女はそれを信じていた。わたしだって信じていた。

「死んだのは鞭打たれたことによります」検死医は手短にそう述べた。

これほどひどいことができるとは、重症の性的倒錯者にちがいない。胸と太腿は、傷口の血が凝固して、黒ずんだゆで肉の様相を呈していた。体の残りの部分も容赦なく痛めつけられている。鞭打《べんだ》によって、皮膚がことごとくはぎとられていると言っていい。

寒々とした怒りがわたしをとらえた。言うまでもなく、マルシオニ警部に対する怒りだ。警部がわたしをここに来させたのは、恐怖心を植えつけ、一連の事件からわたしを遠ざけるためだ。あるいは、表向きの事件の裏で真に企てられていることをわたしにほのめかすためだ。けれど警部がやってくるのは遅すぎた。わたしはすでにことの次第を把握していて、大した恐怖心を抱かなかったからだ。これだけははっきり言っておこう。わたしは、ジェニファーによりよい人生を送ってくれるよう願っていた。そして、彼女が死んでしまった今だって、彼女を見捨てるつもりはない。

わたしはのどを締めつけられる思いだった。ジェニファーのふくれあがった顔に、無言で別れを告げた。許しを乞う気持ちも込めて。それから、ひどく当惑げな検死医には一言も声をかけずに、その場を立ち去った。

マルシオニはこの件でどんな役割を演じているのか？　どうして、警察の上部から禁じられていること、つまり情報を外部に漏らすというリスクを冒したのか？　彼の行動をどう解釈すればいいのだろう。彼はわたしの側にいるのか、警察の側にいるのか？

ＣＩＰでは、シェイラの言葉とは裏腹に一時間ばかりゆっくりすることができた。だがそれもつかの間、事件現場に出動要請があった。今回も、少々いかれた立てこもり犯だ。人質を取り、ときどき拳銃を天井に向けてぶっ放したりしている。人質は二人の老婦人だが、彼女たちはナチスの一味で、毒ガス攻撃を仕掛けてくるのだと男は主張している。管理人部屋に閉じ込められた人質は、恐怖におののきながら身をすくめているはずだ。相手がいかれた人間であれば、頼りにできるのはわたしだけだ。わたしは二時間費やして、犯人を投降させるのに成功した。男が護送車に乗り込むのを見とどけたときには、夜明けの時刻に達していた。

ＣＩＰに帰ってみると、シェイラが泡立てたホットココアをいれたところだった。二キロ先まで芳香が届きそうなやつだ。はたしてだれのためのものなのか？　わたしのためのものでないことは、間違いないだろう。

「まあ、シェイラったら、すてきなことを思いつくじゃない！」ココア茶碗の前に腰掛けると、エレーヌがうっとりしたように言った。

「体力回復しなきゃね、エレーヌ、あなたがダウンしてしまったらおしまいなんだから！　さあ、あなたのためにいれたのよ。朝食を摂らずに出てきたんでしょ……」

わたしはあ然としてエレーヌを眺めた。今日はめずらしくベージュのスカートと白のブラウスという格好だ。彼女にしては、やけにこざっぱりした服装ではないか。

「さあ、召しあがれ、ヴェラ」彼女は微笑みながら勧めてくれた、「気分がよくなるわよ。地ならし用ローラーに轢《ひ》かれたみたいな顔をしているじゃない、あなたったら」

わたしはいかにも嘘っぽく見えそうな微笑を返した。

「まあ、そんなところね」

「また悩んでいるの？」

「どうしてわたしが悩んでいるというの、どうして〝また〟なの？　すべてはうまくいっているわ」

むしろ相手をからかうように、エレーヌの青味がかった瞳を見返した。わたしは不器用な人間だと思われるのにはいい加減うんざりだった。本当はそんなふうに思っていないのだ。なのにわたしに対して〝不器用〟とか〝そこつ者〟とかいうレッテルを貼りたがる。わたしがちょっとした間違いを犯すほうが、みんなにとってはかえって都合がいいのだろう。そんな気さえしてくる。

わたしは薄切りパンにバターを塗った。そしてそれにぱくつく前に、静かにこう言った。「ジェニファーが殺されたわ。むごいやり方でね。さっき遺体安置所に行ってきたの。ひどい光景だった」

この知らせはちょっとした効果をもたらした。小鍋を手にしたシェイラは、口をぱくぱくさせたまま、言葉を発することができなかった。エレーヌのほうは、わたしのことをじっと睨みつけていた。わたしが彼女の顔を一発張ったとでもいうように。わたしは牛のようにゆっくりと、パンを咀嚼しはじめた。

「殺されたって？　だれに？　彼女をレイプした男に？」

「いくつか仮説が立てられるけれど」

「どういうこと？」

「今のところは決め手がないの。マルシオニ警部に会ったけど、例のロジェとかいう男のことはシロだと思っている。ただそれだけ」

エレーヌは表情を曇らせた。

「まるで推理小説《セリ・ノワール》みたいな話！　今月わたしたちと関わった患者さんが、これで三人、不可解な死に方をしたことになるわね！」

「じつはわたしも、今同じ計算をしていたところ」

「でも、その数字は統計学的にはふつうなのかも……」

「あ、そうなの？」

わたしは彼女の言わんとするところがすぐにはわからなかった。

「三人死んだからって、そのことに統計的価値はまったくないわ。だって、なにかと比較しようがないでしょ」エレーヌは思案顔で言った。「ひょっとしたら、三人なんて、数から言ったら平均以下かもしれないわよ」

わたしはヒステリックな笑い声を上げた。

「ナチスの収容所も顔負けの場所で、わたしたちが働いているとは知らなかったわ！　それならそうと知らせてくれるべきだったわね。そうすれば自分用の棺桶ぐらいは担いできたのに！　結局、エレーヌ、あなたは厄介払いできなかったの、お得意の馬鹿げた統計学とやらを？　あなたの住んでいる王国にだって、使いものにならない代物が一つや二つあることくらいわからないの？」

「あなたは最後には、わたしを困らせるだけなのね、ヴェラ！」彼女はいきり立って言った。「あなた、いったいなにを言いたいの？　わたしたちが毎日築きあげようとしているものを、あなたが台無しにしてしまう権利があるというの？　せっかくうまくいっている警察との信頼関係を、どうして壊そうとするの？　ＣＩＰはできてからまだ三年足らずだわ。実績がない分、ちょっとした失敗でも非難の集中砲火を浴びてしまうの。わかるでしょ。あなたの偏執症のせいで外部との軋轢《あつれき》が絶えないという事態は、今後願い下げにしてほしいものだわ」

「お願いだから、エレーヌ、問題を個人のレベルに引きさげないで！　わたしのことにかまけていないで、実際に起っている出来事を直視して。どうしてもわたしを追い払いたいなら、あとからにして。でもそのときは、せいぜい目をしっかり見開いてね！」

エレーヌは椅子に崩折れた。怒りのせいでくたくたに疲れたとでもいうように。もう血の気が残っていないみたいな顔つきだ。

「わたしたちがあなたの直感とやらを制御するのに、書類を整理する以上の手間暇をかけているような気がするのよね」エレーヌが苦々しげに言った。「まあ、そんなにこだわるんなら、やってみなさいよ。わたしが見たくないものでもなんでも、見せつけてごらんなさい」

興奮のためか、もともと青白い頰は真っ赤に染まり、目も勿忘草《わすれなぐさ》みたいな色を帯びている。ようするにエレーヌのそのときの表情は、これまでついぞ見られなかった様相を呈していた。わたしは彼女のことがちょっとかわいそうに思えてきた。CIPが組織としてうまく機能するように、彼女なりに苦労を重ねてきた。そのことならわたしだって認めているのだ。

「よく聞いてほしいんだけど。今日マルシオニ警部から、ジェニファー・バルベが死んだと聞かされたの。彼女は惨殺されたわ。だれにかって？　それはこの際問題じゃない。大事なのはマルシオニが、上部の命令に違反してまで、その事実をわたしたちに知らせてくれたことよ。そもそも彼には、そうする権利がなかったのだもの」

「本当に、警部自身の口から聞いたの、それともあなたが勝手に推測していること？」

「わたしをそんな人間だと思っているわけ？　遺体安置所に行くように勧めてくれたのは警部なのよ、なるべくこの件は口外しないように、ともね！　わからない？　わたしたちが関わった患者になにが起っているか、いっさい秘密にしておくために、警察はいろいろとやっているわけ。ブリュノ・ロメールが首を吊ったことだって黙っていたわね。たまたまわたしがお兄さんに電話したりしなければ、永久に事実を知ることはなかったわ！　ジェニファーについても同じことよ。マルシオニが――理由はわからないけれど――わたしに知らせてくれなければ、今でも彼女が行方不明になっていると思っていたでしょうね。セリーヌ・ベルモンに関しては、はじめから真相は闇のなかだけれど」

「信じられないわ」エレーヌは低いがはっきりした声で言った。

「もちろん、そうよね。偏執症になるのも考えものね。人から嫌われるのを覚悟しなければならないんだから。確かに、面倒な現実に立ち向かっていくより、現実のバーチャルなイメージでお茶をにごしていたほうが、楽に決まっているけれど！」

「こんにちは《サリュ》！　またまた議論のさいちゅう、ってわけかね。きっと……」

　エティエンヌが出勤してきたのだ。晴れやかな表情で、オートバイのヘルメットを抱えている。わたしはすぐに、バッグを手に立ちあがった。もう一方の手には煙草を忘れずに。

「それじゃ《サリュ》。帰ろうと思っていたところだから。話はエレーヌから聞いて」

　わたしは、エティエンヌをなんとしても避けたかったのだ。確かに彼は感じのいい人だけれど、例の結婚指輪がいけなかった。危険な海岸線があるぞと、嵐のなかの灯台みたいに輝いている。近づくな、彼の手がやがては叫びだす。そんな思いにとらわれたのだ。

「きみを捜しているやつに会えたかい？」わたしが部屋を立ち去る間際に、エティエンヌが声をかけてきた。

「だれ？」

「男だよ。昨日パーキングですれ違ったんだ。約束を取りつけたんだと言っていたけど、きみがどの部署で働いているかは知らなかったな」

「例のアル中患者の旦那さんじゃないかしら……」

「いや、違うな……五十代くらいで、半分禿げていたな。顔色はやけに白かった……」

「清潔な感じ？」

「ある意味ではね」なかば微笑しながら認めた。「ほかに変わったことは、って聞きたいんだろ？」

「もう結構よ」

「ぼくの勘だけれどね、そいつはなにか症状を隠しとおしているように見えたな。でも、十キロ先まで臭うようななにかを発散しているんだよ。結局こっちの情報は教えなかった。こういう取ってつけた訪問というのは、やっぱり気になるからね。とにかく、うちで診察を受けるように勧めたうえで、ＣＩＰの担当者にもよろしく対応してくれと電話を入れておいた」

どうやら、わたしが一度も会ったことのない男なのは確かなようだ。そいつはよっぽど鬼ごっこ遊びが好きなものと見える。ここまで来ていて、わたしを見つけだすのはそう難しくないはずなのに、あえて近づこうとしないのだから。わたしがむしろ嫌だと思うのは、その男がなにか病気を隠しているらしいことだ。もうこれ以上、頭のいかれたやつを相手にするのはごめんだった。とにかく、今このときだけは勘弁してほしい。これからだって、そういう連中にはいくらでも出くわすだろうから。

スダン警視の車が、わたしのアパルトマンのある建物の前に駐車していた。もちろん違法でない場所に。もちろん！　そもそも駐車違反なんてことは、あの男にとっては論外の行為だろう。警視はわたしの部屋の前の階段に腰掛けていた。クロワッサンが入っているらしい袋を膝に載せて。どれくらいの時間、待っているのか？　一時間か？　それともせいぜい五分か？　わたしの姿を前にすると立ちあがった。かすかな微笑が、憂いを含んだ視線のなかを漂っている。彼と会うことにわたしがなんの喜びも見いださないと、知っているかのような、そんな表情だ。

「元気かい？」小声で訊いてきた。

警視はわたしに向かってなんの身ぶりも示さなかった。たくましい体をＦＢＩ風のスーツに包み込み、両手にはパン屋の安っぽい紙袋を抱えている。なんとなく偽善的な感じがする態度だ。

「ここでなにをしているの？」

わたしの口調は思った以上にそっけなく響いた。いっぽうで、心臓は早鐘のように打っている。

「きみに会いたかったんだ。じゃまかな？」

「夜勤明けなんだけれど……」

「きみがよければ、カフェにでも……ぼくは……きみのことばかり考えて二日間すごした。いろいろ考えたんだけど、いちばん簡単なのは……でも、今はわかっている……つまり、電話すればよかったんだな」

「そうね」

彼は言いよどむ度に微笑を浮かべた。そしてその度に、わたしは心臓を突き刺されるような気持ちがした。わたしは死ぬほど、彼の腕のなかに飛び込んでいきたかった。けれどべつの自分が、そんなことをしてはいけないと、心のどこかでつぶやいていた。

「さあ、行こう。おごってあげるよ。たっぷりした朝食を摂らないと……」

「家にいるほうがいいわ」わたしは錠に鍵を差し込みながら言った。

「メッセージが七本入っていたよ」彼ははっきりと言った。

わたしは飛びあがらんばかりに驚いた。というより、相手の悪びれない態度にあ然としてしまった。

「どうして知っているの？」

「ビデオカセットを返してもらいに来たのさ」すまなそうな口調でそう説明した。

ポケットからはみだした黒いケースを指で叩いてみせる。わたしは、彼のことをじっと見つめた。にわかには信じられなかった。

「わたしの部屋に入ったっていうの？」

「ビデオを取り戻しただけさ。留守電のメッセージは聴いていない」

「で、ご丁寧にドアを閉めて出てきたってわけ？……部屋のなかで待っていればよかったのに。そうすれば、わたしはもっとびっくり仰天したでしょうね！」わたしの声は〈三点ハ音〉に届くくらい高くなった。

「クロワッサンを買って、ゼロからやり直す。そのほうがいいと思ったんだ。とにかく少しの間でも、きみといっしょにすごしたい。それだけさ。一言もしゃべらなくたってよかったんだがな……」

「わかったわ。でも、わたしをちょっと甘く見ているんじゃない？　ビデオがなくなっているのに、気づかないとでも思っているの？」

「ああ。でもぼくが出ていったあとには……きみに嘘をつき、だましたことがわかる。恨まれてもしかたのないところだな。いやはや、ぼくがこんなことを面と向かって言っているとは。変わったものだね、ぼくたちの関係は……ああ！　いまいましいな、ヴェラ。ちょっとの間でも、二人だけで静かにすごせないものかな？　時間をつくれないの？　そのあとはまた、お互いが大嫌いなふりをしていればいいんだから……」

「わたしとそんなに簡単に寝られると思っているなら、言っておくけれど、思いどおりになんかいかないわよ」

「寝られるなんて思っていないさ。ぼくはきみを気に入っている。だからいっしょにコーヒーしたい。ただそれだけの話だよ」

わたしはいらいらして話を遮った。

「やめて、可笑《おか》しくて死にそうだわ」

わたしはバッグをその辺に置くと、ソファーにどっかりと腰を下ろした。午前八時になっている。今日も曇り空の暑い日になりそうだ。

「そのビデオはいったいなんなの？」わたしは相手から目を離さずに尋ねた。

「警察署の風紀課から拝借してきたんだ」

「それを見つけたのは風紀課じゃなかったけれど……」

「まあ、その……ようするに親父を楽しませてやりたかったんだ」

沈黙。わたしは彼のいかつい顔立ちが好きだ。それと、爪を短く切った手。ほかにも好きな部分はいくらでもある。わたしはやっと、彼が買ってきたクロワッサンを温めようという気になった。

「お父様の病気は、とても深刻な状態だわ」

「わかっている」

「どうして施設に収容しないの？」

「収容されているも同然だからさ。二十年間、家から一歩も外に出ていないんだ」

「あなたのお母様とは、離婚したの？」

「おふくろはぼくが十一歳のときに死んだ」

「それじゃ、そのときから、あなたはあの変態野郎と二人だけで暮らしている？」

彼を傷つけるために、その言葉をわざと使ってみたのだ。彼だって、わたしを傷つけたのだから。無断でわたしの部屋に入り込んだあげく、そのことをぬけぬけと告白し、わたしに及ぼす自らの力を測ろうとする――こういうやり口によってひどく傷つけられたのだから。いっぽうでわたしは、乗っ取り犯と面と向かったときの彼の様子を思い出していた。あのときの心神喪失状態を思うとちょっと怖くなる。

わたしは今、アメリカ式のキッチンのカウンターに守られているおかげで、彼に本当のことを吐かせるのにかなり有利な状況にいる。けれど、キッチンを離れたときが問題だ。今度は一転して、たちまち彼の腕のなかに落ち込んでしまうのではないかという気がした。

「引っ越すことは考えなかったの？　でなければ、あなた自身の生活を確保するために、お父さんを施設に入れるとか？」

わたしはカウンター越しにトレイを手渡した。それからまた、冷蔵庫のなかを引っ搔きまわすふりをする。

「親父といっしょだからって、それほど困ることもないんだ」彼は言った。「買い物以外は、一人でじゅうぶんやっていけるし、ぼくのほうには仕事があるからね。きみはずっとそこ、キッチンのなかにいるつもりなの？」

キッチンを出て、彼の前を通ろうとしたとき、とうとう手をつかまれてしまった。わたしは抵抗しなかった。彼を目の前にして、なにもできないまま、抱きかかえられた。そして彼の口が、わたしの口にかぶさる。こんなことをされたのは、生まれて初めてだった。わたしは自分が女だと、本当の女だと、感じないではいられなかった。こんな男は理想の男ではないと知ってはいても、彼の欲望は媚薬のようにわたしに作用した。湧きあがってくる良心のやましさを抑えようと、わたしは自分に言い聞かせた。これは純粋に肉体的なことなのだ。肉体的な探究にすぎないのだ、と。

けれど彼の手が胸まで達したとき、わたしは思わず後方に飛びのいた。

「やめて《ストップ》！」

わたしは、集団に号令する立場のガールスカウトのリーダーみたいな、わざとらしい活発さで、さっきまで腰掛けていたソファーに飛び込んだ。彼としては無理やりわたしをものにしようとしたわけではない。なのにわたしが身をかわしたものだから、彼が不愉快な思いを抱いているのがありありと感じられる。けれど、わたしがこんな不可解な拒絶反応を示したというのに、わたしを恨む気持ちはないようだった。拒絶され、落胆することに慣れてしまっている。そんな感じだ。

「これ以上はダメだっていうの？」

「今のままでいたいの。わたし……わたしたち、いくらなんでもお医者さんごっこをするような歳ではないでしょう。つまりその、あとのことをする準備がまだできていないの」

「わかった《オーケー》よ。ぼくのほうに異存はない」

　彼は肩をすくめながらかすかに笑った。わたしたちはテーブルの両側にいて、互いに見つめ合っていた。息を切らせながら。

「お父さんは、どうしてあんな体になってしまったの？」なんとかこの場の雰囲気を冷まそうと、わたしはさっきの話題に立ち返った。

　わたしは自分に自信が持てなかった。まったくといっていいほど。彼がなおもわたしを見つめつづけるなら、完全に身をまかせてしまいそうだ。けれど、それは不可能なことだった。

「父は高等学校《リセ》で体操教師をしていたんだ。曲芸体操のチームを指導していたときのこと。空中ブランコから転落した。おかげで、致命的な障害を負うことになった」

「でも……やっぱり愛しているんでしょう？」

「ぼくは父を嫌っているんだ」あっさりと認めた。「これは秘密なんかじゃない。この気持ちを父に対して隠したことはないよ」

「でも、あなたは相変わらず……」

　答えはなかった。わたしは十一歳の彼の姿を想像してみる。半身不随で暴力趣味のある父親と、一人で向かい合うことになった十一歳の少年。その後は、苦難の階段を一歩一歩登ったすえに、今の地位までたどり着いたというわけだろう。

「まわりには、あなたの生活に気をかけてくれる人はいなかったの？　だれかが面倒を見てくれるとか、養護施設に引き取られるとか？」

彼は平静を装っているが、目つきは違っていた。わたしが気にさわる質問をしたのがすぐにわかった。

「いや！　そんなことは……。ソーシャルワーカーが、父の世話をしに来てくれていたから……」

「彼女は歓迎されたはずよね！」

「もちろん」

「それから？」

「べつになにも……ことがうまく運ばなかった。ただそれだけのことさ」

わたしは彼のことをまじまじと見つめた。それから、当然行き着くべき結論に達した。

「ソーシャルワーカーを鞭で打ったのね。わたしにしたのよりもっとひどく。あなたが怪傑ゾロよろしくその場に居合わせないときは、いつもそうだったんでしょう」

「そのとおり」

「彼女は訴えたんでしょ？」ほとんど叫び声になっていた。「事件が明るみに出れば、きっと大騒ぎになったでしょうね！」

「……」

「ちょっと待って。まさか、彼女は訴えなかったの？」

「ああ」しぶしぶ認めた。「つまり……彼女はショックのあまりしゃべることができなくなった。わかると思うけど、今とは時代が違うんだ……女性のほうに羞恥心があるし、世間は女性たちの言うことを信じない……」

父親のことに話題を転じるという計画は大成功だった。なにしろ、すっかり冷静さを取り戻せたんだから。十一歳の少年が、一連のこんな出来事を目の当りにして、心身に影響をこうむらないはずがない。おそらくスダンは、警察官として出世した今でさえ、〈心的外傷後症候群〉に悩まされていると思われる。はっきり言ってしまえば、いつ発作を起すかわからない状態だ。空港でのことが思い出される。ようするに、彼は病気だ。しかも自分自身では気づいていない。そう思うと気分が憂鬱になる。

「で、今は?」わたしはそう言って、二人の間で重くなりかけた沈黙を破った。「自分の父親が犯罪と言ってもいい行為を働いたことが、警察官となったあなたになんらかの影響を与えている?　それともそんな話は忘れてしまった?　水に流してしまうとかして?」

「そんな言い方をしないでくれ」不愉快そうにつぶやいた、「ひどい話なんだ。ぼくはそのために人生を台無しにしてしまったと言っていい。いっそのこと記憶から消し去りたいと思ったけれど、結局できなかった……」

「でも、よくある話だわ」わたしははっきりと言った。「そういうことはひんぱんに起ると言ってもいい。《生きのびるために忘れる》ということだってあるのよ」

「それはそうだけど、ぼくはなにも忘れちゃいない。忘れないために、警察官になったようなものだから。もちろん女性たちを守るために。すべての女性を、彼みたいな男から……」

やれやれ。ということは彼の母親も、暴力を受けていたことになるではないか。わたしはかなり皮肉を込めたつもりの口調で言った。

「で、そのことはうまくいっている?」

彼の目つきは冷たい非難の色を帯びてきた。わたしのよそよそしくて挑発的な態度に苛立っているようだ。わたしは自分でも驚いている。わたしだっていらいらしていた。彼の話を聞きたい気はすっかりなくしていたし、彼の打ち明け話を聞くことで、患者が一人増えるのもごめんこうむりたかった。結局、彼が空想のなかの男性的ヒーローでありつづけることを、わたしは願っているのだ。今のところ、それがわたしの所有する唯一の男なのだから。

彼は腕時計に目をやって、立ちあがる。帰るつもりなのだろう。結局のところ、わたしは彼の話を聞いてはいなかったのだ。いや、聞いていたとしてもほとんど頭に入っていなかった。自分を守るのに躍起になって。そのことで彼が気を悪くしたとすればしかたがない。警察に入ったあとも、彼は母親のような気の毒な女性を守りたいと思っていただろう。けれど自分の父親だって同じように守ったのだ。虐待された子供は自分を虐待した者を守ろうとする。これはよく知られた事実だ。スダンも例外ではなかった。わたしはそう考える。

玄関口まで来ると、彼はわたしを振り向いた。わたしは指の先で彼の頬をかすかに撫でてやる。

「ごめんなさい」わたしは優しい口調でそう言った。

「なにが?」

「……わたしたちが寝なかったこと」

せめてこのくらいは、彼に言ってやらねばと思った。不意をつかれた彼は、わたしをしばらくの間見つめた。わたしが冗談で言っているのではないと確かめるように。それからわたしは、抱き寄せられた。彼の顔には優しさと、見せかけでない心の昂りが表れていた。わたしのまわりでは、またしてもすべてがひっくり返った。彼はわたしを抱きしめる。耳元に息を吹きかけながら、わたしの名前をつぶやいている。頭のなかでは、狂ったようにわめく女の声が響いていた。いいじゃない? いけないことないじゃない? 彼となら、できるわ! 彼ならわかってくれるし、わたしを愛してくれるわ!

さいわいなことに、彼はそそくさとわたしから離れていった。

19

「もしもし、ローズマリー？　こんにちは《サリュ》、ヴェラよ。元気でやってる？」

数日前、アレクシスの誕生パーティーのおりには、わたしたちはもう口をきかない間柄になっていた。けれど、疎遠になるのが短い期間なら、かえっていい結果をもたらすことがあるのだ。いや、たいていはそうだ。その間少し冷静になって相手のことを考えられるし、なにを真っ先にやらなければならないか、的確に決めることもできる。しかも、うってつけのタイミングだった。実家のアパルトマンにスダンが姿を見せたというあの出来事は、ローズマリーの飽くなき好奇心を掻きたてているにちがいないのだから。

案の定、

「隠しだてすることないと思うけど。男ができたんなら、そう言ってくれればよかったのに！」

「わたしに男なんかいないわよ。あの晩来た男はね、まったくのいんちき野郎なのよ」

「だったら直接言ってやりなさいよ、今言ったことを、わたしなんかにじゃなく。あの男があなたに首ったけなのは、一目瞭然だけど」

「彼は警察官なのよ」

「ああ、そうなの」

「わたしがあの男とカップルになるなんて思わないでね！　彼は警官でわたしは……」

「ヴェラ……あなたの例の……この際はっきり言っちゃうけど、ハンディキャップを好む男がいるかもしれないって、考えたことないの？　わたしが言おうとしていることがわかる？　つまり、絶対毛嫌いされると決めつけるものでもないってこと」

やれやれ！　いつの日かわたしは手術してもらうことになる。そしてその翌日にはもう、あるがままの自分を受け入れなければならない……。

「ねえ、あなた！　わかってると思うけど、人がなんと言おうとそんなのはどうでもいいのよ。わたしたちのおしゃべりなんか、あなたには関係ないと思っていれば。大事なのは、あなたが生きる決心をすることなんだから。本当に、世話が焼ける人！」

カブラル家の面々は、いつだって軽やかなのだ。さしずめ、装甲車部隊のわきを行く、バレリーナの一群といったところか。

「でも、わたしはこうして生きているわよ、おかげさまで！」

「もちろんそうね。だったらごめんなさいね。今日はどうして電話してくれたの？」

声から判断して、今日のローズマリーは元気がない。彼女さえその気になれば、二人いっしょに繰りだすところなのだが。彼女はご自慢の白馬にまたがり、いっぽうわたしは野ブタの背中に乗って。なのに彼女ときたら尻込みしている。わたしはよっぽど、今日はどうしたのかと訊いてやろうと思ったけれど、やめておいた。この電話にはもっと大事な用件があるのだから。

「あなたは教師をやってるから頼むんだけど。ある患者の父親の件で調べたいことがあるの。七〇年代にシャプタル校で体操教師をしていた人。その人の身上書類を、どうしたら見ることができるかな？」

「どんなことが書かれていそうなの？」

「授業中に、脊髄を損傷する怪我を負ったとか」

「それじゃ、労災ってことね。でも、あなたの例の〈三色の記章〉を使わざるをえないわね。文部省はなんでも開けっぴろげにするわけじゃないからね。のぞき部屋《ピープショー》と違うんだから。資料室は部外者立ち入り禁止なのよ」

「なんとかコネをつけてくれない？」

ローズマリーはごく若い時分から教職員組合に加入している。つまり根っからの教師というわけだ。ところで現在の文部省といえば、その精神構造において昔のカトリック教会を引き継ぐ存在となっている。この組織に属しているかぎり、ローズマリーは野心的かつ狂信的な尼僧よろしく、外からはうかがい知れない内部の秘密や、組織の影響力がどこまで及ぶか、などについて知りつくしているはずなのだ。

「じつは去年ね、資料室の秘書をしている人といっしょに研修を受けたことがあるの。

だからその人に電話して問い合わせてみることもできるけど……」

　必要な情報を得るうえで役に立つアドバイスをありがとうと、わたしはじゅうぶんにお礼を言った。彼女のほうの電話をすぐにかけてもらいたいから、受話器を置きたいのはやまやまだけれど、相手に元気がないのがなんとなく気になって、

「で、あなたは？」と、型どおりに訊いてみる。「その後どう？」

　しばらく間があく。一、二、三、四、と数えられるくらい。それからやっと答えが返ってくる。

「ヴェラ、わたしもうマクサンスを愛していないの」

「あなた、なに言ってるの？　今頃そんなこと言ったって、どうしようもないじゃない！」

「もう愛していないんだから、しょうがないでしょ。彼が起きてくるとうんざりするし、しゃべりはじめてもうんざりする……ようするに、彼に関することがみんな馬鹿らしくなってきたの。わたしの言っていることがわかる？」

　じつを言うと、わたしにはよくわからなかった。人を愛した経験がないのだから、いっしょに暮らしている人の一挙一動にぴりぴりするなんてことが、わたしにはわかりようがない。もちろん、人の話としては聞いたことがある。

「一時的なことじゃないの？」

「そうは思わないわ。もう何カ月も続いているんだから……。はじめは、あなたが言う

とおり一時的なことだと思ったわ。でもそうじゃなかったの」

「彼がなにかしたっていうの？」

「彼はなにもしていないわ。もう彼を愛していない。ただそれだけなの。彼の姿を見ると……馬鹿なやつ、と思う。ただそれだけ」

ああ、そういうことか。

「わたしは三十一歳で、子供が三人いる。そして、もう夫を愛していない。わたしはどうしたらいいかなんて、さっぱりわからない。それが正直なところだ。けれど、こうしたらいいの、ヴェラ？」

こはなんとしてでも、建設的な意見をでっちあげねばならない。わたしは、いかにもプロフェッショナル、という口調でこう言った。

「待つことね」

「なにを待つの？」

「彼に対する愛を、きっぱりあきらめる気になるまでね。今ほど苦しくなくなるまで。あなたにとってとても大事だったものを失ってしまって、心の空洞を感じている。それが今のあなたの状態。今のところはまだ苦しくて、べつに価値のあることを見つけようなんて、前向きな気持ちになれないんでしょう。だから、待つしかないわね。一、二年もすれば、踏ん切りがつくでしょうよ。愛していないなりに、夫との生活を築き直そうとか、あるいは夫とはきっぱり別れて、新しい相手を捜す気になるか。二つに一つだと思うけれど」

「待ってよ……あなた、自分のことを言っているみたい……」

「わたしのこと？　わたしはなにもあきらめてなんかいないわ！」

「嘘でしょ。あなただってあきらめたじゃない。あの警察官のこと」

本当に、ローズマリーという人は。いつも笑わせることばかり言ってくれる。


スダンが買ってきてくれたクロワッサンをたらふく食べたためか、いつになくよく眠れた。そのせいですっかり遅い時間になってしまった。文部省の出先機関である学区事務局に、窓口が開いている時間までに到着するには急いだほうがいい。

予定より四十五分遅れで〈三色の記章〉をかざし、事務員の女性と面会することができた。資料が乱雑に積みあがった、見るからに殺風景なオフィスだ。まあ、想像していたとおりだが。

「ムッシュー・スダンですか？　体育教師の？　パリ第九区のリセ・シャプタルが、最後の勤務先ですね。その前は、リセ・バルザック、その前がリセ・モリエール、その前が……」

フランスのエリートなら、エリートと言われる者なら、だれでも経験することだ。文部省では、問題があれば、その人物はすぐ配置替えになる。スダン氏の場合は、これだけ勤務先が変わっているのだから、身上書類も飛び抜けて膨大になる。気にとめなかった者がいなかったとは思えない。毎年これだけの苦情やスキャンダルめいた事件が重なっていながら、くびにならなかったとは驚きだ。一度も懲戒処分を受けていないのだ。何度か配置替えをされているにすぎない……。各校の校長たちは、まるで熱々のサツマイモみたいに彼をたらい回しにし、その都度穏便な処置を願い出ている。これこそ、フランスのすばらしい一面だ。有能でまじめな人物でも、容赦なく左遷されることがある。逆に、邪悪で暴力癖のある人間が、周囲から尊敬を勝ち得ていたりする。

さて、資料によれば、スダン氏がもともと持つ残忍な性格によって、数々の問題が引き起こされたと思われる。その性格は到るところで、どんなに些細な点においても発揮されている。幾人かの名前が繰り返し登場するが、とりわけ目を引くのはある女性科学教師の名だ。彼女は、性的暴行を受けたというある男子生徒の訴えを後押しした。けれど訴えはその後、生徒自身の求めで取り下げられた。さもありなん、というべきか。

当時のことを思い出してもらうために、今は成人しているその男子生徒に会いに行くのはあきらめた。けれど、件《くだん》の科学教師に会うという手段はまだ残っていた。わたしは二人の住所と電話番号をしっかり書きとめ、その他の情報は頭のなかに収めてから、その場をあとにした。さあ、これから仕事だ。

高速道を走りながら、CIPに電話する。

「ねえシェイラ、ポール・ベルモンから、マニュエルの件で話したいって電話があったんだけど、通りがかりだから寄っていくことにする。少し遅れるかもしれないけれど、よろしく」

「ジェロームがさぞかし喜ぶでしょうね！　あの人はかれこれ四十八時間も眠っていなくて、あなたと交代するのを首を長くして待っているのよ」

「あなた、一度くらい頭を働かせてみたらどうなの？」わたしはすげなく言い返した。「難しい状況に置かれている未成年者を、わたしたちが見殺しにするのが想像できる？」

どうしてこうも、シェイラとの仲がうまくいかないのだろう？　彼女に心づけをするのを怠ったのがいけなかったのか？　あるいは、彼女の甥の名前を忘れてしまったのが？　わたしは次の会議のおりに、シェイラとの問題を提起してみようと心に決めた。

と、そのとき、タイヤの下で砂利のきしむ音がして、目的地に着いたのがわかった。

ベルモン邸では――わたしがやってくるなんてだれも思っていなかったのだろう――みんながプールサイドに集まって、食前酒の時間をすごしていた。マニュエルとベベは、パラソルの下で〈家族合わせ〉（カードゲームの一種）をしている。いっぽうプールサイドでは、ベルモン議員が日光浴をしているさいちゅうだ。隣に脚のすらりとした女を侍らせて。
わたしがやってくるのを見ると、マニュエルの顔は晴れやかになった。このことは、期待していた以上の感激をわたしにもたらした。ベルモンと、折り畳み式デッキチェアに寝そべった女は、二人とも微動だにしない。サングラスをかけていて表情をうかがえないのが、謎めいた雰囲気をいっそう強めている。

「食事しに来たんでしょう?」マニュエルが面と向かって訊いてきた。

「ディナーでしょ、マニュエル、ディナーしに、って言わなきゃ……」

　女が口をはさんでくる。スノッブじみたパリ風のアクセントだ。胸が薄くて脚の長い女で、ブロンドの髪は短い。明らかに四十歳は過ぎている。

「こんにちは《ボンジュール》、ドクター」ベルモンが声をかけてくる。

　どことなく浮かない顔つきだ。

「ロール・パスカルをご存じですか?」ブロンド女を紹介しながら言った。

　奇妙だった。ロール・パスカルという名前は、わたしになにかを思い出させる。いっぽうで、この女の表情や物腰、それに官能的なプロポーションは、だれかほかの女を思わせるところがある。ただし、名前が連想させるものと外見が連想させるものが一致しない。それもあって、わたしは一瞬会話の糸口がつかめないほど戸惑ってしまった。やっと気を取り直して、きっぱりとした口調でこう告げた。

「病院でパーティーをやるんですが、マニュエル君にも参加してほしいんです。楽しい見世物があると思います。精神療法を受けている子供たちはみんな参加しますよ」

「そのためにわざわざいらっしゃったんですか?」ロール・パスカルが驚いたように言った。「そのパーティーとやらがそんなに大事なんですか?」

「それが精神療法的選択なんです」

　こんな言葉を使ったって、なにを言っているか素人にはわかるまい。けれど、精神分析学者のラカンがお墨付きを与えそうな言い回しなので、聞こえがいいのだ。

「あなた方の考え方に賛成ですね、ドクター・カブラル」サングラスをかけたままのベルモンが言った。「理論なんかどうだっていいんです。要は順応することです。順応し、継続する。なにより大切なのは、順応することです」

わたしは微笑しながら議員を見つめた。それから隣の女を。ブロンド女は日光浴を再開している。

「ロールはジャーナリストなんですよ」わたしの視線の先に気づいたのか、ベルモンが言った。

「ああ、そうですか。どうりで聞いたことのあるお名前だと……。ところで以前うちのオフィスにいらしたとき、万年筆をお忘れでしたね。お返しするために持ってきました」

「もしかして、わたしが贈った万年筆?」ブロンド女が憤慨したように口をはさんだ。

「なくしたなんて話はしてくれなかったじゃない!」

「全部きみに報告することもないじゃないか」

女は黙ったが、口元がかすかに引きつっている。あとで二人の間でひと揉めありそうな雰囲気だ。わたしは女を目で追った。のんびりした足取りで家屋のほうに遠ざかっていく。彼女の後ろ姿を見て、ピンと来るものがあった。確かに今日はかつらをつけていないし、革のストラップレス・ブラジャーもしていない。けれどあの女には、ジャーナリストとはべつの裏の顔があるはずだ。つまり、〈クラブ〉を宣伝するビデオに出演していた女の一人にちがいなかった。

「一杯いかがですか、ドクター?」ベルモンが何気なく訊いてきた。

女が姿を消してしまったからには、わたしとしばらくいっしょにいなければならない。そのことで戸惑っているようだが、それでもベルモンの土気色の顔には、相変わらず謎めいた微笑が浮かんでいた。いっぽうわたしは、彼の視線から目をそらさなかった。目をそらせば、精神科医の沽券《こけん》にかかわるとでもいうように。別れの握手をするために、彼に近づいた。その間もずっと、相手の表情を見つめていた。

「さようなら、ムッシュー」

「また近いうちに、ドクター」彼はささやくように言った。

彼のまわりに、甘ったるい芳香が漂っていた。ジャスミンの香りを含んだ匂い。わたしはたちまち激しい嫌悪感を覚えた。あわてて彼の手を放す。その手が腐臭を放ってでもいるかのように。手を拭いたい欲求を抑える。ベルモンの周囲を取り巻いているこの匂いには、明らかに憶えがあった。そう、スダン警視が、鞭で打たれたわたしの傷を手当てするために、グローブボックスから取りだした軟膏と同じ匂いだ。ということは、ポール・ベルモンは鞭打たれていたのだ。ここから遠くないどこかで。しかもつい今しがたまで。

20

ジーッ、ジーッ。カチッ。留守番電話にメッセージが入っているようだ。まずはわたしの声。《こちら、ヴェラ・カブラルです。よろしければメッセージをお願いします》。つづいてカリーヌの声。《あんたの留守電が壊れていなければいいんだけど。何度も言うけれど、わたし、あの人と結婚しようと思っているの》。カチッ。わたしはさっそく受話器を取る。もちろん、カリーヌに電話するためだ。

「機械が壊れるようなことをして、いったいどうしたってわけ?」

「そっちこそ。十五回もメッセージを入れているのに」

「わかってるわよ、そんなこと」

例の〈金の巻き毛男〉事件以来、カリーヌとは話らしい話をしていない。アレクシスの誕生パーティーでは、お互い話す機会がなかったからだ。

「だれにだってプライバシーはあるものよね」姉が冗談めかして言った。

「あの日わたしに会いに来た男のことを言ってるのね……」

「アレクシスは男が警察官だって言っていたわ」

「わたしは弟にね、あなたが若い恋人《ジゴロ》をつかまえたらしいって言ってやったわ」

大家族のなかで育った者だけが、第三次世界大戦に生き残れるのかもしれない。鋼《はがね》のような神経、吸血鬼のような歯、戦いにあたって本当のけだものになれること。そういう資質を持つためには、多くのきょうだいのなかで揉まれなければならない。

「モイーズのことを話したいっていうの？」カリーヌは憤慨して言った。

「おや、〈金の巻き毛〉はモイーズって名前だったの？」

「それがどうしたっていうの？　ピエールやポールと同じように、特別な名前じゃないわよ」

「みんながそう思ってくれればいいんだけれど」

「ショックを受けた？」

嫌だったけれど、答えてしまった。

「そうね。わたしはナタンが好きよ。だからあなたが彼にそういう仕打ちをしたことには、とても腹が立っている」

「ちょっと待ってよ、ヴェラ。あんたに訊きたいんだけど。もしわたしの相手が灰色髪の太鼓腹で、しかもバイアグラを使っているような男だったら、あんたはなんて言う？」

「やっぱり同じことを言うわ」

「嘘つき。夫婦関係が危機に陥っている。あんたはきっとそう診断するわね。でもナタンの肩をもつことはできないはずよ。同い年の男とセックスしてオルガスムに達する四十女のほうが、ずっと正常だものね。だからわたしのほうを助けてくれるはずだわ」

「あなたって人は……」

「わたしだって考えているのよ。女性が楽しい時をすごすのを大目に見る風潮にはなってきているけど、でも注意しなきゃね！　あんまり楽しくやりすぎないようにしないと！」

「それで終わり？」

「いいえ。わたしにはあんたが必要なのよ、ヴェラ。あんたはわたしを見捨てることなんかできないわ」

あ、そうなの？　わたしは思ってみる。そんなこともないんじゃない？　たかが警察官との恋に胸をときめかせて、有頂天になっているような女が、〈金の巻き毛〉に首ったけの奥さんを見捨てないなんて、どうして言えるのかしら？　まあ、そんなふうに思ってみるくらいの権利はあっていいわね。

「ヴェラ、聞いているの？」

「ほかにすることがあるんだけど、聞いてあげているのよ」

「モイーズのことでちょっと……」やっと本題に入りはじめた。

「そんなことだろうと思っていたわ」

「わたしたちは愛し合っているのよ、それで……」

「あなたが愛している、と言うべきでしょうね」

「彼だって、愛しているのよ、絶対に！」

「彼のほうが絶対に有利な立場にないんなら、そう信じてあげてもいいけど。でも彼のためになにかしてくれと頼まれたからって、それだけでは力になってあげる気にはなれないわね」

「まあ、それはそうね。つまりね、わたしとしては彼にどうしてもフランスにとどまってほしいの」

「あら。あの人フランス人じゃないんだ」

「あんなルックスのフランス人なんて、そうそういないでしょ？」

「確かに、そうね」

「彼はオーストラリア人なの。祖父がスコットランド人で、祖母がタイ人。混血でないかぎり生まれないわよね、あんな人……」

　確かにそうだ。わたしが希望するのは、ホームシックにかかった彼が、医師の処方なしに買えないドラッグを必要としているなどと、カリーヌが言いださないことだけだ。わたしたち精神科医が困るのは、街角の麻薬密売人《ディーラー》と同じ役割を演じさせられることがままある点だ。当然、これほど腹の立つ話もない。

「彼のビザがもうすぐ切れるのよ」カリーヌは説明した。「だからあんたの知り合いのあの警察官に話してもらって、彼がフランスにとどまれるようにしてほしいんだけど……」

沈黙。

「あなた、どうかしているんじゃない？」

「わたしのためだと思って、なんとかして、ヴェラ。今まであんたに頼み事をしたなんてことはなかったわ……彼がわたしにとってどんなに大事か、わかってもらえないはずは……」

「無理ね。だいいち、あの警官とはそんなに親しいわけじゃないのよ、あなたが思ってるほどにはね。それに、そういう頼み事に乗るのは、もともと……」

「じゃあ、アレクシスの言っていたことと違うじゃない」厳しい口調で言い返してきた。

わたしは一瞬言葉を失った。どういうことなのか？　自分の立つべき位置を見きわめながら、慎重に話しはじめた。

「アレクシスが、なにを言ったというの？」

「わたしにだってその警察官を動かせるって……わたしが彼の要求することをなんでもやってやれば、という条件付きだけど」

「ダメよ！　そんな話に乗っちゃ！　あの男に直接頼むなんてことは絶対しないで！」

「それじゃ、あんたがどうにかしてよ！　その男はあんたに首ったけなんでしょ？」

「あの男とわたしの関係について、あなたがなにを知っているというの？」

ふたたび沈黙。どうやら、わたしに頼んでも埒があかないと悟ったらしい。

「しょうがないわね」カリーヌはとうとう言った。「わたしから直接その警官に話すことにするわ」

現在の結婚生活を犠牲にするだけでは、姉にとってじゅうぶんではないのだ。〈金の巻き毛〉をとどめておくためならなんだってやるつもりだ。きっとそんな気持ちでいるにちがいない。わたしはいい加減電話を切りたかった。けれど怖くてできなかった。わたしがではなく、彼女がどうなってしまうか、それがとても心配だった。まるで悪夢のなかにいるみたいに、わたしは自分がこう言っている声を聞いた。

「オーケー。わかったわ。わたしがなんとかやってみる。でも、あの警察官には近づかないと、約束して。どんな事情が生じても、あの男とは絶対に会わないで」

願いがかなえられた嬉しさからか、姉はとたんに笑い声を上げた。結局彼女は、決定的に見捨てられるなんて考えたこともないのだ。

「妬《や》いてるってわけ？」冷やかすように言った。

わたしはつらい思いとともに電話を切った。わたしの人生が猛スピードで横滑りしていくのに、自分の力では止めようがない。そんな感じだ。

毎日、ＣＩＰまでやってきてパーキングに車を停めるとき、わたしは芝地に影を落とす樫の木立につい見とれてしまう。小鳥の鳴き声と、スプリンクラーののどかな回転音を除いて、静けさを乱すような物音は聞こえない。ある精神病院を取り巻く穏やかな午後のひととき。無味乾燥な空間を満たす草木があるというのはありがたい。そうでなければ、たちまちなにかに押しつぶされそうな感を抱くことになるだろう。さて、わたしは、ジェロームの車とブローの車の間に駐車した。いつにも増して重圧に押しつぶされそうだった。

今日こそは、わたしが見破ったベルモンの秘密をみんなに話すかどうか決めなければならない。話すからには、わたしの身の上に起った出来事も打ち明けなければなるまい。盗んだフロッピーディスクを返しにスダン宅まで赴いたこと。その際、スダンの父親に鞭で打たれ、件の軟膏を使う羽目になったこと、等、すべてを包み隠さずに。いや、そこまでする勇気は持てない。やっぱり、打ち明けるのはあきらめたほうがよさそうだ。

すぐに建物のなかに入る気にはならなかった。そこで、車のボンネットに寄りかかりながらスリムを携帯で呼びだした。

「すまないけど、ちょっと相談したいことがあるの……」

「電話で相談に乗るのはごめんだね」相手は答える。「カフェで会うんでなければ。それが嫌なら、べつのだれかに電話すればいい」

「明日の朝は何時に家を出るの？」

「八時二十分だよ。行きがけに子供たちを送っていかなきゃならないんだ。学校の前にカフェがあるから、そこできみと落ち合える。病院に出勤するまで三十分ばかり時間が空くんでね」

「子供の送り迎えまでするなんて、偉いわね！　尊敬しちゃうわ。シメーヌにもよろしくね」

「そいつは難しいな。シメーヌは出発したんだ」

「どういうこと、出発したって？　どこへ出発したの？」

　スリムは突然わめきだした。

「チベットだよ！　彼女が関わっている発掘調査の話、憶えているだろう？　出かけてからかれこれ一週間になるかな。はっきり言って、もううんざりってとこだな」

「長く滞在するの？」

「一カ月だとさ！　話を聞いたあとには、さすがのぼくもやけ酒飲みましたね」

　わたしがなにか言おうとしたときには、もう電話は切れていた。そういえば最近、シメーヌからメッセージが五、六本届いていたはずだ。きっと別れのあいさつをするつもりだったのだろう。けれどこんなに親しい間柄であればこそ、互いの友情を確かめ合う必要などないと思っていたし、忙しくてメッセージのチェックさえしていなかった。いや、まったく、かわいそうなシメーヌよ。見送る女友達もなく、一人寂しく出発せざるをえなかったとは。

「こんばんは《ボンソワール》、ヴェラ」シェイラがぼそぼそと言った。交換台を前にして、〈自律訓練法〉の入門書に没頭している。

案の定、わたしの到着時間をチェックするために、彼女は腕時計をちらりと見た。いつものことながら、人の神経を逆なでする仕種だ。でも今日のところは、わたしは罪の意識に苛まれていることもあって、彼女に対して控え目な微笑を送ってやった。

「こんばんは《ボンソワール》、シェイラ、呼び出しは来ているの？」

「今のところはまだ。エレーヌがあなたと話したがっていたけれど、待たないで帰ってしまったわ。いちばん下の子が病気とかで。あなたのオフィスにことづてを残していったはずよ」

エレーヌの伝言によると、ジェニファーの葬儀が近いうちに行われるそうだ。ＣＩＰからだれか一人、出席すべきではないか、とも言っている。しかたがない、わたしが出席することにしよう。その旨を記したポスト・イットを、彼女のパソコンに貼りつけておいた。

そうこうするうちに、ある一般医から来てくれと依頼があった。一般医本人がパニック障害の発作に陥ってしまったのだという。わたしはすぐに出発した。夜の間は事務所に帰れないほど忙しければいいと、切実に願っていた。エティエンヌと顔を突き合わせていたくなかったのだ。彼が最近、わたしの心のなかを読もうとしているらしいのがうっとうしくてならなかった。こちらとしても、隠しておきたいことを山ほど抱えているのだから致しかたない。

まず考えねばならないこと。それは、ベルモンがああいう秘密を持っていることが、マニュエルの境遇を変えるきっかけになるのか？　ということだ。理屈から言ったら、ノンだろう。ポール・ベルモンがマリー殺しとは無関係である以上、二人はあの館で同居しつづけるからだ。ただしそれは、偶然均衡が保たれているにすぎない。ところで精神科医というのは、警察官と同じく偶然を重要視しない。ではなにを重要視するかというと、連鎖を重要視するのだ。あるいは、過失を。例えば、ベルモンの場合で言えば、倒錯的傾向が不幸にして現実と結びついてしまう可能性を、精神科医はつねに想定していなければならない。ベルモンは特別な趣味を持っていたせいで、ある男と親密な関係を結んだ。とてつもなくたちの悪い男だ。おかげで、妻と娘は命を落とした。こういう過ちを犯した点で、彼は道義的責任を免れまい。わたしは直感から、できるだけ早くマニュエルを養父から引き離さねばならないと思っている。けれど今のところ、どこから手をつけるべきか名案が浮かばないのだ。

21

そこはグサンヴィル（パリ北郊の町）の北方の、とある一軒家だった。ここらあたりはすでにパリの郊外からは外れている。かといって田園地帯というわけでもない。わたしの車はすでに二時間前から、その家の小庭の前に止まっている。このあたりの住居はどれも、小さな庭付きの一戸建てだ。土塀の向こう側には赤い三輪車とか、黄色く塗りたくったブランコなどが見える。

一般医のパニック障害はどうやら収まった。お次の急患は若い夫婦者だった。つまりこの庭付き一戸建ての主。彼らは、精神科医との面談には慣れているらしい。テレビ番組に出演しているみたいにリラックスして、さっそく胸のうちを明かしはじめた。と、そのとき、わたしの携帯が鳴った。

「こちら、シェイラですけど……」

またしても理不尽な要請か。けれどここは、謙虚に、謙虚に、と自分に言い聞かせる。

「エティエンヌにまかせられないの？……わたしだって彼と同じ意見なのよ。つまり、警察の指図のままに動くのがわたしたちの仕事じゃないという……あなたがなにも警察の顔を立てることはないのよ、シェイラ。あなたはやるべき仕事をやっていればいいの……出動要請をわたしたちに伝達する。わたしたちはただ、やれることをやる……いいえ……違うのよ、シェイラ。あなたを下っ端扱いしようなんて気はないの。そんな気は全然……ええ、同感だわ。水曜日の会議のおりに、議題にしましょう……それじゃ、わたし今患者さんと面会中なのよ。こちらが終わったらさっそくうかがいますって、そう伝えて」

この夜のどこかに、わたしの専門知識を切実に求めている人がいるという事実が、にわかにわたしを身の引き締まる思いにする。見ると、若い夫婦は早くも眠気をもよおしているようだ。わたしは妻のほうに、一週間仕事を休むように、そしてその間、何度かCIPを訪れるようにと申し渡した。それから、ブランコのある小庭を横切って、車のほうに向かった。

三十分ほど高速道を走ったあと、回転灯が狂ったように点滅するのが見えてきた。どうやら現場に到着したようだ。警察官たちはすでに配置についている。番地はアルエット通り九五の二。ものものしい雰囲気とは裏腹な、本来は静かな地区だ。七階建ての新しい建物が何棟か立ち並んでいる。無味乾燥なファサードには、階段番号が大きな文字で掲げてある。階段を登っていくときの足音がここまで響いてきそうだ。どう見ても金持ちの住む集合住宅ではない。かといって、公的支援が必要なほど落ちぶれた人々が住む場所でもない。

さて、警察車両と救急車の間に車を停めると、ヘッドライトのなかを制服を着た男たちが行きかっているありさまが見てとれた。何人かの者はトランシーバーを手にして、さかんにどこかと交信している。集合住宅の住人たちは、サンダルばきや寝間着姿といった格好で、隅の離れた場所に固まっていた。彼らは皆、C棟の窓の一つを注視していた。そこにサーチライトの強烈な光が当てられているのだ。ベルモン夫人の転落事件を教訓にしてのことだろう、窓の下には、まんいち人が飛び降りてくるのに備えてシートが張られている。建物わきのマロニエの木のてっぺんには、狙撃手が一人配置されている。と、突然、叫び声が上がった。五階のその窓から、なにかが放り投げられ、張ってあるシートのうえに落ちた。落ちてきたのは、人間の手だった。

「まさしく〈食人鬼《カニバル》〉ですね」マルシオニ警部がわたしと握手しながら、陰鬱な声で言った。「やつは十年前からここに住んでいます。ふだんは礼儀正しくて、控え目な男だったそうです。夜半頃、パーティー帰りの若者が、ミニバイクの車輪のそばに人間の足が落ちているのを見つけました。すぐ近くには前腕部も。どうやら五階から落ちてくるらしいと気づいて、警察を呼んだんです。これまでにわかったところでは、人質になっているのは七十五歳になる隣人の男性です。ただし、体を切り刻まれているのがだれかは、今のところわかっていません。人間を食いはじめる前は、飼い犬を同じように切り刻んでいたようです」

「さっき落ちてきたのは、人質の手ではないのですか？」

「もちろんです！　人質に危害が加えられているなら、とっくに突入しているでしょうよ！　とりあえずは、建物の住人を全員退去させました。警察が自由に動けるようにね。人質は椅子にくくりつけられていますが、無事のようです。狙撃手の照準器は完全に犯人の姿をとらえています。なのにやつは、正確に仕留められる射程内には決して入って来ようとしません。頭がいかれているのは確かなんでしょうが、馬鹿というわけではない……」

「回収した手足の一部を、きちんと調べてみましたか？」

「三十歳代の男性のもの、ということです。今のところ、わかっているのはそれだけです」

「警察以外に、男と接触しようとした人はいましたか？」

「隣人のなかに、友人らしい友人はいません。警察が到着する前に、一度窓辺に姿を現したそうです。そのとき、自分は『黙示録』の五人の戦士の一人だと、大声でわめいたとのことです」

「それでは、一種の会話が成立したのですか？」

「そうとも言えますね。確かに問いと答えのやりとりはありました。まるで完璧な酔っ払いでしたよ。ああ！　もう一つ、大事なことがあります。やつは変装しているんです」

「なにに変装しているんです？」

「〈蜘蛛男《スパイダーマン》〉です」マルシオニは苦々しげに答えた。「赤と青のストライプの入った作業着を着ていてね、その格好で四つん這いに這って歩くんです。うちの幼い孫息子とそっくりですよ」

とすると〈一過性譫妄《せんもう》〉か。つまり突発的な発作ということだ。重度の精神疾患に変わりはない。わたしはアタッシェケースのなかに、あらゆる種類の精神安定剤を所持していた。けれど、どう服用させるかが大問題だ。

「お見受けしたところ」わたしは苛立ちを隠しきれずに言った、「あなた方が《下着のなかにバラの実のけばが入っている》みたいに落ち着きなく動き回っているのは、ＣＩＰが本格的に乗りだしてくるのを期待してのことなんでしょうね」

「なんですって？」マルシオニはさっそく抗議する。「そんなことは断じてありません！」

わたしは肩をすくめてみせる。

「警察の方々には、わたしからの合図を待つように言ってください。それから狙撃手の方には、わたしをサポートしてくれるようにと。犯人を部屋から出てこさせるよう、わたしがなんとかやってみます」

よろしい。物事をなすには、しかるべき時機というものがあるのだ。動物の絶滅を防ぐのにも、『ピース・アンド・ラブ』を叫ぶのにも。花を送ったり、鈴を鳴らしたり、という些細な行為も時機を失してはならない。もちろん、理想を捨てて手持ちの札で間に合わせるべき時機というものだってある。わたしの場合がまさにそうだ。まあ、手持ちの札に関しては大したものを持ち合わせていない。それでもわたしは、このみじめな低家賃住宅《アッシュ・エル・エム》の五階まで登っていく気になった。そう、〈食人鬼〉の腕にハルドール（中枢神経抑制薬の一つ）を注射してやるつもりなのだ。たとえ注射器を空にしそこなったとしても、そのときは窓から飛び降りればいい。窓の下にはしっかりとシートが張ってあるのだから。

そう思うとにわかに前途が明るくなる。気持ちのほうも軽くなって、エレベーターを使わずに階段を登っていく気になった。べつに急ぐ理由などないではないか？　なのにわたしの気分はいっこうに高揚してこなかった。それが正直なところだ。例の、カンボジア人による乗っ取り事件の反動だろうか？　あまりにも多くの狂気を、精神的悲惨を、流血を、短期間のうちに見てしまったからかもしれない。信念を見失ってしまったという自覚も、漠然とだが抱いている。

ふと気がついた。階段を降りてくる足音がする。この建物で今起っている出来事など、まったく知らないかのような足音だ。タン、タン、タン。踊り場で、いったん途絶える。ふたたび、タン、タン、タン……わたしはかろうじて、唾を飲み込んだ。三階と四階の間あたりで立ちどまったまま、体をこわばらせ、息をひそめていた。タン、タン、タン。規則的な、歩き慣れた場所を歩くような足取りだ。確か、この建物の住人は一人残らず避難したはずだ。そう考えると、バッテリーが上がってしまった。心臓がどこかへ飛んでいきそうな感覚。冷や汗がどくどくと流れる。おしっこをちびりそうになった。足音は聞こえつづける。タン、タン、タン、タン。

「こんばんは《ボンソワール》、マダム……」

一度礼儀正しく会釈をすると、その男はわたしの前を通りすぎていった。五十歳くらいの男で、東欧風の地味なスーツを着ている。ただし、ちゃんとアイロンはかけてあるようだ。ひげを剃った血色のよい顔に、青い目。ボタンをうえまではめた襟元。それらが薄闇のなかにぼんやりと浮かんだ。履いているシューズは、ジャヴェル水（漂白・殺菌用の液体）に晒《さら》したみたいに白い。ようするに、とても身ぎれいで人の好さそうな男。すべてを非の打ちどころなく整えているのが、かえって痛々しく見える――そんなタイプだ。

男はわたしの横をかするようにすり抜け、階段を降りていった。タン、タン、タン、タン。足音だけが遠ざかっていく。

どう考えても思いすごしだ。ようやく理性が戻ってきて、全身の血管を駆け巡る。もちろん、今の男は〈食人鬼〉なんかじゃない。建物のなかに一人居残って、男がなにをやっていたか。確かに、その点については疑問が残る。けれど、男が事件に無関係であれば、彼がなにをやっていたかなんてどうでもいいことだ。極度の緊張から解放された反動からか、わたしは早くもこの仕事にうんざりしはじめていた。

とうとう、四一二号室（フランスでは二階から階を数えはじめる）の前まで来た。来てしまったと言うべきか。

とにかく呼び鈴を鳴らす。じつを言えば、なかの犯人と話し合うのはあきらめていた。いや、一か八かやってみようという気さえなくしていた。そのとき、部屋のドアが、蝶《ちょう》番《つがい》が壊れるくらいの勢いで開いた。犯人が様子を見に出てきたのだ。

わたしはあわてて壁にへばりついた。開いたドアの陰になる側だ。男が廊下に顔を出して外をうかがっていたが、姿を見られずにすんだようだ。数秒が経過した。荒い息づかいが聞こえる。ドアがふたたび閉まった。相当ガタがきているらしく、ギーギーと不快な音を立てる。犯人の仕種の一つ一つからは、並外れた凶暴性が感じられた。ドアがすさまじい音を立てた点については、管理組合に責任の一端がありそうだが。

今一度、呼び鈴を押してみる。力一杯。すぐさま壁に張りつく。今度は男は一歩前方に踏みだしてきた。踊り場のほうをうかがっている。わたしはすぐさま男の背後に回り込み、そのまま玄関口のなかに入っていく。そうして、あわてて戻ろうとした男の目の前で、ドアをぴしゃりと閉ざした。

人質の老人は、椅子に縛られたままかろうじて息をしているという感じだ。部屋のなかは混沌をきわめていた。壁一面に落書きがされている。しかも血液によって。乾いているところをみると、少し前に切り裂かれた飼い犬の血液なのだろう。殺した犬のはらわたを抜いて、腹のなかに筆を突っ込んだ。きっとそうにちがいない。いっぽう人間の死体のほうは、テーブルのうえに横たえられて解剖の真っただなかだ。切り刻まれた肉片のいくつかが電気フライパンで焼かれている。死体は、それほど若い男のものではないようだ。ざっと見たところ、死んだのは今週の初め頃か。もっとも、死んでいる男のことを詮索していても始まらない。犯人に目をつけられれば、人質の老人だって同じように切り刻まれるかもしれないのだ。

わたしは窓のところまで飛んでいって、外に向かって叫んだ。「犯人は階段の踊り場にいます！」

それに対して、何人かの警官が、のどから搾りだすような叫び声を発した。わたしはうしろを振り向く。うなじに荒々しい息が吹きかかるのを感じた。狂った男が、自分の鍵で部屋に入ってきたのだ。わたしの目の前に突っ立っている。赤と青の巨大な蜘蛛の格好で。全身に黒ずんだ血がこびりついている。ぞっとするような姿だった。

男がわたしに向かってなにか言おうとしていたのか、それともなにかをしようとしていたのかは、永久にわからない。一言発しかけたとき、弾丸が男の頭部に命中したからだ。間を置かずに、二発目と三発目が。男はなすすべもなく、わたしの足元に崩折れた。しばらくそのまま、男の死体を見つめていた。階段を駆けあがってくる足音にも、ものものしく武装した男たちがドアを突き破って人質を解放する様子にも、わたしは無関心だった。

「ドクター・カブラル？……ドクター・カブラル？」

ようやく、わたしは顔を上げた。

「ブラボー、ドクター」特殊部隊の隊長らしき男が、一言、そう言った。

「……ああ。本当にそう思いますか？」

「マルシオニ警部が下でお待ちです。お怪我はありませんか？……」

「ええ。すぐに行きます」

マルシオニは、わたしと再会できた嬉しさを隠そうともしなかった。

「あなたがどういうふうに振る舞ったのかわかりませんが、とにかく大胆きわまる行動でした」

「行きがけに階段で男の人とすれ違ったんですけど、その人と話をしましたか？」

「どんな男です？」

「これといって特徴のない……平凡な男です。年齢不詳、無色、無臭。小ぎれいだけが取り柄の男――そんな感じですね」

マルシオニ警部は、信じられないといった表情でわたしを見つめた。

「だれ一人、建物から出た者はいません」警部はきっぱりと言った。

「それは、この建物に複数の出入り口がなければ、の話です……」

わたしのほうが一本取ったようだ。相手は、確かにそうだ、というようにうなずいた。

動揺を隠さずに、

「そのとおりです……建物の端にも出入り口が一つあって、裏手のボイラー室に通じています」

警察を避ける理由のないはずの居住者が、どうしてこそこそと姿を消さなければならないのか？

今になってどっと疲れが出てきた。できればなにも考えたくないところだ。けれど、マルシオニがさらに訊いてくる。

「その男はどんな感じだったんですか？」

わたしはしかたなく、そのとき感じたことを説明した。

「彼はまったく恐怖心を抱いていませんでしたね。一目でそう思ったわけではありませんけど、強い印象を受けたのは事実です。起っていた事件についてはまったく関心がないという感じでした。なぜそんなに落ち着いていられるのかと、ちょっと訊いてみたい気はありました。あまりに場違いな態度でしたから……」

「で、あなたのお考えでは、彼は？」

「わかりません……笑われるのを承知で申し上げれば、男は〈食人鬼〉の友人ではないかと思ったものです。〈食人鬼〉を訪ねてきたのだから、恐れることはなにもないのだと……」

マルシオニは黙り込んだ。それから、

「そんなことはありえない」苛立たしげに言った。

「ありえないことはわかっているのですが……」

「いや、あなたの考えはわたしにだってわかっているのではなくて」彼は釈明するように言った。

「その男について言っているんです。そいつは〈食人鬼〉の知り合いであるわけがないと。あなたが話したような男は、わたしの知るかぎり一人しかいません。そいつは刑務所にいるはずです……」

「確かめたのですか？」

相手は、疑念に取りつかれたような奇妙な様子でわたしを見つめた。それから、回れ右して立ち去っていった。わたしはその場に取り残された。周囲では警察官たちがさかんに動き回っている。そんななかにいて、なんとかして気持ちを落ち着けようとした。人質となっていた老人が救急車で搬送されていく。いまだにショック状態から抜けだせないようだ。白衣を着たゴム手袋の男たちが、掃除機や、ラベルを貼ったポリ袋や、その他さまざまな証拠品が入った箱を手渡ししていく。そのありさまを野次馬たちが見つめている。マルシオニは自分の車から電話をかけていたようだ。やがて戻ってくる。世界の重みを一身に背負ったみたいな足取りだ。

「その男は釈放されました」警部ははっきりとそう言った。「懲役二十年の刑を受けていたのですが、仮釈放されたそうです」

彼の目つきにも、声にも、そしてかすかに震えている口ひげにまでも、苦渋の色がありありと見てとれた。

「だれのことを言っているのです？」

「トゥシェです。例のベルナール・トゥシェですよ。思い当たらなかったなんて言わないでください、ドクター……」

「マリー・ベルモン殺しの犯人の?」

「そのとおりです。今こうして話しているこのときにも、やつは自由に動き回っているはずです」

「でも、ここでなにをするつもりだったんでしょう?」

マルシオニはもう聞いていなかった。わたしの後方に目をやっているのだ。振り向いてみると、スダン警視が大股でやってくる。マルシオニ警部とは対照的にはつらつとした様子だ。

「私が言ったことを警視に話してはいけませんよ」マルシオニがささやいた。「いや、警視にかぎらず、だれにも口外しないでください」

一瞬わたしたち――警視とわたし――の視線が交錯した。それからすぐに、警視は自分より年上のマルシオニに向かって声をかけた。

「首尾よく事件を解決して、さぞかし満足だろうな、マルシオニ?」

この男が皮肉な物言いをするときはろくなことがない。

「殺すしか方法がなかったんです、警視」

「そんなことはどうでもいいんだ。どうしてきみはCIPの助力を求めたのか? 私はそれを知りたいのだ」

「私は正規の手続きにのっとってCIPに助力をお願いしたまでです、警視」

「マルシオニ、きみはドクター・カブラルに護衛もつけず、常軌を逸した立てこもり犯と交渉させようとしたんだな」

「でも……私が彼女を直接選んだわけではありませんよ」マルシオニは色をなして反駁した。「たまたま当直だっただけです。それが彼女の仕事なんですから」

「違う！」うつろに響く声で、スダンが言い返した。「彼女の仕事はきみの代わりに殺されることじゃない。今回の事件は警察にとって恥ずかしいことこのうえない！　きっと懲戒処分が出るだろうよ、マルシオニ」

警視としたことが、顔面蒼白だった。わたしとしては口をはさまないではいられなかった。

「いいですか、警視さん、わたしはだれかに強制されたわけではないんですよ。警部はわたしに選択をゆだねてくれたんですから」

「あなたが選択する問題ではない！」警視が大声で言った。「化石みたいな連中をいつまでも残しておくから、こういう結果になるんだな」

視線をうつろにさまよわせながら、マルシオニは耐え忍んでいた。自分が化石扱いされていることとさえ理解していないようだ。完全に耳を閉ざしてしまっている。

わたしとしては、警視からこれほど大事に思われて嬉しくないはずはない。確かに、彼にしては興奮しすぎている感はある。けれど、わたしをいたわってくれている気持ちは伝わってくるし、その気持ちは素直に受け入れたい。だれにでも多少の弱みはあるものだ。スダンみたいな男にだって。わたしは自身の混乱した気持ちを整理すると、事柄をはっきりさせるためにこう言った。

「終わったことを蒸し返してもしょうがありません、警視さん。わたしは命拾いしたんです。悪いのは警部さんではなく、わたしのほうなんです。あの男と話し合うことさえできなかったんですから。わかってほしいんですが、自分を誇らしく思う気持ちなんかこれっぽっちもありませんよ」

警視は冷笑的に口を歪めた。微笑もうとしたのだがうまくいかなかったという感じだ。おまけに、灰色の目には憎々しげな光が宿っていた。

「行ってもいいですか、警視？」マルシオニが口をはさんできた。「部屋のなかで発見された死体を調べさせているんです。もうそろそろ結果が出る頃ですから」

「行きたまえ」不快感を隠そうともせず、警視は吐き捨てた。

マルシオニは重い足取りで車のほうに向かった。わたしはようやく、トゥシェと警視の間になんらかのつながりがあるのではないかと、気づきはじめていた。けれど黙っていた。疑念がきざしはじめた男に対する思いを断ち切れずに。それどころか、カフェで一服したあとＣＩＰまで送ってやろうというスダンの誘いを、わたしは喜んで受け入れてしまった。


夜明けの少し前に、ＣＩＰが入った病院のパーキングに到着した。わたしの車はすでにそこにあった。警官のだれかがここまで運んできてくれたのだろう。たぶんスダン警視の指示で。空はようやく白みはじめていた。警視はエンジンを切ると、わたしのほうに身を傾けてきた。キスされた。夜の破片のようにわたしからゆっくりと遠ざかっていく、この口づけ以外のことは考えたくもなかった。

今やわたしには、スダンの愛撫は忘れようとしても忘れられないものになっていた。彼はわたしの顔を両手にとって引き寄せた、彼の髪の毛の一部がわたしの目に触れるほど近くまで。わたしは拒むことなく、されるがままになっていた。二人が地上で相まみえる、これが最後であるかのように。相手の顔立ちをなんとしても記憶にとどめておかねばならないとでもいうように。それから時間はあっという間に過ぎ去り、彼はわたしにもう一度、最後のキスをした。

わたしはすべてを振り切るような力をつくして、車から出ようとした。これこそが、愛というものなのか？　愛撫が終わる際の、脚の震えが、皮膚のうえを走る動揺が？　これだけなのか？　これがすべてなのか？　わたしはいかにもわざとらしい、ゆっくりとした手つきで、グローブボックスを開けた。例の軟膏がそこにあった。すぐ使ってくださいとでもいうように。

「これはなに？」

「……」

相手はなにも答えずに、身構えたようにわたしを見つめた。さらに言葉を継いだ。

「あなたにはいつもそれが必要なの？」

「必要だと、よく知っているくせに」

　わたしはゆっくりと首を振った。

「ねえ、目を覚まして、わたしは今のところなにも知らないんだから。なにもわかっていないいんだから。でもこれだけははっきり言える。あなたは今すぐやめなければいけない」

「もう遅すぎるよ」

「いいえ、決して遅すぎはしない。わたしが助けてあげる……けれどその前に、あなたは自分でできることをやらなければ……」

　わたしは彼を愛していると言っているのか？　本気で愛する気なのか？　自分でもわからない。とにかく、彼を救うためならなんだってやる——そんな気持ちだった。

22

朝の八時二十五分だ。スリムの子供たちが通う学校の前は車でごった返している。クラクションの合間にはドアをばたばたと開け閉めする音が響き、子供たちが歩道に飛びだしてくる。子供たちがクラスメートの名を呼びながら駆け去ったあとには、大人たちが身動きできなくなった車とともに取り残され、閉口している。また、険しい顔をした親たちが、子供に合わせたおぼつかない足取りで車の間を歩いていく姿も見られる。まだ眠気まなこの子供を無理やり学校まで引き連れてきたのだ。わたしは車を歩道に寄せて駐車した。そうしてから、ちょうど学校の正面にあるカフェのテラスに腰をおろした。

まもなくスリムが、通りをこちらに向かってきた。下の娘を肩車し、上の息子の手をしっかりと握っている。校門を通りすぎるときにも、娘はまだ父親の首にしがみついていた。あとで校長先生から小言を言われるにちがいない。息子のほうは、クラスメートの姿を見つけるとさっそく駆け寄り、いっしょに校舎のなかに入っていった。父親にはキスしようともしない。やっと、わたしに合図を送りながら、スリムはやってきた。

「水牛の群れに踏みつけにされたみたいだな」わたしのことを頭のてっぺんから足の先までじろじろ見ながら、スリムは言った。

「こうして出てきたばっかりにひどい目に遭ったわ」彼が座るための場所をあけながら、わたしは言った。「クロワッサンにする?」

「いい考えだね」

「チベットから便りが届いた?」

「ああ、まったくすばらしい便りがね」少しとげのある口調で彼は言った。「発掘は順調に進んでいるんだとさ。いっしょに作業しているオランダ人の発掘チームの人たちはみんな気立てがよくて、〈ゴアテックス〉の防寒服のおかげで寒さ知らずなんだと」

「あとどれくらい向こうにいるの?」

「三週間だって」

わたしたちだって、親切で教養もある考古学者たちといっしょに〈世界の屋根〉に旅したいものだなあと、うっとりしながら考えてみる。それができないのは、どこかで間違いを犯したからだろう。スリムはすまなそうな表情で腕時計を見た。

「悪いけど、あまり時間がないんだ。なぜぼくに会いたかったんだい?」

「マゾヒズムについて、わたしよりあなたのほうがよく知っているんじゃないかって思ったの」

「どんなマゾヒズムのこと? ちっぽけなマゾヒズムか、大いなる服従か、どっちのほう？」

「大いなる服従、ってなんのこと？」

「ベッドに手足をくくりつけられるだけじゃないってことさ。つまり、進んで主人ないし女主人を選んで、その人物の慰み物になるんだよ。いっそう暴力的な屈辱の渦に巻き込まれるのを覚悟でね。強い麻薬を服用するのに似ているかもしれない。摂れば摂るほど、必要になる。確かに大いなる服従は、麻薬に似たところがあるな。この道を選んだ者は、少しずつ厳しい扱いを受けるようになり、最終的には肉体を破壊されるに至る……」

「そこではだれもが奴隷みたいに生活するというわけ？」

「そうさ。でもね、そのことは絶対に隠しておかねばならないんだ。仲間に入るのを許された者だけが、見世物に参加することができる。楽しみを長く続けるために、そしてなにより主人が安心していられるように、秘密主義が徹底している」

「趣味の合う相手と出会うにはどうすればいいの？」

「人を介したり、〈クラブ〉が舞台になることもある。最近では秘密裏に機能するネットワークも存在している。もちろん、秘密を漏らすのはご法度《はっと》だし、規範にのっとった生活を装っていたほうが、人の目をくらますのにかえって都合がいい」

わたしは〈食人鬼〉事件のおりに階段ですれ違った男のことを思い出す。地味なスーツ、真っ白いシューズ、きちんと折り目の入ったズボン……。

「その〈クラブ〉で、人が殺されることがありうると思う?」

「そういうことは、想像以上にひんぱんに起っているね。ただし、殺人は計画的なものではなくて、サド・マゾ行為がエスカレートしたあげくにマゾヒストが命を落とすということなんだけれど。まあ、そこまでいくのが連中の真の目的なのかもしれない」

「楽しむのが目的だとばかり思っていたわ!」

「違うな」スリムはきっぱりと言った。「目的は死ぬことだよ、マゾヒストにとってはね。いっぽうサディストの目的は殺すことで、相手を喜ばせることではない。だからこそ両者は一致できるわけだけれど。《性行為には喜びがともなう》なんて考えは、六八年の五月革命以後の世代に向けた方便みたいなものさ。口当りのいい言葉で思考停止させてしまうという……」

スリムはいかにも快活そうに黒い瞳を輝かせている。剃り残しのひげのせいで頬が青ざめて見える。猛禽類に似た顔立ちだ。診療中にこの顔で見つめられると、患者としては怖いだろうなと思う。

「ぼくが大げさに言っていると思っているんだろ? 杓子定規《しゃくしじょうぎ》な考えしかできないアラブ野郎だと?」

わたしは疲れた目をちょっと手で押さえてから、沈んだ声で応じた。

「患者の一人が、そういう〈クラブ〉の手に落ちたらしいの。十五歳の少女よ。鞭でさんざん打たれたあげく、ここで話す気にもならないようなむごたらしいやり方で殺され

しいわ」

「警察には知らせた?」

「わたしの地区を担当している警察官が、どうやら〈クラブ〉の片棒をかついでいるらしいわ」

「まったくもって! ふざけた話だな。そいつが……きみが愛している警官じゃなければいいんだが……」

「わたしはだれも愛しはしないわ」

「わかった、わかった」スリムはいらいらしたように言った。「ねえ、一度くらいは本音で話し合おうよ。きみは女のほうが好きなの?」

「いいえ。これからだって女を好きになることはないでしょうね。男を好きになることだってないから、さしずめ〝ゼロの選択《オプション》〟ってところね」

彼もわたしに合わせて冗談めかして言った。

「〝どちらもなし《ゼロ》〟なんてありえないよ!」

「ありうるってことは、わたし自身が証明しているわよ」

わたしは微笑を投げかけた。なんとなく、うしろからトランペットで囃《はや》したてられる客寄せ道化になった気分だ。六月の青い空はにわかに灰色を帯びはじめている。テーブルのうえの伝票が風に吹かれて下に落ちた。スリムが拾おうと身を傾けた。そのとき雨のしずくが落ちてきた。急いでお決まりの言葉をかけ合ってから、一週間以内にお昼を食べようと約束し、わたしたちは別れた。昔バカンス先から両親に宛てた絵葉書に書き添えていた決まり文句――《いいお天気です。わたしは元気でやっています》というような文句だ――がなぜか思い出された。

家に帰ってみると、留守番電話には十ばかりのメッセージが残っていた。これくらいの数はふつうのことだ。けれど今日は、いつもと違って全部にもれなく耳を傾け、必要があればメモを取った。シメーヌは出発間際に会いそこなったのを残念がっていた。わたしはこれを聞いてチベットまで飛んでいきたくなった。

お次はカリーヌだ。〈金の巻き毛〉の滞在許可証の件をスダン警視に話してくれたかと聞いている。申し訳ないけれど、死んだふりをして時間稼ぎするしかない。カリーヌはこれでよし。つづいては母が、ローズマリーのことを話している。彼女は〈うつ状態〉に陥っているという。当然パスだ。こんなものにつき合っている余裕はない。妹のリンダが、久しぶりだけどご機嫌いかが、と訊いてくれている。なぜか彼女の心づかいだけが身に染みる。リンダの名前は記憶にとどめておこう。

それから突然、女の声が聞こえた。聞き覚えのない声だ。息切れしたように、途中でとぎれとぎれになる。あえぐような口調。聞き取りにくいので音量を上げた。こう言っている。《ドクター・カブラル、あの男が釈放されたことをお知らせしたくて。いつか仮釈放されると思っていましたけれど、こんなに早いとは。くれぐれもご注意ください》。

カチッ。二、三度繰り返して聴いてみる。間違いない。トゥシェの元妻の声だ。控えていた電話番号をプッシュしてみたが、つながらなかった。回線はもう使われていないみたいだ。

だれがどんな目的で、トゥシェを釈放したのだろう？　スダン警視の企みか？　いや、いくら彼でも、そこまでする力はないだろう。ポール・ベルモン？　自分の娘を殺した男に、そんな便宜を図ってやる理由があるというのか？　けれど、例の地味な男は間違いなくベルナール・トゥシェだ。では、完全な錯乱状態にあった〈食人鬼〉がお得意の行為にふけっていたとき、トゥシェがあの建物に姿を現したのには、なにか意味があるのか？　二人の間になんらかの関係があるのは確かだろう。ただし、どんな関係なのかはわからない。

階段を降りていくときの、トゥシェのあの落ち着きぶりを思い起してみる。《こん《ボン》ばんは《ソワール》、マダム》と、いかにも礼儀正しく声をかけてきた。気味が悪いほど落ち着いていた。心の動きがまったく感じ取れないというのも無気味だ。ともあれそんなところに、元妻の留守電メッセージから感じ取れる恐怖心、それに彼女がかつて、夫の残酷さを告発し、罪の意識すら抱いていないとなじった——そのときわたしが思い描いた悪辣な男のイメージ、の源泉があるのだろう。

トゥシェがサイコパスであることは、わたしみたいな専門家でなくともわかることだ。

几帳面で、何事も整然としていないと気がすまない。やや強迫神経症的なところがある。いっぽうで感情を整理する能力に乏しく、たちまち暴力行為に走ってしまう傾向もある。マリー・ベルモン殺しがなによりの証拠だ。

元妻がしてくれた話をもう一度思い出してみる。特に、マリーが殺されるまでの、ベルモンとトゥシェの関係についての話。ベルモンはトゥシェの導きで〈クラブ・デ・ジャルディニエール〉に加入したのか？　今もメンバーなのか？　二人はこれから、再会する機会を持とうとするだろうか？


シャワーのあとで、しばしの間、洗面台のうえの鏡に映った自分の顔を眺めてみる。青いプラスチックで縁どられた小さい鏡で、一本の釘に引っかけられている。今、その鏡のなかには、一人の女のイメージがある。透きとおるような青ざめた顔。濡れたまま撫でつけられた髪は、目の色と同じくくすんだ赤褐色をしている。久しく忘れられている人物の、セピア色の写真みたいだ。存在したかさえも疑わしい人物の。

バスローブの帯を締めてから、わたしはドクター・アッケルバウアーの電話番号を押した。思えば、この二週間で三回も予約をキャンセルしていた。ドクターは、わたしの身になにか起っていると悟ったようだ。秘書を通してすぐさま電話に出たからだ。

「もしもし？　ああ、親愛なる同業者……具合はどうかね？　なにか心配事でも抱えているのかね？」

ドクター・アッケルバウアーは生殖器奇形の専門医だ。それだけでなく、心理学の知識を持っているのも自慢の種なのだ。わたしとしては、彼にはまだまだ改善してほしい点がある。特に、ことあるごとにわたしを同業者扱いするのには閉口する。

「いいえ……その……ええ……もうそろそろ考えなければいけないと思って……」

「……手術をすることをかね？　もちろん、そうする気になってくれると思っていたよ。いつまでも天使みたいな生活を続けられるわけがないからね。きわめて残念ではあるけれども……」

　どう答えたらいいのだろう？　わたしの性生活に幻想を抱かない人がいるとすれば、それはまさしくドクター・アッケルバウアーだ。思春期の間――体の成熟が遅く、目立たない存在だった――わたしがどちらかに決めたと言えるような兆候を見逃すまいと、彼は目を光らせていたのだ。その結果、女性ホルモンを投与することに決められた。それまでの薄っぺらな胸がふくらみはじめた。経過は順調に推移し、Bカップの八十センチを誇れるまでになった。これを喜んだドクターは、行きつけのユダヤ教会堂《シナゴーグ》でロウソクを上げた。こうしてわたしは、正式に性の対象としての列に加わったわけだ。めでたしめでたしと言うべきか。

　アッケルバウアーの診察を受けるときはいつも母が付き添った（母は十分後には涙を流しはじめた）。わたしにとっては針のむしろに座っているようなものだった。さまざまな治療を試み、もう手術しか手段がなくなってしまうや、わたしはドクター・アッケルバウアーを避けるようになった。けれど、ドクターなしではわたしはやっていけなかった。例えば捻挫《ねんざ》をしてほかの医師の治療を受けることは、生理的に耐えられなかったのだ。結局、なんだかんだと言いながら、わたしはドクターのもとに年に一、二回は通っていた。その際、前もってレクソミル（精神安定剤の一つ）を服用していくのは忘れなかったが。

「肝に銘じて欲しいんだが、いつまでも堂々巡りしているわけにはいかないんだからね。きみはもう子供ではない。なんの危険もないんだ。こんにちではもっと難しい手術はいくらでも行われているしね。さあ、決断しなさい。手術するなら早いほうがいい。なんなら明日にでも。私より腕のいい外科医を紹介することだってできるよ」

わたしはたちまち苦境に立たされた。ウイともノンとも答えることができず、自分でもわけのわからない文句をつぶやいただけだった。九年間治療を受けて、おぼろげながらわかったこと――それは、手術をすれば、神様が造り給うたとおりの姿で愛されるのをあきらめざるをえない、ということだ。わたしをこんな体に造り給うたことで、神を恨む気持ちは毛頭ないのだ。結局、わたしがいつも望んできたのは、母がある日突然泣くのをやめること、そしてわたしを美しくてすばらしい娘と思ってくれることだ。母がもう恥ずかしさを感じないようになることだ。

しかしながら、わたしは大人にならなければいけないし、夢を見るのはそろそろやめなければならない。わたしにとって運がよかったのは、これが外目にはわからないハンディキャップだということだ。これを逆手にとって、手術したように見せかけることはできるだろう。そうだ、そのようにして現実を泳いでいけばいいのだ。たとえ人をだますことになっても。

ほとんど無言のまま受話器を置いてから、三十分が過ぎた。汗まみれだった。吐き気を覚えていた。それでも、ふたたびドクターの診療所に電話をかけた。予約をキャンセルするためだ。今度は秘書も、ドクターをわずらわせることはなかった。わたしのことをどうしようもない臆病者だとは思っただろうが。

すると、高地を通り抜けて流れていく急流のように、わたしという存在はたちまち快活なリズムを取り戻した。手術のことはくだらない問題として思う存分コケにしてやったのだから。わたしはもう空腹も眠気も感じていなかった。昂った神経を癒すには、少しばかり活動するだけでいい。で、昼近くには、わたしは遺体安置所の前に車を乗りつけていた。

赤い合成樹脂のミニスカートと、それに合わせたブルゾンといういでたちに当惑してか、検死医はわたしがだれだかすぐには思い出せなかった。彼は、昨晩のあの事件の際には命を落とさずにすんでなによりでしたと、ねぎらいの言葉をかけてくれた。わたしはもちろん、その言葉をありがたくうかがっておいた。

この前来たときには、ジェニファーの遺体を目にしてひどくショックを受けてしまって、この検死医をじっくり観察する時間がなかった。彼が身につけているもの——マスク、長靴、手袋、前掛け、などはこの人物について大したことを語ってはいない。そういったものを身につけていなくても、平凡な五十歳代の男にしか見えない。あえて言えば、人好きのする初老の男というところか。

「彼に会いに来たんでしょう？」

「だれに？」

「決まってるじゃないですか、〈食人鬼〉ですよ！　まだ検死解剖は始めていませんがね、削り取った皮膚の薄片をＩＮＳＥＲＭ《アンセルム》（〈国立衛生医学研究所〉の略）に送るつもりでいます。クレテーユ（パリ南東に位置する都市）に新しくできた研究所にね」

「精神疾患を研究する部門が新しくできたんですよね？」

「ご存じでしたか？　すばらしいことですよね？」

「そうですね」相手が息をつぐのを見計らって、わたしは言った、「でもわたしに興味があるのは〈食人鬼〉ではなくて、彼の部屋で見つかった死体のほうなんです」

「まったくもって、なにを見てもへっちゃら、ってわけですな！　彼はあらかた食いつくされましたよ。まあ、あなたは運がいいほうです。私が報告書を作ったんですから。待ってください。今書類を持ってきますから。そのあとで、死体をお見せしましょう」

「ジェニファー・バルベに関する書類もいっしょに持ってきてくれますか？　両者をつき合わせてみたいんです」

　相手はいったん口をつぐんだ。それから、じょじょに驚きの表情になっていく。

「二つの殺人の間に関係があるとお思いですか？　私が見たところ、そういう痕跡は発見できませんでしたが」

わたしたちは個々の遺体が安置されている部屋に向かった。クロームメッキした引き出しのなかに例の死体は納められていた。検死医が引き出しの取っ手を引く。男が現れた。片方だけ残った足に番号札がくくりつけてある。駐輪場で発見されたほうの足は、やはり番号札のついたビニール袋に入れられて、死体のわきに置いてある。

わたしは言いたいことをズバリと口にした。

「死体損壊そのものには興味がないんです、ドクター。それは〈食人鬼〉の行為に決まっているんですから。つまり、正確な死因を知りたいんです」

「心臓の停止です」

「原因は？」

「正確に言うのは難しいです。死体はひどく痛めつけられていますからね。死亡したのは約一週間前です。それでも自然死でないことは私にも断言できます。頭巾をかぶせられ、両手をうしろで縛られた状態のまま胴体から吊るされていた、それも長い時間。皮膚には微少な繊維片と、特徴のある傷跡が残っている。体には無傷の個所があった反面、残りの部分は一面血腫に覆われている——以上のことから、縛られ、吊るされた状態で全身に激しい打撃を加えられたと推定できます」

わたしは話を聞きながら、検死医の持ってきてくれた資料に目を通していた。そこに書いてあることは、わたしの考えの正しさを立証してくれていた。

「警察が死体の身元を確認したと思いますが……」

「しごくまじめな、一家の父親だったということです！」悲痛な面持ちで検死医は言った。「おまけに上級管理職だったとか！　サン＝カンタン＝アン＝イヴリーヌ（パリ西方の新都市）まで毎日通っていたそうです。妻は夫の帰りが遅いのには慣れていましたが、愛人がいるのではないかと疑ってもいたようです。あるとき二日間の予定で研修会に参加するというので、妻が秘書にそれとなく問い合わせてみたところ、研修会などというのは真っ赤な嘘だと判明しました。それどころか、予定の二日が過ぎても夫は帰ってきません。怒った妻は弁護士に離婚についての相談をしたとか。離婚をすみやかに成立させるために、夫の失踪手続きをとるよう勧められたとのことです」

わたしは切り刻まれた死体をチェックしながら、頭のなかではべつのことを考えていた。そして、これだけは訊いておかねばという問題を、相手にぶつけてみた。

「わたしはこの問題の専門家ではないのですが……被害者の男性がマゾヒストだった可能性はあると思いますか？　つまり彼が性的快楽を味わっているさいちゅうに、事態が悪いほうに展開して命を落とす羽目になったとか」

一人の平凡な検死医のなかにだって、探偵が住みついている。その探偵が活動を始めたようだ。もちろん、わたしのなかの探偵だって例外ではない。彼は資料を手に取ると、熱心に目を通しはじめた。自分で作った資料なのだから、記憶をさかのぼるようなものだろう。ときどき、死体の傷口をチェックし直したり、ポケットからルーペを取りだしてもっと仔細に検討したりした。そして、こう言いだした、

「もっと早くここへ来てくだされればよかったのに。そう思うと残念です！　ゼロからやり直さなければなりませんな！　でも……おっしゃるとおりだと思います！　彼はマゾヒストにちがいありません！　そう考えると、多量に発汗していたり、射精の痕跡があったりするのにも説明がつきます。じつはその点に関してDNA鑑定を依頼したのですが、結果はまだ得られておりません……」

「ドクター……お聞きしたいのですが、この男性がSMプレイ中にこうむった扱いと、ジェニファー・バルベが受けた仕打ちとの間に、なにか共通点はありませんか？」

検死医は首を振った。

「あなたはちょっと先走りしすぎていると思いますよ。ジェニファーは複数の加害者の手で殺されました。わかっているのはそのことだけです。絶命したあとも虐待は長く続いたもようです。加害者たちは、虐待している間に彼女が死んだとは気づいていなかったと思います……」

「両方のケースとも、鎖と、鞭と、頭巾が使われたはずです」

「おっしゃるとおりです」資料に目を通しながら、そう認めた。「ほら、もっと確かな根拠だってありますよ。ここを読んでごらんなさい……ジェニファーの件について、分析室はこう結論づけています。つまり、少女が監禁された場所は、天井が低く、もろい

壁には塗装がされていない、地下室のようなところにちがいないと。ところで、私はこの男性の前頭葉付近の頭部に、微量のセメントがこびりついているのに気づきました」

「そんなものでもなにかの手がかりになるんですね！」

「両者の遺体に付着した塵を採取して比較してみる、という条件付きですがね。正直言って、今までそんなことは考えてもみませんでした。二人の被害者の間にはなんの関係もないんですから。でも、この方法で白黒つけることは可能でしょうね。あなたは、〈食人鬼〉が二人とも殺したとお思いですか？」

「たぶんそうではないでしょう。〈食人鬼〉はたんなる人肉嗜食《ししょく》者にすぎなかったと思います。だから彼自身が被害者を殺したわけではないのです。彼が表している病理は、二人の被害者を死に至らしめたサディストたちの病理とはまったく関係ないように思います。サディストはあくまで意識的ですが、〈食人鬼〉のこのむちゃくちゃなやり方といったら……」

「そうはいっても、彼は土手で死体を見つけたわけではありませんよ！」検死医が反駁した。

　わたしはここで、べつの仮定を持ちだした。

「あの〈食人鬼〉を利用することが、じゃまになった死体を厄介払いするまたとない手段となっていたとすれば？」

「ごみ捨て場みたいに？」

「というより、まんいちの場合に責任をなすりつけられる存在として利用した……」

「私にできることは」相変わらず物思わしげだが、はっきりした口調で、検死医は言った、「いつもとはべつの角度から検死解剖をやってみることです」

「どんなふうに?」

「そうですね、例えば、心臓停止を引き起す原因になった行為を特定します。そしてジェニファー・バルベの場合に致命傷となった傷と共通点がないか調べてみるのです……納得できる成果が得られるかどうかは微妙ですが、やってみる価値はあるかと……」

わたしは検死医に携帯の番号を教えた。そしてお互いに満足しながら別れた。彼からの連絡を待って、初めて確証が得られるわけだが、わたしとしては大方の見当はついていた。なぜあの夜、トゥシェがあの建物に姿を現したか——彼は、自分のところで出た死体を片づけるために、〈食人鬼〉のもとに運んできたのだ。ただし、誤算だったのは、利用価値があると思っていた男の精神状態が予想以上に悪化していたことだ。〈食人鬼〉の錯乱ぶりは限度を超えていた。それでも、トゥシェが立ち去りぎわに、目の前で展開されている光景を思う存分堪能したのは想像に難くないが……。

トゥシェが釈放されたのは(あるいは条件付きで自由の身になったのは)きっと、わたしがCIPでポール・ベルモンと面会した日の前日だろう。あの日にベルモンが話したことと、トゥシェの釈放の間にはなんらかの関係があるのだろうか? マニュエルが自分の家にいながら感じている、現実とも幻影とも決めかねる危機意識だけが、強く印象に残っている。ベルモン邸は〈クラブ・デ・ジャルディニエール〉の隠れ蓑になっているのか。〈クラブ〉の集まりが邸内で行われているとか？　ポール・ベルモンのような公職にある人物が、そんな危険を冒すものだろうか？　ありそうにないことだ。けれど、確かめてみる必要はありそうだ。

いっぽう、数日来わたしを捜しているという〈やけに清潔感のある男《ムッシュー・プロップル》〉がだれかについては、もはや疑いの余地はない。だとすれば、だれがわたしのことを話したのか？　刑務所のなかにいながら、彼はどのようにしてわたしの存在を知ったのだろうか？　いくつかの可能性はある。けれど、そこにはどうしてもスダン警視の名前がちらつく。彼が関わっているのかと思うと、わたしは気も狂わんばかりになる。

23

「こんにちは《ボンジュール》、マニュエル！」

「ああ、ヴェラ！」

マニュエルはプールから急いで出てきた。わたしのほうに走ってくる。相変わらず痩せているが、以前にくらべたらずっと日焼けしている。全身に日焼けどめクリームを塗りたくったべべが、わたしを迎えるために立ちあがった。二人の明るさは、不吉な影の漂うこの芝生の真ん中で、ひどく壊れやすいように思われた。

「あなたたちだけなの？」わたしは尋ねた。

「いいえ。ロールがサロンにいるわ」

「ロール・パスカル？　例の……ジャーナリストの？」

「ええ」べべはわたしの視線を避けながら答えた。

おやおや。底知れないと思っていたべべの天真爛漫にも、とうとうひびが入りはじめたというわけか？

「ポール・ベルモンはいらっしゃる？　マニュエルを連れていくって、前もって知らせておいたんだけど」

「帰ってこないんです」

「あら、そうなの？」

わたしはべべが、若さに似合わず悲しげで、心配そうな表情をしているのに気づいた。

「どうしたっていうの、べべ？」

「ベルモンさん以外にも困った人が現れちゃって、ドクター。あたしにはやるべき仕事がたくさんあるんだけれど、あの人にうろうろされるのにはいい加減耐えられなくて……」

「ロール・パスカルのことを言っているのね、ベルモンさんの新しい恋人の……」

「最近できた恋人ではなさそうなんですけどね」そう言うべべの表情には冷ややかな笑みが浮かんでいる。

「ぼくだってあの人を好きになれないよ」マニュエルが穏やかに口をはさんできた、「でもパパはあの人が来てからずいぶん優しくなった」

「それはそうね」べべが同意する。「ベルモンさんがいなければ、あたしすぐにでもこの家を出ていくんだけど……」

さて、わたしたちは家のなかに入ろうとプールのまわりを片づけはじめた。その間、わたしは何気なくべべを観察していた。丈の短すぎるTシャツが、丸みを帯びた腹をあらわにしている。こうして、やや太めの体形を見ていると、青白い太腿、それと赤みを帯びた子供のような頬とあいまって、なぜかわたしはジェニファーのことを思い出した。あの若々しくて無垢《むく》な肉体を。ところで、わたしはもう、わずかでも危険を冒すのはごめんこうむりたい——そんな気持ちでいっぱいだった。

「べべ、あなたは無理してここにとどまっていることはないのよ。ベルモンさんに電話してみるから。何日か休みをもらうのも、あなたにとっては悪いことではないでしょう……」

「でも、ドクター、あなたにはわからないんだわ！」べべは不安を隠せない様子で叫んだ。「それをきっかけにもう来なくていいって言われたら、あたしはどうすればいいんです？」

「ねえ、べべ……あなたはわたしとここを出ていくのよ……あなたはここにはとどまらない。わたしの言いたいことがわかる？」

べべはわたしのことを見つめた。わたしの冷淡な口調に驚いたのだろう。けれど言い返してはこなかった。彼女はけっこう勘が鋭いから、この邸宅に蔓延している腐臭をすでに嗅ぎつけているにちがいない。

「出かける前に、あなたに家のなかを案内してほしいんだけど」わたしはマニュエルに向かって言った。「カメラを持ってきているから、写真を何枚か撮りましょう……」

まずはプールの前に立っているマニュエルの姿をポラロイド写真に収めた。ついで、べべに追いかけられて芝生を走っている様子を。四角い紙に少しずつ像が浮かんでくるさまを、マニュエルは興味津々といった表情で眺めていた。いっぽうでわたしは、調理場に通じている勝手口から入っていけるよう、二人をそれとなくそっちのほうに誘導した。

わきのほうにある扉を指さして、

「ここから地下室に行けるの？」

「いいえ、そこは洗濯室。洗濯機や、そのほかのいろんな道具が置いてある。言わば物置きみたいな場所ね。地下室は、あっち……」

狭い廊下を超えて、さらにその先へ連れていかれた。二人ともわたしを案内できることが嬉しくてしかたがないみたいだ。地下室に着くと、わたしは写真を一枚撮った。壁がワインボトルでびっしり埋まった広い部屋だ。どれも最高級の銘柄らしい。ただしこの地下室は、例の〈クラブ〉を宣伝するビデオが撮影された場所とは違うようだ。床に残ったかびの跡やところどころに蜘蛛の巣がある光景は、あのビデオ映像とは明らかに異質なものだ。ジェニファーが殺された場所はここではないだろう。

「この家には、もう一カ所地下室がある？」

二人とも首を振った。

この家の探索は、どうやらこのへんであきらめねばなるまい。トゥシェの痕跡も、〈クラブ〉の会合が行われたという証拠も、このベルモン邸には見当たらない。だからといって、なんとなく死臭が漂っているように感じるこの屋敷の雰囲気に変わりはない。いや、さらにむごたらしい事件が起る気配さえある。

マニュエルの部屋では、さっそくべべが彼の衣服をバッグに詰めはじめた。わたしはマニュエルに、好きなおもちゃを持っていくようにと勧めた。彼をこれからどうしようという考えをわたしはまるっきり持っていなかったけれど、この家に残していくことだけはできなかった。ロール・パスカルについてわたしが知っていること、そしてわたしがこれまでに見てしまったことを考えれば、マニュエルを見捨てることなどできはしない。とにかく急がなければならない。こういう機会が二度と巡ってこないことは、本能的によくわかっている。

「ここでなにをやっているの、あなた方?」突然、かん高い声が響いた。

ロール・パスカルが戸口に立っていた。おとぎ話に出てくる性悪な王妃みたいな雰囲気で。磁器のような青みを帯びた目、かつては美しかったにちがいない、きつい顔立ち、短くカットしたブロンドの髪、ハイヒール、かなりおとなしめではあるタイトスカート——そんな姿で仁王立ちしているのだ。わたしは淡々とした口調で応じた。

「マニュエルを連れていくんです。ベルモンさんと約束していたんですけど……」

「ポールは今日の午後はだれとも約束していないわ」

「それじゃ、わたしが嘘をついていることにしてください。この子を誘拐しようとしていると思ってくださっても結構です」

「あなたがなにをしようとしているか知りませんけれど」ロールは顔をしかめながら言った、「でもマニュエルにはポールが帰ってくるまでここにいてもらいます。まかされているのはこのわたしなんですから」

この女は熱に浮かされているようだ。こういうのも症例の一つと言えるだろう。彼女はマニュエルに対してなんの権限も持っていないのに、自分には権力があるように思い込んでいて、見境なく力を行使しようとしている。わたしには彼女に従う義務などないことさえ忘れてしまっている。神経症としては特にめずらしい例ではない。わたしはやにわに携帯を取りだした。

「スダン警視ですか？　ドクター・カブラルです」

警視の低い声が聞こえてくる。いきなりの電話に驚きながらも、喜んでいる様子だ。かすかな微笑が感じ取れる。わたしはあくまで、疲れたようなそっけない口調で、

「警視、こんなことは長くは続きませんよ。DDASSに出動を願って、マニュエル・ベルモンを引き取ってもらうことにしますから。なにしろ彼は、父親の愛人に監禁されているんですから……」

「あなたなにを言っているの？」ロール・パスカルはわめいた。「どうかしちゃったんじゃないの？」

わたしはますます居丈高になっている女に対して、甘ったるい微笑を投げかけてやった。それから電話に向かって、

「わたしは丸一日使えるほど暇じゃないんです。問題が今すぐ解決しないんなら、〈警察救急隊〉を呼びますから」

「そこにいる女とちょっと話させてくれないか」突然、スダンはあからさまに不機嫌な声になった。

わたしは驚いたふりをする。

「この人をご存じなんですか?」

「ああ、知っている」

ブロンド女は怒りが爆発するのをなんとか抑え、むしろわたしの口のきき方に呆気にとられているようだ。明らかに、警視のほうから会話を打ち切るのを待ちかまえている。けれどわたしは、あくまで警視と話しつづけるつもりだ。

「ちょっと待ってください、警視。ということは、この人の存在を知りながら、あなたはCIPに知らせてくれなかったんですね。母親が死んで間もないというのに、子供が父親の愛人といっしょに暮らしているんですから、わたしたちとしては黙っているわけには……」

「待ってくれ、ヴェラ」

が、それに応じる間もなく、ロール・パスカルに電話機を奪い取られてしまった。

「この女はいったい何者なの?」電話に向かって叫んでいる。

けれど、彼女は話しつづけられなかった。警視のほうから一方的になにか話しはじめたらしい。わたしはこの隙をついて、女の横顔を写真に収めようとする。

カチッ、ジーッ。四角い紙がするすると出てくる。

「うまくいっていないというの？」

彼女の脳味噌は、ウツボと同じくらい未発達なのにちがいない。電話機の奥の、スダン警視の声がいっそう大きくなる。

「あの女がわたしを写真にとったわ！」ワンテンポ遅れてロール・パスカルが叫びだした。「プライバシーに対する侵害ってものだわ！」

声の勢いでガラスが割れてしまうのではないかと思うくらい、すごい剣幕だった。おまけに、スダン警視の言ったことがお気に召さなかったらしい。彼女は電話機を壁に叩きつけてしまった。

「あなた、わたしに高いつけを払うことになるわよ」こちらに振り返るや、金髪女は言い放った。

わたしはあわてることなく、こう応じた。

「今すぐ、小切手でお支払いしますよ」


受け取りを拒否された小切手を片手に、もう一方の手でマニュエルの肩を抱きながら、わたしは車に乗り込む。表向きは、病院の敷地内で行われる見世物興行を見物しに行くということだが、じつのところ病院には行かない。もちろん、ベルモンと話をして、物事の白黒をはっきりさせるまでは、この家にも戻らない。べべも急いでブルゾンをはおり、その場をあとにする。振り返ることなく、さっさとわたしの車に乗り込んだ。サロンのガラス窓の向こうにはロール・パスカルの姿が見える。わたしは車を発進させる前に、あいさつがわりにクラクションを二度鳴らしてやった。そうして屋敷の正門をあとにした。するとたちまち、なぜベルモンは姿を見せなかったのだろうかという疑問にとらわれはじめた。そもそも、わたしがベルモンに対して率直でなかったためしがあっただろうか。いや、少なくとも、彼に対してだけは率直に振る舞っていたと思う。

わたしたちは実家のアパルトマンを訪ねた。父がドアを開けに来てくれる。こういうことはめったにないことだ。

「こんにちは《サリユ》、お父さん！　今日は学校じゃないの？」

父は二十年前から、サン＝ニコラ技術高校《リセ》で数学の非常勤講師をしている。休暇にはじゅうぶん恵まれた仕事だ。そうは言っても、真っ昼間に家にいるとまでは思っていなかった。

「まったくなんということだ」呆れはてたように父は言った。「おまえはどんな世界に生きているのかね。今日が土曜日だってことさえわからないなんて」

「ああ、そうだったわね！　土曜も日曜もない生活をしているものだから……」

「おまえが話していたのはこの子のことかね」興味ありげに父は尋ねた。「こんにちは《ボンジュール》、お若いの《ジュノム》」

「こちらはベランジェールさん。みんなからはべべと呼ばれている。この子の守護天使みたいなものね」

「心配なさらないでください、ムッシュー」べべは愛想よく切りだした、「あたしは足手まといにはなりませんし、必要ならお手伝いだっていたしますから……」

若い娘が微笑を投げかけているにもかかわらず、父はいつもに似合わず困ったような表情をしている。すぐにその理由がわかった。すでに居候しているローズマリーの子供たちが原因なのだ。今日はいつもみたいにいきなりわたしの首に飛びついてくることはなかった。少し離れたところから、こちらに向かって微笑みかけている。

「ママはおばあちゃんといっしょよ」ジュディットがそう言った。「パパが出ていっちゃったから泣いているの」

「女の人といっしょにね」五歳になる甥が言う。

わたしはすぐにローズマリーの部屋に向かった。ノックせずに入っていく。

「あいつがなにをやらかしているか知ってる、あの下種野郎が?」わたしが入ってくるなり、ローズマリーはしゃくりあげるように言った。「あんなろくでもない女と！」

「マクサンスがね、同僚の体育教師といっしょに生活したいって、出ていってしまったんだよ」母がもったいぶった口調で説明した。

「あのマクサンスが？」

「そうさ！　あんただって信じられないだろ！」

マクサンスは長い間、家族によって男性器官を切り取られた状態でいるにちがいないと、少なくともわたしはそう思っていた。鋼のような堅固なモデルを思い描いて、家族の圧迫に抵抗する者もいるだろう（それだけでも、尊敬に値する！）。けれどたいていの場合、最後には屈伏してしまう。《縮こまるが切り取れない、チューインガムのような睾丸》を持った男には、これまで一度としてお目にかかったためしがない。

「優しかったマクサンスが」相変わらずしゃくりあげながら妹は言った、「下劣な嘘つきに成り下がってしまったのよ！　とんでもない偽善者だったのね！　とっても穏やかで、いつも人を楽しませることばかり考えていたあのマクサンスが……」

ローズマリーは泣き崩れた。わたしは母と視線を交わし合う。ずいぶん長い時間そうしていたように思える。母は明らかに、《疥癬《かいせん》にかかった羊を小屋に戻す》ことをわたしに期待していた。あるいは、それと似たようなことを。いっぽうわたしはといえば、家族の問題に関しては自分がまったく役立たずなのを鼻にかけてさえいた。けれど母の記憶のなかに残っている事柄は、本人の知らないうちに歪められている可能性がある。言い換えれば、わたしが肉体的であると同時に精神的なハンディキャップを負っているとは、母は思っていないはずだ。だから彼女は、わたしの（めったになかった）立派な行いしか記憶にとどめていないにちがいない。そして、ほかのきょうだいを凌《しの》いでいると思われるわたしの知的能力に、盲目的な信頼を寄せているのだ。きょうだいたちにとってみればいい気はしないだろうが、そんなことは母にはどうでもいいらしい。大事なのは、わたしがつねに輝いていることなのだ。脚光を浴びていればいいのだ。そうすれば母は、ほかの都合の悪いことはすべて忘れてくれる。

「わたしのほうこそ、彼を捨ててしまうべきだったのに」ローズマリーはまたしてもわめきたてた。「わたしのほうがね！　あの人じゃなく！　あんな下品な女と駆け落ちなんて最悪よ！」

「あなた、その人のことを知っているの？」

「知っているもなにも、同じ学校で働いている女教師よ、それがどうしたっていうの？　気がつけば路頭に迷っている羽目になるでしょうね、子供たちとわたしは！　あの女が家を欲しがっているのは確かなんだから！」

「あなた、なんの話をしているわけ？　壁がやっとできてるだけの家じゃない！　ようするにその人のめあては家じゃなくて男でしょ。いい人だものね、あんたの旦那は……」

「そうよ、いつもそう言ってやっていたのにね」ここで母が口をはさんできた。「《せいぜい旦那をいたわってやりなさい、悪い人じゃないんだから。大いに甘やかしてやることね》って」

「なにを言いたいの、二人とも？」ローズマリーが叫んだ。「わたしに死ねって言う気？」

ローズマリーが泣いている姿にわたしはショックを受けていた。彼女がいつもの元気を取り戻すようになにかをしてやりたかったけれど、わたしの力ではどうにもならなかった。とにかくマクサンスに電話することは引き受け、できるだけのことをやってみると約束した。あとは少しでも慰めになる言葉を繰り返すしかなかった。

彼女の部屋から出てくると、少しばかり気が晴れた。そのまま玄関に向かうと、母があとからついてきた。

「ドクター・アッケルバウアーが電話をくれたんだけど、あんたのことでずいぶん気に病んでいたよ」

「お母さん……」

「いいえ、なにも言わなくていい。あんたがまだ手術をする決心ができていないのはよくわかっている。だけどカルテまで奪い取ってしまうこともないじゃないか、それじゃまるでやぶ医者扱いだよ！」

「どういうこと？」

「患者からこんな扱いを受けるのは初めてだってさ。よそで治療を受けるつもりだってことを、ドクターに知られてしまったのはまずかったね……」

「わたし、よそで治療を受ける気なんてないわよ、お母さん。あの人を主治医として信頼しているんだから」

「じゃあ、どうしてカルテを取りあげたりしたんだい？」

「わたしはそんなことしていないわ」

母は疑わしそうな目つきで、一瞬わたしを見つめた。それから、

「いや、ドクターがおっしゃるにはね、今朝あんたから手紙を受け取ったそうだよ。医者を替えるからカルテを送ってくださいって。彼はひどく傷つけられて、すぐに言われたとおりにしたそうだよ。そのあとであたしに電話してくれたわけさ。あんたのことはもう考えたくもないってね。言っとくけど、ドクターはあんたが生まれたときから診てくれているんだよ。どんなにあの方の世話になっていることか……」

わたしはちょっとの間目を閉じた。これがたんなる悪い夢であってほしい、いったん目覚めてしまえば、なんの変哲もない日曜の朝になっていてほしい――そう願いながら。目を開けると、母はさっきまでと同じ深刻な目つきで、わたしの顔をうかがっていた。

わたしは急いでドアを開けながら言った。

「きっとドクターのほうで誤解しているんだわ」

わたしは階段を駆け降りていく。踊り場のほうから母が叫ぶ声が聞こえる。

「ドクターにはあんたが結婚するんだろうって言ってやったよ！　そのせいで手術をためらっているんだろうって。あんたのフィアンセが賛成しないのかもしれないってね……」

階段を駆けながらつまずいてしまった。四階の踊り場で激しく倒れ込む。わたしの人生は、いつもこんなふうだったわけではない。たまにはこんなこともある。ただそれだ

けの話だ——そう自分に言い聞かせていた。

24

ジェニファーの葬儀は終わりに近づきつつあった。わたしは教会の奥まで、人混みに紛れるようにして入った。参列者がけっこう多いうえに、白い花で覆われた棺のまわりにはさらに多くの人が集まっていた。やがて家族と隣人たちがひとかたまりになって移動しはじめた。人数が多すぎるので、両親に声をかけるのは難しそうだ。行列は墓地のほうに伸びていく。シャルル＝ド＝ゴール空港が建設されるおりに、墓地はこの地に移転したということだ。周囲は見渡すかぎりの平地で、樹木も草地も見られない。墓地のなかの大理石とコンクリートだけが目につく。

群集が小道をゆっくりと進んでいく。棺のわきにジェニファーの父親がいた。見るからに安物のスーツを着ている。棺を墓穴のなかに下ろす際、彼と視線が交錯した。向こうから目をそらすことはない。わたしに話しかけたがっている様子がありありと感じられた。

シャベルで土をかけるときの音がしはじめた。ジェニファーと出会った日のことが、あらためて映画のようによみがえってくる。包帯を巻かれた彼女の顔が一瞬浮かぶ。それから、夜道を警察署まで車で走ったこと。そのあとCIPまで帰ったこと。《おやすみなさい、ジェニファー、また明日ね》。そのときの声までが鮮明に。

案の定、バルベ氏が突然行列を離れ、わたしのほうにやってきた。ちょうど、黒い花崗《こう》岩《か》でできた大きな十字架の下だ。わたしは彼が近づいてくるのを見つめていた。前に会ったときのことを思い出して、思わず身構えずにはいられない。けれど、娘の死が状況を変化させたのは事実だろう。わたしに手を差しだしてくる男が、前と同じ男とはとても思えなかった。

「お越しくださってありがとうございます」彼はもぐもぐと言った。

「とりあえず、来るよりほかありませんでした。ジェニファーはわたしにとって……」

「あなたのお考えはわかっています」わたしの言葉を遮って、聞き取りにくい声で言った。「私のせいだと思っておられるのでしょう。確かにそのとおりです。私が浅はかでなければ、こんなことにはならなかったでしょう」

「バルベさん、二つの犯罪――つまりレイプと殺人の間には、まったく関係がないとわたしは思っています。そのことをお知らせしに、ここに来ました。つまり、娘さんを殺したのはお宅の隣人ではありません」

「警察が言っていることとは違いますが」

「警察というのは、自分たちに都合のいいことだけしか言わないんです」

彼は理解できないという表情でわたしを見つめた。後悔と悲しみの海のなかに深く沈み込んで、わたしが言ったことを正確に理解するための酸素が不足してしまっている——そんな感じだ。

「わたしがここで言っておきたいのは、バルベさん、殺人犯がたんに状況を利用したにすぎないということなんです。つまり、被害者が孤立していること、家族との対立、容疑をかけやすい人物が近くにいること。こういったすべてが、機会をうかがっている真犯人にとって、完璧に都合のいいことだったと思えます」

「でもどのようにして、私たちが娘とうまくいっていないのを、犯人は知ることができたんですか？」

「わたしがあなたにお聞きしたいのは、じつはそのことなんです。警察署に行ったとき、あなたが話した相手のことを憶えていますか？」

「警察署になんか行っていませんよ！　警察官から電話をもらったんです。だけどその警察官とは一度も会っていません」

「若い警察官ですか、それとも年輩ですか？」

「若いと思います」

「あなたに親としての権利があることを説明したうえで、ＤＤＡＳＳが乗りだしてくる前にどうやってＣＩＰから娘さんを連れ戻すかを、アドバイスしたのはその警察官ですか？」

「そのとおりです。彼は、ジェニファーを笑いものにしているようでした、わけのわからないあだ名をつけて。それに……すみません、ドクター……」

　ここでバルベ氏は突然すすり泣きを始めた。すると、同じようなスーツを着込んだ彼の友人たちが、わたしに向かってきつい視線を投げかけてきた。

「バルベさん、どうか、ご自分を責めるようなことはなさらないでください。あなたの責任ではないのですから……」

「電話してきた警官ですが、いかにもこちらが喜びそうなことを言ったものです。なんと言ったと思いますか？　ドクター・カブラルがジェニファーを焚きつけている……そう言ったんですよ」

「ああ、そうでしたか」

　わたしは煙草のパッケージを取りだした。

「吸ってもいいですか？」

「私にも一本いただけませんかね」鼻をうごめかせながら頼んできた。

　煙草に火をつけ、一息吐きだすと、気持ちが落ち着いたようだ。

「その警官が言うには、すぐにCIPに娘を迎えに行けばなんとかできると……」

「で、そのあとは？　娘さんを家に連れ帰ったあとのことですが？」

「言うまでもないことですが、ドクター、あのときは娘に対してひどく腹を立てていました。思っていた以上に症状が悪化していると思いましたし、私たちに対しても反抗的

次第です」

だったので、寝室に閉じ込めることにしました。こうしておくのがいちばん安全だと思ったもので……ソーシャルワーカーが訪ねてきたときになって、寝室から出してやった

「ソーシャルワーカーというと？」

「どういう人かよくわからないです。性的暴行で訴えがあった場合、訴えが取り下げられたとしてもアフターケアするのが決まりなのだとか……」

「その女性について、警察に問い合わせましたか？」

「ええ、もちろん。警察の話では、あなた方のところか、ＤＤＡＳＳから派遣された人だろうと……」

「ＣＩＰがお宅にソーシャルワーカーを派遣したことはありませんよ！　娘さんを誘拐したのはその女なのです。警察は娘さんを取り戻す算段をしなかったのですか？」

　相手は戸惑っているようだった。

「わかりません。捜査しているとは言っていましたが、すでにロジェが逮捕されていたので、それ以上捜査してもしょうがないかと……」

　わたしはもう話を聞いていなかった。バッグのなかを探って、ベルモンの家で撮ったポラロイド写真を取りだした。

「ソーシャルワーカーというのは、この女じゃないですか？」ロール・パスカルの写真を、彼の目の前に差しだした。

写真にざっと目を通してから、

「違います。ソーシャルワーカーはブルネットでした」

わたしはまたバッグのなかからフェルトペンを探しだして、ビデオのなかの女が着けていた褐色のかつらの形を思い出しながら、写真のロール・パスカルの金髪のうえにかつらを描いた。さらにべつの紙片に、あの特徴的な細長い脚がパンツを穿いた場合を想像して、大まかに描写してみた。

たちまちバルベ氏の反応が変わった。

「そうです、この女に間違いありません！」呆気にとられたように叫んだ。

いつのまにか、彼と親しい参列者の一団がわたしたちのまわりに集まってきていた。ともかく、知りたいと思っていたことは聞くことができた。証拠は、あるいは証拠の影と言えるものは手に入れた。いずれにせよ、なにかのきっかけにはなりそうだ。

「バルベさん、最後に一つ」わたしは恐縮しながら言った。「頼みを聞いていただけますか？」

煙草の吸いさしを踏みつぶすと、

「どうぞ、おっしゃってください」

「わたしと会ったことは警察には話さないでください。もちろん写真のことも、あなたが話してくださったことも。いっさい口外しないでください。数日後、またご連絡します。今度はべつの警察署で、話を聞いてもらうことにしましょう」

あとは彼を存分に悲しませておけばいい。わたしは急いでその場を離れ、十字架とプラスチック製の造花に満たされたこの領域をあとにした。

家に帰った。明日の晩まで当直勤務はない。つまり、自由に使える時間が二十四時間あるわけだ。その倍あればなおいいのだけれど、ぜいたくは言っていられない。

ドクター・アッケルバウアーに電話してみる気になった。ドクターは、わたしに手術を受けさせるために、またしても家族を通じて圧力をかけてくるにちがいない。泣き落としと言ってもいい。そうなるともう、感情に訴えかける一種の脅しでしかない。けれど、電話してから数分も話さないうちに、わたしは自分が完全に間違っていたと気づいた。ドクター・アッケルバウアーは、すでに万策尽きているのだ。彼のもとにわたしのカルテは存在しないのだから。

ドクターのもとにあった〝超マル秘〟書類（レントゲン映像、全身写真、分析結果、治療記録）のことごとくが、わたしの新しい住所、つまりカルム通りのスダンの住まいに送られてしまった。

激しい嫌悪感に苛まれ、受話器を置いた。ようするに、スダンは事情に通じている。さらに悪いことには、スダンはすべてを見てしまった。すべてを知ってしまった。湧きあがるパニックがわたしの臓腑を満たした、下痢をしたときみたいに。わたしの秘密は秘密ではなくなった。このままでは生きていけない。

何分間かが、過ぎ去っていた。いや、一時間はたったかもしれない。首に沿って冷たい涙が流れているのに気づいた。ブラウスの襟元あたりまでつたっていく。煙草に火をつけ、フィルターに達するまで吸いつづけた。煙草をはさんだ指を口に向かって行き来させる動作だけを、ただそれだけを、機械的に、ゆっくりと続けていた。やがて少しずつ、汚染された潮が引くように、死にたいという欲求は収まっていく。行き場のない苦い感情や、後悔の念などは、たどり着くべき海岸をいずれは発見するものらしい。

個人情報であるカルテが不正に人手に渡る——こういう問題に興味をそそられる警察官なんて、パリじゅうにごまんといるだろう。いや、裁判官や弁護士だって同じだ。だから、自分の身の上に起った出来事を彼らに話すのに、気が引けるなんてことはない。それでもなお、今すぐ、なんとしてもやらなければならないこと——固定観念と化してしまっていること——それは、スダン警視との間に、こちらが決定的に不利とはならない力関係を作りあげることだ。彼がわたしの病気に関するカルテを手にしている以上、わたしはそれに対抗して核兵器を持つくらいでないといけない。

スダンの父が最後に勤めた高校《リセ》で同僚だった女性科学教師に、電話してみることにする。そう、スダンの父から暴行を受けた生徒とともに訴えを起そうとした教師だ。電話番号は古い住所録からメモしたものだが、まだ同じ場所に住みつづけているらしい。

「マダム・ヴァソール？」

「はい？」

「ドクター・カブラルです。以前あなたと同僚だった方について、お聞きしたいことがあるのですが……」

「スダンのことですか？」すぐさま答えが返ってきた。

「そのとおりです」

「こういう問い合わせがあるのを、何年間も待っていました！」夫人は叫ぶように言った。「いずれ問題が明るみに出なければならなかったんですから！」

「そうですね。いろいろお聞きしたいのですが、お時間をいただけますか？」

「もちろんですとも。よろしければ今すぐにでも。学校は退職しておりますから……」

ヴァソール夫人は、メニルモンタン（パリ二十区の一地区）の奥まった界隈に住んでいた。具体的には、曲がりくねった通りに沿って無秩序に立ち並んだ高層団地の一つに。退職してから二年しかたっていないという話だが、一人暮しにはすっかり慣れ親しんでいるようだ。

「わたしは各学校に補習授業を提供するボランティア団体に所属しています」夫人はさっそく自己紹介を始めた。「補習代は生徒たちの親から現物支給してもらうんです。例えばタッパーウエアーに入ったクスクスとか、ケーキとか、〈コロンボ〉（インド産のスパイスを使ったアンティル諸島の料理）やピーナツソースで炒めた米を皿に盛ったものとかでね。毎日レストランで食事しているようなもので、自分で料理をするのが大嫌いなわたしとしては、とても助かっています」

　夫人の髪はすでに白くなっていて、丸顔を取り巻くような形に短くカットしていた。ずんぐりした体をジーンズと、青いブラウスでぴったり締めつけている。化粧はしておらず、踵の平らなサンダルを履き、両手は角張っていた。どんよりとした視線を保護している眼鏡のつるは、どうやらスコッチテープで補強してあるようだ。わたしは良質のワインを一瓶、おみやげに持ってきてよかったと思った。質素だが舌の肥えたこの女にはうってつけの贈り物だし、初めての訪問をうちとけた雰囲気にする効果もあるだろう。案の定、

「本当に、いいタイミングで持ってきてくださったわ！」ラベルに見とれながら、声を高めて言った。「バルコニーに出てさっそく味見してみましょう。今が一日でいちばん快適な時刻なんですから……」

　太陽は、低家賃住宅《アッシュ・エル・エム》の屋根の上空で傾きかけていた。すでに大量のアドレナリンが血管を駆け巡っていたにもかかわらず、わたしは赤みがかった蒼白い空をゆったりと眺めてみる気になった。

「それで？」ヴァソール夫人が、これからが本題だとでもいうように話しだした。「あの男を本格的に追及すると、話が決まったわけですか？」

「まだそこまでは行っていないのです」わたしは慎重に応じた、「息子さんが警察にいるものですから、わたしたちの仕事はちょっと難しくなっています」

「あのトマ君が警察に？」

「息子さんのことをご存じですか？」

「まあ、知っているというほどでもありませんが！　第五学級（中等教育の二年目にあたる）のときに一度受け持ったことがあります。そのあとは、久しく会っていませんね！　ええ、とても印象に残っています。性格もいい子でしたしね……どんなふうにしてあんな出来事を乗り越えたのか、今もってわかりません」

「その出来事というのは、具体的にどんな？」

「つまり……父親の〝事故〟のことです……もちろん、本当は事故ではなかったんですが。でも、だれも関わろうとはしませんでした。おかげで息子は、自分でなんとかやっていくしかなかったようです……特にあのあとは……あなたもよくご存じの話でしょうけれど」

　わたしは座っていたひじかけ椅子のうえでちょっと身をよじって、

「というか、わたしはなにも理解していないのではないかと思うのです。文部省が作成した関係書類はとてもわかりにくいですから。わたしがただ一つ確実だと思っているのは、スダン氏があの年齢になってもまだ、他人に危害を及ぼす恐れのある危険な人物だということです。医者の目で氏を観察したかぎりでは、この点に関しては間違いないと思っています」

「スダンを医者の目で観察したですって？」夫人は疑わしげな様子でおうむ返しにし

た。「もっとひどい状態になっていればよかったんです！　あの時代だったら、こんなことは絶対に言えなかったでしょうけど。あなたはもちろん、ほかのだれだってね」

「なぜですか？」

「なぜって、あの男は狂犬病の犬と同じくらい危険だったんですから。あの男を追及することなどだれにもできませんでした。なんとかしようといろいろ試みたんですけどね！　スダンが体育教師だった頃、父兄から校長へ何度となく苦情が寄せられたものです。もちろん、当時言うところの《未成年に対する性的侵害行為》のかどでね。実際には、性的暴行そのものでした。今でこそあっという間にくびになるところでしょうが、当時は苦情を言ったところで埒があかないことも多かったのです。申し立ては闇に葬られ、被害を受けた生徒のほうが転校する羽目になりました。それで一件落着というわけです」

「校長がそういった犯罪を黙認していたとおっしゃりたいのですか？」

ヴァソール夫人は、この問題をこれまでとことん考えてきたのだと言わんばかりに、いかにもわけ知りな表情をつくった。

「彼が勤めた学校の校長は――わたしが彼とともに勤めた学校の校長も含めて――奇妙なことですが、皆いちように スダンを誉めそやしていました。彼は背は高くありませんが、がっちりしたスポーツマンタイプの好男子でした。けれどもわたしは彼の右翼的な気質がどうしても好きになれませんでしたね。八〇年代の初め頃、わたしは社会党支持者でしたから。ミッテランが政権についた頃のことで……つまり信じていたということです！　今から思えばおめでたい話ですが、スダンのような人物と相対していく以上、助けになるものが必要だったんです」

「助けが必要って、どういうことですか？」

「わたしみたいな弱い人間が一人で対抗していたら、一家を担当していたソーシャルワーカーや、彼の奥さんと同じ結果になっていたでしょうね……」

「つまり？」

「そのソーシャルワーカーを……彼は監禁したんです。レイプと拷問がともなったのは言うまでもありません。入院している彼女に会いに行って、詳しい事情を知りました。告訴するよう勧めたのですが、結局彼女は自殺するほうを選びました……まったく、ひどい話でしょう？」

「残念ながら、そういう話はよくありますね」正直言って、夫人の話はわたしには驚きだった。けれどそれをあえて隠して言葉を続けた。「で、トマの母親のほうは？　彼女はどうなったのですか？」

「彼女は夫の手で目を潰されました」激しい口調で、ただそれだけ言った。

　わたしの顔に浮かんだ恐怖の表情を見て取って、彼女は急いでつけ加えた。

「まあ、そうは言っても！　証明されていないんですけれどね。でも息子がそのために激しく動揺したのは言うまでもありません」

わたしは動転してしまって、今夫人が言ったことを話の脈絡に取り込むのにちょっと時間がかかった。

「待ってください。ということはトマ・スダンが、その場に居合わせたのですか……母親が暴行を受けた際に？」

「もちろんです。でもトマは証言するのを拒みました。もっとも、妻はすぐには死なかったのですが。しばらく入院したあとで息を引きとりました。その間に、事件は揉み消されてしまったわけです。そのときトマは、ほとんど気も狂わんばかりでした。やがてあの子は、母親のために復讐しました」

「どんなふうに？」

「父親が事故に遭うように細工をしたんです。この話はどこかで聞いたのではないですか？」

「ええ、聞いたような気がします。でも、文部省の資料はとてもわかりにくくて……」

例の乗っ取り事件のことが思い出される。スダン警視はあのとき、眼球ネックレスを した乗っ取り犯にいきなり飛びかかっていったのだ。緊張病《カタトニー》の発作に襲われたとしか思えない、奇妙な様相を呈して。

「こだわるようで申し訳ありませんが」わたしは取りだしたメモを見ながら言った。「あなたがおっしゃることと、わたしが調べたことを突き合わせて、事実関係をはっきりさせなければなりません。スダン氏は妻を虐待していたということですが、そういう事実をどのようにして知ったのですか？」

「息子の――つまりトマの様子がおかしいと、つねづね思っていた同僚教師の一人が、母親と直接話してみようと思い立ったのです。それで、彼女が夫に暴力をふるわれているのが明らかになったわけです。この話はたちまち学校じゅうに知れ渡ってしまいました。そんな話を噂として一笑に付していたスダンと、言葉をかわさなくなった教師も幾人かいましたね。それからしばらくして……息子が学校に来なくなりました。スダンの説明によれば、妻が家庭内事故で入院したので、息子が付き添っているということでした。その後、学区事務局から調査官がやってきて、スダンの家族についてわたしたちに問い質すとともに、妻がどんな状況で亡くなったか話してくれました。トマはやがて学校に戻ってきましたが、優しくておおらかだった少年は、すっかり変わっていました」

「そのときトマはいくつだったのですか？」

「十一歳でした。第六学級（中等教育の一年目にあたる。学年の数え方が日本とは逆になるため）に在籍していました。授業中に紙飛行機を飛ばしたりして、注意されるとけたたましく笑うのです。あまりにひどいので校長が退学処分をちらつかせたこともありました。そういうとき、あの子はなんと答えたと思います？《あんたはうちの親父が怖くてしかたがないんだろ！》と、こうなんです」

「彼を助けるために、なんとかしようという人はいなかったのですか？」

そんなことは無理だったということが、相手の表情からすでにうかがえる。

「同僚を告発するとなると、教員をやめなければならなくなります。文部省にはいろいろと古いしきたりがありますから」

「たとえ相手が、サド的行為の常習者でも？」

「考えてみてほしいんですけど、例えば身内のだれかが不祥事を起したとします。そういう場合、少なくとも最初のうちはその人を庇《かば》いだてするものですよね！　それにスダンは、そのあと急に優しくなったものですから。確かに息子のために心を砕いていました。同僚に心理療法士を紹介してもらったりもしていたようです。ずる賢いやり方ですよね、そうは思いませんか？　いずれにせよ、ことはうまく運びました。二週間後には、みんな彼の側に立っていましたから。もうだれも息子の言うことなんか信じませんでしたよ、例のソーシャルワーカーとわたしを除いてはね。組合活動に熱心な、なにかとうるさい女教師として通っていましたからね、当時のわたしは」

「で、事故というのは？」

「母親が亡くなってから二、三カ月後に起りました。息子の父に対する憎しみは相変わらずで、父親のみならず顔をしかめたくなるような振る舞いも目立ちました。ある日、父親が体育館で授業をしていたときのことです。息子は父親に挑戦しました。スダンが国内ではかなり知られた体操選手だったことを、言っておかねばなりませんね。過去の栄光をよく自慢していたものです。で、受けて立ちました。自分の能力を存分に見せつけてやれるいい機会だと、かえって喜んだかもしれませんね……。とにかく、彼は空中ブランコによじ登りました。そして次の瞬間には、床に落下していたのです」

「マットを敷いたり、ネットを張ったりはしていなかったのですか？」

「もちろんマットは敷いてありましたが、落ち方が悪かったのです。脊髄を損傷してしまいました」

「正確には、どういうことだったのですか？」

「ブランコには油が塗りたくられていました。トマが父親を本当に殺そうとしたのか、それとも生徒たちの目の前で恥をかかせようとしただけなのか──どっちだろうかとよく考えたものです」

「当然トマが疑われるわけですから、学校内は騒然となったでしょうね……」

「ところがまったくそうはなりませんでした。トマはすぐに名乗り出たんですから。父親はそのあとゴタゴタするのを望みませんでしたし、校長は嘘をつくのなんか平気ときていますから、結局事故として処理されましたね」

バルコニーの下では、ちょうど街灯が灯ったところだ。ワイングラスを満たしながら、ヴァソール夫人とスダン父との間は相当険悪だったのではないかと思ってみる。

「スダンは、あなたのことを責めたりはしませんでしたか？」

「そういう機会は与えてやりませんでした！　彼が妻に暴力をふるっていると知ってから、わたしは彼に近づこうともしませんでしたから」

このとき、玄関の呼び鈴が鳴るのが聞こえたので、わたしは飛びあがらんばかりに驚いた。

「オマールとダリラといっしょに、夕食をする約束なんです」ヴァソール夫人は言った。

彼女がドアを開けると、二人の子供がニコニコしながら入ってきた。ランドセルを背負い、プラスチック製の箱を手にしている。わたしはお暇するために立ちあがった。

「ついでだからこのゴミ袋を捨ててきてくださいな」ドアを閉める前に彼女が頼んできた。「やれやれ、これで厄介払いできるわ」

25

結局、スダン警視の秘密だって、しっかり守られているとは言い難かったのだ。いや、意外とガードが甘かったと言うべきか。わたしの秘密は、彼の秘密以上に暴かれてしまっているけれど、こうなったら相手のやり方にならって地道にやるしかない。足跡を嗅ぎつけ、それをたどっていく。最後には、しかるべきドアをノックする。そうなれば、こっちだって《やったぞ《ビンゴ》!》と叫べるわけだ。

わたしは外環自動車道に乗り入れた。一種の義憤につき動かされて。これはまさに、わたしが痛切に望んでいる、たった一人で行う聖戦《ジハード》への道筋にほかならない。女性教師との会話は、ひそかに録音していた。ジェニファーが死んで以来集めてきたさまざまな資料といっしょに、録音テープは書類かばんのなかに入れてある。これまでは、いろんなことが気になって、結果的に力を分散させてしまっていた。この点を非難されればしかたがないけれど、今のわたしはもうそんなことはない。

あと十キロほど行けば警察署だ。スダン警視が勤務中なのはわかっている。わたしたちのみじめなロマンスの締めくくりとして、ぜひとも面と向かって彼に言ってやりたかった。明日の朝いちばんに〈警察業務監督局〉の事務所を訪れて、彼に関して知っていることをすべて話すつもりだと。そうさせたくなければ、わたしを殺すしかないだろう。買い直したばかりの携帯が鳴り、物思いから引き離された。一瞬電話に出ようか出まいか迷った。すでにのっぴきならない事態に足を踏みいれているなかで、家族の者にわずらわされたくなかったのだ。けれど、電話の主はシェイラだった。

「ヴェラ？　いったいなにをやっているの？　だれもあなたをつかまえられないって言っているわよ！」

「契約書には二十四時間待機していなければならないなんて書いてないわよ、シェイラ。わたしが読み落としているんでなければ……」

「とにかく、エティエンヌと代わってあげるから」彼女はささやき声で言った。

《あんたが一人でやっていけるなんて、お笑い種もいいところよ》。そんなふうに思っているのが、言外にありありと感じられる。

「ヴェラかい？」エティエンヌが息せき切って訊いてきた。「今夜、ＣＩＰまで出向くことができるかね？」

「断れるんなら、当然行かないわね。言っとくけど、今週は六十時間以上働いているのよ。最近の新聞記事によればね、たいていの人が三十時間労働でわたしと同じ給料をもらっているそうよ」

「つまりその……上司から電話が入ったんだが……」

「それで？」

「どうやら、告訴されているらしい……」

「だれが？　もしかしたらわたしが？」

「そうさ。しかも上のほうからだ。ポール・ベルモンが怒り狂っている。きみにどう言っていいんだかわからないんだけど、とにかくとんでもない事態になっている……」

「はっきり言ってよ、ほんとにもう！」

エティエンヌがふだんはっきりものを言うタイプだけに、わたしは気が気でない。とにかく、彼らしくない態度だ。

「警察がきみを捜している。息子を誘拐したかどで、ベルモンがきみを告訴したんだ」

「なんですって？」

「ベルモンが告訴してきた。うちの上司はヒステリーに陥っている。言いにくいんだけど……上からなにか言ってくるまで、きみには職務を離れてもらう」

なんと答えればいいのだろう？　答えようがない、まったく。しなければならない片づけものがあるから、いいときに休暇がもらえたとでも考えるしかない。まあ、それはそれとして、職務を離れている間、どうするかが問題だ。まずは『コティディアン・デュ・メドサン（日刊医師）』の求人広告に目を通す。そこで新しい職場となる診療所を探し、履歴書を送る。電話が鳴るのを待つ。一度で決まるわけがないから、手帳のアポインントメント欄はやがていっぱいになる……。

「ヴェラ？　さしあたりは、きみとはまだコンタクトをとっていないことにしておく。いいね？　きみはこの件についてはまだなにも知らないんだよ」

「ありがとう、エティエンヌ。それでもわたし、ベルモンと会ってマニュエルの件を説明するわ。今彼の家からそんなに遠くない場所にいるのよ。そのあとで、警察署に行く。本当に馬鹿らしい出来事が起っている。でもそのことをこの目で確かめるために、わたしが出ていかなければいけないと思うの」

「くれぐれも用心してね。連中はきみを逮捕するつもりらしいから」

やっぱりそうなのだろう。いや、少し考えればすぐにわかったことだ。逮捕されても勾留は短い期間ですむだろう。けれどわたしの評判はガタ落ちになる。どこかの診療所に職を見つけるどころの話ではない。病院の管理機関から調査される身となれば、当分の間医療業務につくことはできなくなる。つまり無期限で謹慎生活をするようなものだ。

「どうお礼を言ったらいいかわからないくらいだわ、エティエンヌ。こんなに気を遣ってくれて……」

「ぼくはきみのことをとても大事に思っているんだ」電話を切る前に、彼はきっぱりと言った。

わたしは思わず急ハンドルを切った。危うく道路の外に飛びだすところだった。

精神医療にたずさわって年月がたつうちに、わたしは疑い深くとは言わないまでも、用心深くはなっていった。何事も慎重にことを進めるようになったのだ。わたしはベルモンがどういう人間か知っているつもりだ。だから敷地からほど遠くない場所に車を停めることにして、邸内に乗り入れるようなことはしなかった。こういう状況だから、念には念を入れるくらいのほうが損害をこうむらなくてすむ――そう考えたのだ。

庭に通じる出入り口のインターホンを押そうとした。と、そのとき、鉄柵の向こうの闇をつらぬいて、一台の白い大型車がこちらに向かってきた。正面入り口の扉が車の通過に合わせて自動的に開く。急いでわきにどいたおかげで、ヘッドライトにまともに照らされずにすんだ。目の前を通りすぎていったのは、救急車だった。無音のまま回転灯を点滅させているさまが、かえって無気味に思われた。ベルモン邸でまたなにかが起ったのか？　気がつくと身をひるがえしていた。門扉が自動的に閉まる寸前に、なんとか敷地内に滑り込むことができた。

サロンのカーテンの向こう側に、人影が透けて見えた。携帯を耳に当てながら、部屋のなかを行ったり来たりしている。家の前には車が五台止まっている。つまり、客人が来ているということだ。さらに目を凝らしてみる。ソファーの背もたれからはみだした頭部、ぞんざいに組んだ足の先端、指の間にはさんだ煙草。薄いカーテンを通して、それだけがなんとか見えた。駐車している車のなかに、スダン警視のものはない。

わたしのカルテといっしょにあった写真は、すでにみんなの目に触れてしまったのだろうか？　わたしに関して交わされているみだらな冗談がどんなものか、容易に想像がつく。わたしと面と向かったときのベルモンの薄ら笑いが目に浮かぶようだ。《本当かね？　そんなことがありうるのか？――いや、間違いない、写真を見たんだから。死ぬほど笑い転げたよ》ひそひそ声で交わされるそんな会話が、ここまで聞こえてきそうだ。玄関の呼び鈴を押そうとしていたわたしの指は、宙をさまよった。ベルモン一味の嘲りの対象になる――そんな場面には、今のわたしはとても立ち向かえそうにない。呼び鈴を押すことはできなかった。

しかたなく、家の周囲を迂回した。すると勝手口の前に出た。表向きは、マニュエルを誘拐したという疑いを晴らしたかった。でも結局のところ、わたしは一味の鼻を明かしてやりたい気持ちのほうが強かったのだ。こちらだってやられっぱなしになっていないと思わせることをやってのける。例えば連中が予期していない場所にわたしが姿を見せるとか。

予想どおり、勝手口の鍵は閉まっていなかった。〈フロ〉（フランスの大手外食チェーン）の空箱や、フォアグラの残り、その他半分手をつけただけの料理皿などが散らかった調理場を、わたしは通り抜けていった。あたりに人のいる気配はない。確かに乱雑をきわめていたが、大きな屋敷の調理場としては特に目を引く点はなかった。

マニュエルとベベに案内してもらったおかげで、家のなかのことはわかっている。階段までまっすぐ進んでいき、登りはじめる。こんな大きな屋敷に人知れず入り込んで、こうして動き回っていることに、わたしは一種の快感を覚えていた。やがてサロンに通じる吹き抜けに近づいた。ざわめきが聞こえてくる。いや、相当な騒ぎだ。十秒間隔で携帯電話が鳴る。出入り口の扉が開閉される度に、人々が交わす会話の断片がこちらにもとどいてくる。いらいらしてなにかを命令するような声だ。今日集まっているのは、セリーヌ・ベルモンが死んだ日に居合わせた人々と同じ顔ぶれではないか。そんな気がしてならない。あの日はロール・パスカルも招かれていたのか？　それは間違いないと思われる。あの晩の雰囲気が、今になってもまざまざと思い出されてくる。わたしはあのとき、この屋敷のなかにべつの女の存在を嗅ぎつけていたのだ。一種の勘で。多くの手がかりがわたしの記憶のなかにストックされているが、それらは直感によって得られた不完全なものにすぎず、いずれ解読されてもっとはっきりした形になるはずだ——そんなことを思っていると、突然、ひらめくものがあった。ロール・パスカルこそ、あの日セリーヌ・ベルモンを殺すことのできたただ一人の人物ではないのか。夜会用のドレスを着込んだ女性招待客をだれが疑うだろう？　人形みたいに着飾った女の一挙一動というのは、かえって見過ごされてしまうものではないのか？

　ふと見上げると、なんとなく見覚えのある窓が目についた。そうだ。あの夜、あの窓からわたしはセリーヌに話しかけたのだ。死ぬのは思いとどまるようにと。必死の思いで。あの位置からだと、窓のさらにうえに位置している屋根裏部屋の小窓は死角になる。反対に、だれかが屋根裏部屋に隠れていたとすれば、わたしたちが言葉をやりとりする様子は完璧に見下ろせたはずだ。

　わたしは屋根裏に通じる小階段に入り込んでいった。サロンのほうからは、人々が罵り合う声が聞こえる。また、新たな人々が到着した気配もある。どうやら不穏な空気が漂いはじめたようだ。屋根裏には出入り口にもなる窓が三カ所あり、セリーヌ・ベルモンがあの晩したように、屋根のうえに出られるようになっている。床には、数週間前から置き去りにされているのだろうか、空のプラスチックボトルが埃だらけになって転がっている。確かに、あのとき見かけたような気がする。ただし、あのときはセリーヌのことで頭がいっぱいで、なぜそんなものがあるのか考えてもみなかった。いまだにべたべたしている屋根瓦を見て、わたしの疑いは確信に変わった。だれかが瓦のうえに油をまいたのだ。そのせいで、セリーヌはバランスを崩した。一歩足を踏みだしたときにはもう手遅れだった。彼女は飛び降りるしか……あるいは転落するしかなかった。

　ロール・パスカルが自分の手を汚してまで、愛人の妻をなきものにしたからといって驚くにはあたらない。現実に同じようなことはいくらでも起っている。問題なのは、彼女がスダン警視の指示に従って行動した疑いが濃厚だということだ。

　わたしは指紋がつかないようにブラウスの袖で指を包み込むようにして、油が入っていたはずのボトルを拾いあげた。それから急いで階段を駆け降りた。ただし極力音を立てないようにして。さいわい平底のサンダルを履いていたので問題はなかった。調理場を駆け抜け、ふたたび庭に出た。もうベルモンと面会しようという気持ちはなくなっていた。〈警察業務監督局〉のオフィスが開くまで、どこか安全な場所で時間をつぶすことだけを考えていた。

「ドクター・カブラル?」闇のなかから声がした。

マルシオニ警部がわたしの胸先に銃を向けていた。わたしはその場に釘づけになった。冷たい手がわたしの手首をつかむ。疑い深そうな目つきでわたしのことを見つめていた。

「こんなところでなにをしているんです?」銃を持っていないか確かめるために、わたしの体をすばやく探った。まさか、なにかが出てくるなんてことはないだろうけれど。それでも、わたしは心の底から恐怖を感じていた。

「こんなものでなにをしようというんです? 空のプラスチックボトルを集めようってわけですか?」

「とんでもないです! わたしにかまわないでくれませんか? ベルモンさんにお話しに来たんです。わたしはマニュエルを誘拐したわけではないって、ちゃんとそう話しましたよ」

沈黙。

「それで……彼はどう答えましたか?」

「彼は完全にわかってくれました。双方の間に馬鹿らしい誤解があったということで意見が一致しました。したがって告訴は取り下げてくれるそうです」

「いつそうすると?」マルシオニが訊いてきた。口調に皮肉なニュアンスが感じ取れる。

この際嘘を通すしかないと思った。

「明日にでも」

「ポール・ベルモンは二時間前に死にましたよ、ドクター。招待客の目の前で、自分の頭に銃弾をぶち込んでね」

マルシオニはわたしを追いたてた。こちらが驚いているのになんかお構いなしだった。警部のこんな態度には納得できなかったが、逆らわないことにする。わたしたちは屋敷を離れ、無言のまま庭を横切った。正門の前まで来る。鉄柵には文字盤が取りつけてあって、マルシオニが暗証番号を押すと扉が開き、わたしたちは外に出ることができた。そのあとでカチッという音とともに扉が閉まり、自動的に施錠されたようだ。敷地の外に出ても、マルシオニがどういうつもりなのか、わたしには理解できないままだ。

車のところまで来ると、口を開かずにはいられなくなった。

「あの、警部さん、誤解しないでいただきたいのですが……」

「私たちは同じ船に乗っているんですよ」このときを待っていたかのように、マルシオニは言った。「私だって、セリーヌ・ベルモンを殺した犯人を捜しているんです。ただし、あなたと違うのは、私が警察官だということです」

「ベルモンさんになにが起ったんです？　本当に自殺したんですか？」

「自殺です。多数の招待客が証言しているので、疑いの余地はありません。食事が終わったあと、やにわにピストルを取りだしてこめかみに当てるという、大胆なやり方でしたよ」

「でも……どうして？　なにかしら説明はなかったのですか？」

「手紙が一通残っていました。息子を救う、これが唯一の方法だと書いています。そう、あなたが連れ去っていった男の子です……」

わたしは思わず反論した。

「ジェニファーの件がああいう結果に終わったあとで、ＣＩＰにさえあの子をゆだねることはできなかったんです。もうだれも信用できない——そんな思いから、わたしが面倒を見ることにしました」

「あなたがしたことは間違っていません。非常事態ですからね。ロール・パスカルとの間で諍いを起したそうですね。だとすると、マニュエルはあなたの訪問のおかげでロールから死刑宣告を受けたも同然だ。それによって愛人のベルモンを罰することにもなりますしね。マニュエルを見世物興行に連れていくのを許したのがいけなかったのか、そういう約束をかわしたこと自体が気にくわないのか、私にはわかりませんが」

わたしは抗議の叫びを上げた。

「そんな馬鹿な！　不在のベルモンを罰するために子供が痛めつけられるなんて！」

「べつに驚きませんがね、そういうのが連中のやり口なんだから。でも、もうケリがついたも同然です。私は証拠をいくつか握っていますから、そいつを大いに活用しますよ」

「で、マニュエルは？　いつまであの子をかくまっていなければなりませんか？」

「もう危険はありません。ベルモンが死んだ以上、圧力をかける必要はないんですから。さっそく新しい養父母を探してやるといい。ベルモン家の財産はマニュエルが相続するわけですし、そうなればあなたも安心して仕事に専念できるでしょう」

暗闇のなかで、マルシオニの口ひげが銀色にきらめいている。わたしはあくまで、彼との間に距離を保とうとしていた。二人が同じ立場にいるのは事実だ。けれど、全面的にこの男を信頼するのはまだ早すぎる。ようするに、依然として五里霧中ということだ。

警部が手にしているという証拠について、わたしはもっと詳しく問い質そうとした。と、そのとき、強烈なヘッドライトがわたしたちのいる場所を照らした。一台の車が急ブレーキをかけ、タイヤをきしませながらわたしの目の前に停車した。

「ヴェラ！」

マルシオニは直立不動の姿勢を取った。スダン警視が、ドアをけたたましく開け閉めしながら車から飛びだしてきた。

「ヴェラ、きみは今までどこにいたんだ？」

マルシオニは警視の《きみ呼ばわり》にショックを受けたようだ。軽蔑のこもったまなざしでわたしのことを見つめている。わたしに大事な打ち明け話をしたのはとんだ間違いだった——そう思っているにちがいない。

「おやすみなさい《ボンソワール》、ドクター」冷たい口調で言った。

それから、ちょっと躊躇したあとでこうつけ加えた。

「免許証をお返しします」

なんの免許証のことを言っているのか？　彼はプラスチック加工したピンク色のカードを差しだした。黙っていろ、と目で合図しながら。わたしは無言で受け取り、バッグのなかにしまい込んだ。マルシオニは警視をわざと無視しながら、車に乗り込み、エンジンをかけた。

スダンは遠ざかっていく車を目で追っている。けれど、わたしは彼の注意をこちらに向けようとした。

「わたしをファーストネームで呼ぶことは許しません！　ファーストネームで呼ぶのも、気安く呼びかけるのも！　あなたはわたしにとっては取るに足らない人だわ！　患者が一人増えるだけのことで、せいぜい何百分の一にすぎないってわけ！」

怒りは思わぬ方向にほとばしり出た。それがかえってわたしを陶酔させていた。ようするにわたしは、すっかり我を忘れていた。

「ヴェラ、やめないか……」

「その〝ヴェラ〟をやめてって言っているのよ。わかってほしいわね。あなたなんか、お父さんといっしょにどこかに閉じ込められればいいんだわ！　それ以上の待遇はないわね！　あなたが警察官だなんて、聞いて呆れるわ！　わたしのことを、殺してやりたいって思っているんでしょ？　だったらそうしなさいよ、遠慮せずに！　殺されるのなんか怖くないわよ！」

「だれもきみを殺しはしない」彼はつぶやくように言った。

「あ、そうなの？　ずいぶんと紳士なのね！　わたしの性器のレントゲン写真を見ながらオナニーするほうがいいってわけだ！　でも、そういうのって、あくどいやり方じゃない？」

「そうだ、あんなことしなければよかった……」

「まったくそのとおり。するべきじゃなかったのよ」

「でも、きみは手術するべきではない！」突然声のトーンが上がった。「手術なんかしたら一生後悔することになる！　あのご老体――いや、きみの主治医に、あんなでたらめを言ってやったのも、手術をあきらめさせるためだったんだ。きみの肉体的欠陥を言いたてて、粗悪品を売りつけようとするやり方に我慢ならなかったのさ！　きみのためを思ってしたことなんだ、ヴェラ、きみのことだけを思って……」

　いつの間にか出てきた霧が、わたしたちの肩にのしかかっていた。夏服の繊維を通して、湿った冷たさが体にまで伝わってくる。

　わたしは話そうとした。けれど口がうまく開かず、細い声が漏れ出ただけだった。

「どういうふうにして……あなたは知ったの？」

「電話を盗聴していた」彼はいともあっさりと認めた。「最初からね」

「それじゃ、警察署ではずいぶん暇なんだ！」

「きみの家族がおしゃべりだってことは……認めなければな。でもぼくにはどうでもいいんだ、きみがどうあろうと……」

「そうじゃないでしょう。欲情をそそられたからこそ……」

　彼は近づいてきて、わたしを抱き寄せようとする。

「どうしていけないんだ？」耳元にささやきかけてきた。「どうして、あるがままのきみを愛してはいけないんだ？　どうしてきみが、ほかの女たちと同じでなくてはならないんだ？」

　わたしが抵抗しないのを見てとると、身を離した。けれど腕を伸ばしたまま、肩はしっかりつかんでいる、人形を両手でつかむみたいに。

「愛している、ヴェラ」熱を帯びた口調で、そう言った。「今までこんなふうに、人を愛したことはない……」

　わたしは彼の目をまっすぐに見つめた、まばたきせずに。

「わたしのカルテを返して」

「もちろん。車のなかに行こう。ひんやりしてきたから」

　わたしは自分の車の、運転席に乗り込む。彼のほうも、黙って助手席に身を落ち着けた。わたしはエンジンをかけ、暖房を入れる。熱帯の気候を狂おしいまでに夢見て。

「そのことで、ぼくを恨んでいるということか？」彼は訊いてきた。「カルテの件で？」

　こんな馬鹿げた罪は、告白しただけで免責される――そう言いたいかのようだ。

「きみは愛というものがなにか、知らないんだ、ヴェラ……」

どうやら心を病んでいるらしいこの男が、こんな台詞を吐くなんて、わたしにはお笑い種だった。だから容赦なく、こう言ってやった。

「あなただって、愛がなにかなんて知らないくせに。あなたは過去のどこかの地点に固着しているのよ。そのために今も苦しんでいる。あなたには治療が必要なのよ、トマ」

彼は答えるかわりに、悲しげな笑みを浮かべながら腕組みした。わたしたちはそのまま黙り込んだ。急に疲労にとらわれて、わたしはドアに身をもたせかけた。横にいる男に、ハンサムだと思ったこともある横顔に、辛辣な視線を向ける。

「マニュエルはどこなんだ?」急に彼が尋ねてきた。

「あの子を誘拐したわけじゃないって、よくわかっているでしょう」

「馬鹿なやつだな、ベルモンという男は。あれだけ交渉を重ねておいて、結局受け入れる気持ちになれなかったんだからな」

「彼はなんの交渉をしたというの?」

スダンは躊躇していた。わたしは座席のうえでなかば身を起して、彼の肩をつかんだ。そして力いっぱい揺する。目の前に彼の顔がある。ほんの数センチの距離だ。わたしは彼のどんよりした目をまじまじと見つめる。

「トマ! 本当のことを言って! ベルモンはなにを交渉したの?」

「マニュエルの安全についてさ」彼はしぶしぶ説明を始めた。「息子に手を出さないと約束させたうえで、彼はトゥシェを仮釈放する許可を手に入れた。そのためにあちこち奔走したんだろうが……」

わたしは呆気にとられた。言葉がうまく出てこない。

「でも……でも……トゥシェみたいな男は、塀の向こうに閉じ込めておいたほうが安全なのに！」

「そいつは違うな。殺すとなれば、彼に代わって実行する人間はいくらでもいるんだ。あの男は〈首領〉なんだから、彼がそうする気になればね」

「なんの首領？」

「彼は〈人を従わせる使命を持った男〉なのさ」

理解しようがしまいがわたしの自由、ということだろう。スダンは〝深淵の底〟に言及しているのだ。それくらいはわたしにもわかる。言わば未知の場所。荒廃した、不毛な土地。そこでは苦しみと、死と、悲しみが生みだされるだけだ。闇のなかにはもう、彼の顔のなかばしか見いだせない。向こう側の、ほの暗い岸辺に立っているのだ。そこで座礁してしまったことに甘んじて、ただわたしの名を呼んでいる。いきり立ってみたところで、彼の力ではどうにもならない。宿命に逆らってみたところで。すがれるものといえば、わたしに対する奇妙な情熱のほかになにもないのだ。

わたしは彼のほうに身を滑らせた。それに応えて、わたしの髪に顔を埋めてくる。首に頰を押しつけてくる。息ができないほどに、わたしは抱きしめられた。わたしは彼の妻であり、姉であり、救命ブイであり、ようするに、最後の頼みの綱なのだ。わたしには、彼を疑うことはできない。憎むのはもっと難しい。わたしは、自分がこうささやいているのを聞いた。

「トマ、トマ、あなたはそこから抜けだせるかもしれないわ」

彼は身を離し、優しい目つきでわたしを見た。

「きみは、自分で言っていることを信じてはいない」微笑みながらそう言い返してきた。「どちらか決めかねている場合じゃないわ。あの連中とは手を切らなければ。今すぐ、きっぱりと」

「きみは、ぼくにどんなに難しいことを頼んでいるか、わかっていないんだ……それは、不可能なことなんだ」

「あなたもあの……〈クラブ〉のメンバーなの?」

「かなり前からね。ぼくが……服従するほうの人間だと知ってから、ずっと」

これを聞いて、わたしは泣きわめきたい気持ちにかられた。一歩進むごとに、ますます希望のない場所に落ち込んでいく。一般に、倒錯的傾向を治療するには、長い時間と、患者自身の強い意志が必要だ。いや、それだけでなく、幸運に恵まれるのがなによりも必要なのだ。さて、今までのところでは、スダンは幸運に恵まれた人間だとはとても思えない。むしろその反対で、不幸の連続する人生を送ってきたと思われる。それでもわたしは、勇気をふるって、要塞に攻め込んでみた。

「トマ、いちばんいい方法は、お父さんを厄介払いすることだわ。世間の人たちが思っているのとは違って、倒錯的傾向というのは伝染するものなのよ。お父さんの言いなりには絶対にならない――そのことから始めてみましょう。あの人はこれまでにもいろんな罪を犯してきた。それだけでも、施設に収容する理由としてじゅうぶんだわ」

「ぼくにはできない」

「どうして？」

彼は困惑しているようだった。わたしは思わず身を離した。

「ぼくはあの男が大嫌いなんだ」率直に認めた、「いつだって忌み嫌っていた。母が苦しんでいるのをずっと見てきたから、いつか母を遠くに連れていこうと思っていた。父からなるだけ離れた場所にね。母がどうしてあんな男と結婚したのか、ぼくには理解できなかった。母が生きているうちに訊いておけばよかったと、今では思っているよ。《母さん、どうしてあんな間違いを犯してしまったの？　あの男のどこが好きだったの？　なぜ、あんな男と結婚してしまったの？》ってね」

彼の声は、愛撫するような優しさを帯びてきた。そして、今は亡き母親の亡霊との、ほとんど習慣になっているにちがいない会話を続けた。そう、心のなかの母に話しかけるときの彼の優しげな表情には、こういうことをしばしば、しかも長年続けてきたのだろうと思わせるものがあった。彼はおそらく、複数の人生を並行して生きているのだ。そして、それぞれの人生は、互いにぶつかり合うのを避けるために、壁で仕切られている。ただし、ほころびが生じることもある。乗っ取り事件の際に彼が見せた激昂と放心状態がまさにそのケースだろう。こんな危ういシステムのなかで、スダンならずとも、どれだけの間持ちこたえられるものだろうか？

「あなたがお父さんを守ってあげている理由が、わたしにはどうしてもわからない」わたしはあえてなれなれしい口調で言った。

「とんでもない！　守ってなんかいない。父を車椅子に釘づけにしたのはぼくなんだから。ただ生かしてやっているだけ、みたいなものさ……」

　わたしはもの思わしげに首を振った。

「そうじゃないのよ。問題はもっと複雑なの……本当のところは、あなたのお母さんも、あなたも、暴力的な家父長を厄介払いできないということなの……」

「でも、あの人はぼくを必要としている……」

「ハゲタカが屍肉を必要とするようにね！　あなたは彼にとって、ほとんど死んだも同然の存在でしかないの。あなたはあの人に、ゆっくりとむさぼり食われていく……。お父さんも、〈クラブ〉のメンバーなの？」

「いいや。たぶん趣味は合うだろうけど、連中にとってうちの父は、コントロールできないいかれた老人にすぎない。ようするに、父にはぼくしかいない。間違いなくそう言える」

　彼は全身で苦悶をあらわにしていた。それに合わせて口元も歪む。彼がこんなに醜く見えたことはこれまでなかった。わたしは、この苦悶を受けとめられるほど強くはなかった。彼は見たはずだ。わたしの目に浮かぶ涙を、わたしが勇気をなくしかけているのを、そしてこんなにも無力なのを。

「すまない」彼はつぶやいた。「謝っても謝りきれないな……」

わたしは激しい仕種で、携帯電話を差しだした。

「これで〇九番にかけて。そうすればＣＩＰにつながるから。エティエンヌに、お父さんのもとに行くように頼んで。お父さんを施設に収容するように。さあ、そうして」

「そんなことは、法律上無理だよ……」

「あなたはどうしようもない警察官、わたしはどうしようもない精神科医。きれいごとを言っていても始まらないわ」

「そのあとは？」

「そのあとは、わたしのところでいっしょに寝ましょう」

「そのあとは？」

「どうやったら服従しないですむか教えてくれる精神科医を選ぶ。そうして、あなたの手でトゥシェを殺す」

彼はわたしの発言に驚いて、身を硬直させた。けれどわたしは、彼の視線をしっかりと受けとめた。しばらく無言で見つめ合った。

「きみはもう承知してるだろうけど、ベルモンは娘の死にはまったく関わっていない」

そう説明しだした。「トゥシェが娘を殺した、ベルモンが服従しなかったせいでね」

もううんざりだ。この話はいつまで続くのだろう？

「ベルモンがなにをしたというの？」

「国民議会に提出された、性犯罪に関する法案に賛成したんだ。トゥシェは、そんな法律はなんの役にも立たないと証明したわけさ。〈首領〉は法を超越した存在だからね。やりたいときに、やりたい場所で、やりたいことをやるのさ」

「で、セリーヌは？」

「セリーヌは、夫が、こともあろうに娘を殺した犯人とつるんでいるのを知った。きみが拝借した例のフロッピーディスクを偶然目にしてね。彼女はジグソーパズルをやるように、小さな謎を一つずつ解いていって、最後にすべてを理解したんだ。そうして、あのぼろ屋の存在をなんとかして暴きたてようとした……」

「〈クラブ〉のことを言っているのね？」

「そうだ。彼女はわれわれを壊滅させようとした。でもわれわれは数が多いし、みんな〈クラブ〉を必要としている……なくなるのを許すわけにはいかない……」

「そこで多くの人が死んでいるのに、あなたは気づいていたの？」

「事故で死んだにすぎないんだ！　連中は苦しみを求めてやってくるんだから……事故が起ることだってある」

「でも、ジェニファーは？」

「彼女は訴えを起そうとした。つまり、服従しなかった」

「でたらめを言うのはやめて」わたしは叫んでいた。「彼女が従わなかったのはトゥシエじゃなくて、父親だわ!」

「そんなのはどうでもいいんだ」

「あ、そうなの? それはどういうわけ?」

彼は目をそらせた。

「犠牲者はあくまで犠牲者でなくてはならないんだ」平板な口調で、彼は言った。「支配する人間と支配される人間がいる。〈首領〉は反抗を許さない。いかなる種類の反抗も。ぼくは従う側の人間だから、従わない人間を告発する側にいる」

わたしはフーッと、長いため息をついた。わたしを愛していると言い張っているのは、この男なのか? だとすれば、なんという勝利。なんという陶酔。わたしは死にもの狂いの、絶望的な視線を彼に向けていた。

彼はわたしの考えを理解したようだ。突然、わたしの手から携帯電話を取りあげると、CIPのコード番号をプッシュした。

「父の病気がひどくなりましてね、ドクター」電話の相手にそう説明している。相手はきっとエティエンヌだろう。「危険な状態だと思います。はい……至急出動願います。長い間こうするべきだと思っていましたが、できませんでした。これはとてもつらい決断ですが……」

あとはどうでもいいおしゃべりだ。電話は少なくとも十五分は続いた。エティエンヌは、こういう電話を軽く受け流せるほうではないのだ。

「ドクター・カブラルに来てもらったことがあります。そのことは内緒にしてくれとお願いしていました。父は……ドクターにまで暴力をふるいました。でも彼女は告訴はしないと言ってくれました。父を病院に収容するという条件付きですが……いいえ、私は立ち会わないことにします。そんな気力はないので……くれぐれもご注意ください、父は鞭を持っていますから」

そのあと、彼は長いこと黙りこくっていた。フロントガラスの向こうの道路と、暗闇のなかでゆっくりと波打つ大木に目を凝らしながら。わたしはエンジンをかけた。それから、きっぱりとした口調で、

「さあ、ひと眠りしに行きましょう」

「ぼくの車はどうするんだ？」

「あなたの部下の警官に、拾っていくように頼めばいいでしょ。でなければ、盗まれたってかまわないじゃない。もうどうでもいいわよ」

彼はいっさい答えなかった。泣いていた。

26

パリに戻るまで、わたしたちは一言も言葉をかわさなかった。助手席のスダンが今緊張状態にあるのを考慮に入れて、わたしはスピードをやや落として運転していた。赤信号で停車したあとも、ゆっくり発進するようにした。もちろん、急停車はご法度だ。まるで霊柩車を運転しているみたいだ。

「どこへ行くんだ?」突然スダンが尋ねてきた。「モンマルトルは、右のはずだが」

ほとんど彼の声でないみたいだった。記憶のなかにあるより、耳障りな声だ。不安と恨みがましさが混じり合っているような。

「考えを変えたのよ。わたしのところには行かない。友達の家に、あなたを連れていくわ」

彼はぎょっとしたように体を浮かせた。

「きみの友達のことなんかぼくには関係ないじゃないか!」

「とても優秀な精神科医なのよ」

わたしは立つ位置を定め、攻撃目標に向かっていく。彼はわたしを見つめる。失望の色が濃い。いや、そのまなざしには、かろうじて抑えている怒りさえ感じられる。

「やっぱり、きみのところに行こう」なおもこだわった。「そんな仕打ちをしないでくれ。少なくとも今夜は。お願いだから」

「あのね、どうでもいいおしゃべりをする段階ではないのよ。あなたが必要としているのはわたしじゃなくて、ちゃんとした精神科医なの。まずそこから始めることよ。とにかくあなたは、今の状況から抜けださなければ」

答えはなかった。わたしは視線をそらさなかった。けれど、とても居心地が悪く感じはじめていた。

「ヴェラ」彼は耳障りな声で言った、「ぼくは父親を売ったんだ。そこまで求めに応じたのに、そのあとでだまし討ちに遭うなんて、耐え難い。こんな気持ちは、きみだって理解できるだろう？」

わたしは呆気にとられて、言った。

「どういうこと？　あなたはお父さんを〝売った〟と思っているの？　ねえ、トマ、〝売る〟ためには、交換するものが必要よね。利益を得られるものが。じゃあ、お父さんをなにと交換したというの？」

「きみとだ」

「父親を隔離したことが、あなたにわたしと寝る権利を与える――そんなことをまじめに考えているの？」

彼はなにも言わなかった。そしてそのことが、多くを語っていた。わたしを見つめる彼の目には、辱しめを受けたという感情がありありと見てとれた。

「きみのために、そうしたんだよ」彼は低い声で言った。ほとんど聞き取れないくらいの声だ。「今までのどんな相手とも違ったやり方で、ぼくはきみを欲しているんだ」

「嘘よ。あなたは自分のためにそうしたんだわ。自分が命拾いするためにね」

わたしたちは小声で話していた。声を高めたときの、自分たちの声が恐ろしかったからだ。それほどまでに神経質になって。ほんのちょっぴりだったとはいえ、わたしは愛というものを信じた。あの愛は、どこへ行ってしまったのか？　あのときのほろりとした気持ちは、どこへ行ってしまったのか？

わたしは投げやりな気分で、こうつけ加えた。

「あなたのお父さんが、わたしとどんな関係があるっていうの？　病人を一人隔離したからって、それがわたしになにか変化をもたらすとでもいうの？　わたしはなにも、いかれた人間を地上から一掃しようなんて思っていないわ。問題はあなたの人生なのよ、わたしのじゃなくて」

「きみはとんでもない女だ」

「トマ、わたしはなにも……」ちょっと言いすぎたと思った。あとの祭りだ。

彼はドアを開けて、歩道に飛び降りた。

めた。「二度と、ぼくの前に姿を現さないでくれ、ヴェラ」そう言うと、ゆっくりとドアを閉めた。「さもないと、きみを殺すことになる」

スリムは、パジャマ姿のままドアを開けに来てくれた。彼を起してしまうかもしれないと思っていたけれど、子供たちだけ寝かせて、彼自身はまだ眠らずにいたらしい。不眠の夜を紛らせてくれる存在が現れて、かえって喜んでいるようだ。彼の精神がフル回転しだすのが、たちまちわたしにも感じ取れた。

キッチンの壁に張ってあるカレンダーの日付が線で消されているところから、シメーヌが二週間後に帰ってくるのがわかった。わたしたちはコーヒーと軽食を前にして腰掛けた。そしてわたしは、ことの次第を最初から洗いざらい話した。十五分の間、スリムは口をはさまずにわたしの話を聞いてくれた。感嘆したり、コメントしたり、質問をしてきたりすることはいっさいなかった。わたしは話し終わると、黙り込んだ。話しているさいちゅうは、夢中になって、我を忘れていた。

「その警官こそが、人集めをする役割を担っていたんだな」スリムは煙草に火をつけながら、最初に結論を述べた。「潜在的犠牲者を〈クラブ〉に向かわせるのなんて、彼には簡単だったろうね。警察官の身分を悪用すれば、人をだますのはわけないんだから。思うに、ことが悪いほうに向かった場合の火消し役も、彼が果たしていたんだろうよ。彼の立場なら自由自在に動けるし、自らに疑いがかかる前になんらかの手を打つことだって……。それにしても、ぼくにとって驚きなのは、きみともあろうものがこんな簡単な事実に気づくのにずいぶん時間を費やしたってことだな」

わたしはコーヒーカップを前にしてうつむきながら、なんとはなしに打ち明けた。

「わたしたちの風変わりな関係は、そもそもの初めからなの。むしろ彼から仕掛けられた〝誘惑ごっこ〟に、わたしのほうが振り回されていたみたいなもの……どうしてそんなことになったのか、うまく説明できないけど。彼は本能的に気がついていたみたい、わたしがどんなに……」

「……ほかの女と違っているか？」スリムは無邪気さを装って言い当てようとした。

わたしは躊躇した。けれど正しい指摘だと認めざるをえなかった。

「まあ、そんなところ」

「赤ワインをやらない？」そう勧めてきた。

彼はアルコールをやらないが、訪ねてくる友人用に何本かストックしていた。わたしは彼の勧めを喜んで受け入れた。いや、断る気力がなかった、というのが正直なところだ。

「いつだっておんなじ話だね」わたしのグラスを満たしながら、彼は言った。「つまり、自分ではそんな気がないのに、一挙手一投足が合図の役割を果たしてしまうことがある。まずいのは、それをまともに受けとめてしまうやつがいるってことさ。そいつがいい人間である場合は稀なんだけれどね。まあ、最終的に誘いに乗らなかったってことが、大事な点だな」

「彼のことを思うと胸くそが悪くなるわ！」

スリムはちょっとの間わたしのことを見つめてから、優しげに言った。

「それは違うな」

「そうね。あなたの言うとおりだわ。確かに、彼には胸くそが悪くなった。それは間違いない。けれど、彼に哀れみを感じたのも事実ね。奇妙な話だけれど、彼を嫌悪するかわりに哀れんでいたという面もあるわ」

わたしは彼のパッケージから煙草を一本拝借した。それから、問題はこれで解決したとでもいうように、言葉を続けた。

「あなたの意見では、これからどうしたらいい？〈警察業務監督局〉に告発すべき？」

「一人で行っても、目的を達せられない恐れがあるな。警察内に味方になってくれる人物がいるといいんだがね。ベルモン家できみが会ったっていう初老の警部だけど、彼はスダンにいい気持ちを抱いていないんだっけ？」

「マルシオニのこと？　完全に仲たがいしているわね、あの二人は。明日にでも電話してみるつもり」

「いや、すぐに電話したほうがいいな」

彼の声のトーンが図らずも、わたしの今の立場からして迅速にことを進める必要があると思い出させてくれた。で、警察署の番号を調べようとバッグのなかに手を入れた。

するとマルシオニが渡してくれたプラスチック製のカードが出てきた。期限切れの免許証だった。しばらく眺めてから、スリムに手渡した。

「見て。彼の写真よ」

免許証の写真は、十八歳のスダンのものだった。幻滅しきったようなまなざしで、カメラのレンズを見つめている。

「生年月日から計算すれば、彼は今三十二歳のはずだ……」

「どうしてマルシオニは、わたしにこんなものをよこしたのかしら……」

それからわたしは、免許証を見直してみた。どういうことか、やっと理解できた。この免許証が発行された当時、トマ・スダンはメニルモンタンに住んでいた。しかも、わたしが訪問した、まさにその建物に。ようするに、彼は十八歳のとき（母親が死んでから七年がたっている）、ヴァソール夫人のもとに身を寄せていたのだ。

わたしは椅子にどっかりと座り込んだ。頭のなかには黒い蝶が飛び交っていた。ということは、あの親切そうに見えたヴァソール夫人が、真実を歪めて語っていたことになる。つまり彼女は、あのとき語った以上にスダンをよく知っているのだ。

「嘘をついて彼女にどんな利益があるのかしら？」わたしはスリムに尋ねた。「わたしが調べていたのはスダンのことではなくて、彼の父親のことだったのに。もっとも彼女は、スダンの父を口をきわめて罵っていたけれど……」

考えにふけりながら、その考えが煮つまるのをスリムは待っているようだった。それからおもむろに口を開いた。

「結局のところ、彼女はきみに役立つことはなにも知らせてくれなかったわけだ。せいぜいよそで訊けばわかることばかりでね。スダンの過去は死んで埋葬された――そういうことなんだろうな。彼女はただ、病気の父親を施設送りにする手助けをした。間にきみを介在させてね」

「そうね。でもスダン警視とヴァソール夫人の関係に、なにがしかの重要性があるからこそ、マルシオニがそのことを免許証によって知らせてくれたんだものね」

「例えば、スダンが〈首領〉と出会ったのがヴァソール夫人のおかげだったとすれば?」スリムが突然そう訊いてきた。「父親は〈クラブ〉とはいっさい関係ないって、スダンは自分の口から言ったんだから」

「待ってよ。あなた、ヴァソールが〈クラブ〉の古くからの常連だったっていうの?」

「そういう可能性だってあるよ。ああいう連中というのは、一種のセクトを創りあげるものだからね。肉体的にはもうついていけなくなっていても、連中はグループとのコンタクトを保とうとするし、自分が役に立つ存在でいたがるものなんだ。ようするに彼らは、人の言いなりになりやすいタイプなのさ。そのへんのことは、きみにだってわかるだろ? 連中はつねに〈首領〉を必要としている、空気が必要なようにね。そうなるともう、〈首領〉から離れられなくなる。そのヴァソールという女だって、トゥシェに何人かの少年を提供していたのかも……」

「まさか。わたしには、子供があの男の興味を引くとは思えない」

「それじゃ、若者が？」

「子供と若者は違うでしょ」

確かに例の宣伝ビデオには、何人かの若い男たちが出ていた。それでも顔は見えなかったし、警察の少年課を怒らせる要素はなかったように思う。そもそもああいう連中というのは、きわめて慎重に振る舞う癖がついているものだ。仲間の一人からお墨付きを得てはじめて、グループに受け入れられる仕組みになっているのだから。

「マルシオニに電話しろよ」スリムが命令口調で言った。

わたしは警察署の番号を押す。

「ドクター・カブラルです。マルシオニ警部をお願いします」

「ご用件は？」

「緊急なもので」

どうやら、うまくいった。当直の警察官は、現場の刑事と常時連絡が取れる部署に取り次いでくれた。ところが、

「申し訳ありませんが、ドクター、マルシオニ警部は退職いたしました。ご存じではありませんでしたか？　昨日、送別会がありました」

27

太陽の光が容赦なく枕元まで差し込んでくる。正午頃目を覚ました。完全に目覚める前に、スダン警視と出会って以来こうむった打撃を一つずつ数えあげてみる。むしろ心に受けた大小の傷——ぱっくりと口をあき、化膿して膿がしみ出た——の一つ一つを。いや、いくらこんなことをしても気が晴れるわけではない。というわけで、ＣＩＰに電話してエレーヌを呼びだした。なにか新しい情報がないかと思って。

「わたしは相変わらず謹慎処分を受けたままなの？」

「原則的にはそうだけど」彼女は快活な声で答えた。「でも、ストの指令は取り下げられないことになったわ。今組合の集会に出席してきたところ。取り決めは満場一致で採択された。だから処分は取り消されたも同然だわ」

「ストって、わたしのための？」

「あなたのためでもあるし、わたしたち全員のためでもあるの。だれだって政治的理由で解雇される恐れがあるんだから。わかるでしょう。政治家が精神医学に口を出しはじめると、旧ソ連みたいな体制に逆戻りすることもありうるんだから」

「そうね。言ってることはわかるわ」

「わたしたちが守ろうとしている、自由で独立した精神医学の原則はそういうことなの。この原則を守ることが、わたしたちの職務の遂行だけでなく、国民全体を守ることにもなるのよ」

彼女の言うことは、まさに正論だ。それに引きかえわたしのほうは、原理原則から遠く離れた場所にいると言わざるをえない。エレーヌたちがやっている崇高な戦いなど、わたしには月世界の出来事みたいに思われる。わたしは自分が、哀れみを誘うと同時に吐き気をもよおさせる存在になり下がった気がする。

「あなた、CIPに来るんでしょう?」

「すぐには無理だわ。その前にマニュエルに会っていきたいの」

「ああ。それがいいわね。あの子をどこにかくまっているの?」

まだ曖昧にしておいたほうがいいと思って、

「パリ市内の、とある受け入れセンターに預けてある。いったん切るわね。できるだけ早くそっちに行くから」

この件に関してエレーヌから根掘り葉掘り訊かれたくなかったのだ。ついで、実家に電話をかける。呆れたことに、電話に出たのはカリーヌだった。うそ寒い思いがする。

「会社じゃなかったの?」わたしは驚きを隠せずに言った。

「どうしても連絡がつかなかったんで、あんたが連れ込んだホームレス——若い女と男の子——に張りついてやろうと思ったのよ。そうしたら、首尾よくしっぽをつかまえられたってわけ、こうしてね。どうやら、ことの真相がわかりかけてきたわ」

ああ、なんたること。すでに戦争がおっぱじまっているというわけか。いったいいつになったら平和が訪れるのだろう？

「二週間後にはモイーズのビザが切れるのよ」きつい調子で姉が言った。「あんたのほうでなにかやってくれたんでしょうね？」

胸がドキドキする。こうなったら、本当のことを言うしかない。

「いいえ」

「いいわ」

「どうして、〝いい〟の？」

たっぷり罵声を浴びせられると思っていたので、ちょっと拍子抜けがした。相手は白けた笑い声を上げた。

「別れたのよ。もちろん、滞在許可証を別れのはなむけにできればエレガントなんでしょうけど。〝エレガント〟がなにかなんて、あんたにはわからないわよね……」

「べべと話させてくれる？」

カリーヌにはうんざりさせられる。いや、どいつもこいつもわたしをうんざりさせてくれる。アンフェタミンを隠したかもしれない場所を、頭のなかで捜してみる。トランゼン（精神安定剤の一つ）がもう効き目がないのであれば。いや、ダメだ、わたしにはもう無理だ。

「〈オルド〉に電話してみたらどう？　ディディエがウェートレスを探していたから、彼女を雇ってくれたのよ」

「あなた冗談言っているの？」

「いいえ、どうして？　暇をもてあましているようだったから、あの娘は。知ってのとおり、お母さんは人に手伝ってもらうのが大嫌いだし……」

「で、マニュエルは？」

「ローズマリーの子供たちといっしょに学校に通っている。ところで、あんたが子供たちを学校へ迎えに行ってくれればいいって、お母さんは思っているのよ。その機会を利用すればマクサンスと話せるし。そう、あの二人、まだよりが戻ってないの」

「とんでもないわ。わたしにはやることがあるの！　これからＣＩＰに行くんだから！　みんなわたしのためにストを打ってくれているのよ！」

「あら、まだあそこに勤めているの？　ねえ、だんだんわかってきたんだけど。あんたが入ってくるまでは、あの人たちけっこうのんびり働いていたものだわ。それが今になって、こんな地獄みたいなありさまとはね」

　十六時三十分に学校に行って、子供たちを両親の家に連れ帰るまでには、まだたっぷり時間があった。〈警察業務監督局〉にはそのあとに行けばいいのだ。ところで、まだ

りるんだから。

どうしても電話しておきたいところがあった。それくらいの時間はある。三分あれば足
「ムッシュー・カシェルスキー？」

「そうですが」

大人っぽい、低く美しい声だ。

「こんにちは《ボンジュール》、ムッシュー、わたしはドクター・カブラルです。裁判所で精神鑑定をやる精神科医です。マダム・ヴァソールという、元高校教師《リセ》について調べているのですが……」

「………」

「ムッシュー・カシェルスキー、聞いていらっしゃいますか？」

「なにを知りたいというのです？」

「悪い思い出を蒸し返すようで申し訳ありませんが、ムッシュー、とても重要なことなんです。よく思い出していただきたいのですが、あなたは昔、スダンという体育教師に暴力をふるわれましたね。そのとき、ヴァソールという女性科学教師があなたを助けようとしたと、そう彼女自身が言っているのですが、それは本当ですか？」

相手の声はたちまち冷たく、無機質なものになった。

「その話はまったくデタラメですね。その女性教師は私を助けてなんかくれませんでした。助けるふりをしていただけで」当時の恨みは決して忘れない、そんな口調だ。

「それはどういうことですか？」

「ヴァソールは組合の代表として、今度こそスダンを葬り去るつもりだと、私の両親に信じさせました。あとの処置は自分にまかせてくれと。両親は彼女のこまごまとしたアドバイスに従いましたね。結果として、私の訴えはお蔵入りになりました」

「どうして彼女は、そのようなことをしたと思いますか？」

「ヴァソールはスダンの愛人でした。そのことは周知の事実でしたね。私は事件のあとずいぶん取り乱していたので、両親は私の話なんか信じようとしませんでした。両親が事実を知ったときには、もう遅すぎましたね。一度取り下げた訴えを蒸し返しても、うまくいく可能性はほとんどないと聞かされました」

「スダンが妻を殺したことは知っていましたか？」

「ええ。でもその頃私はもう学校を離れていました……」

「スダンは昨日の晩、施設に収容されました。それでも、犯した罪のいくつかには責任を負うことになります。あなたの事件もそこに含まれるでしょう。当時の訴えについて、長い年月がたったあともあきらめきれない思いがおありなら……」

しばらく沈黙したあとで、

「あの男をなきものにするためなら、私はなんだってやるつもりです」

相手は最後にきっぱりとそう言った。

三十分後、わたしはサン＝モール通りの歩道の雑踏に巻き込まれ、身動きできなくなっていた。校門から、子供たちが叫び声を上げながら次々に飛びだしてくる。母親やベビーシッターが子供たちをつかまえようとして追いかけていく。また、周囲のあちこちで会話の花が咲いている。わたしだって、その気になれば話に割って入ることもできただろう。これからチョコレートパンでも買いに行こうかと、そんな他愛ないことを考えていたのだから。こんなふうに、皆と共通の話題を持てるようになって、嬉しい気がしないでもなかった。

マクサンスが、受け持っている生徒たちといっしょに出てきた。駆け落ちしたことで、十歳は若返ったように見える。そう気づくと、ちょっと胸が締めつけられる思いがした。彼のほうもわたしに気づいた。ただしあんまり嬉しそうな顔はしなかった。いや、むしろ、家族のだれかが家に帰るよう説得しに来るのを予期していて、そのときには決して言いなりになるまいと心に決めているようだった。彼の態度にはそんな頑なさが感じられる。わたしたちは、まわりの人たちからなんとなく避けられているようだ。きっとわたしのことを、子供の件で学校に苦情を言いに来た母親とでも勘違いしているのだろう。さて、わたしなりに、マクサンスを説得しようと試みた。けれど、彼にローズマリーとよりを戻す気がないのはすぐにはっきりした。

マニュエルが興奮で頰をほころばせながら割って入ってきたおかげで、わたしはマクサンスとの気まずい雰囲気から解放された。マニュエルは、わたしの姿を見ても驚いた様子は示さなかった。反対に、こうして親子のように校門で相まみえるのが、まったく自然なこととお互い感じていた。彼は、こんなに楽しい日をすごすのは初めてだと大声で言った。わたしはマニュエルを抱きしめると、顔をしっかりくっつけ合いながらくるくると体を旋回させた。わたしたちにとって、このうえない幸福なひとときだった。彼をこれからどうしようかというアイディアは、これっぽっちも思い浮かばないけれど、そんなことはこの幸福感のなかでどうでもよくなってしまった。

ふと、視界に人影が通りすぎるのに気がついた。ジーンズを穿き、白髪交じりの髪を短くカットした女だ。わたしは夢のなかにいるように、女が姪のジュディットに向かって身をかがめるのを見ていた。姪はちょうど、学校の敷地内から外に出てきたところだ。女は——ヴァソール夫人は、姪になにか話しかけている。わたしは抱いていたマニュエルの体をそっと放した。今ヴァソール夫人は、ジュディットの手をつかみ、いっしょに通りを渡ろうとしている。なぜ夫人がそんなことをしているのか？

わたしは叫んだ。

「ジュディット！」

まわりにいる人たちを突き飛ばして、わたしは突進した。人群れを掻き分けて進む際に、生徒のランドセルに引っかかってつまずきかけた。ジュディットの姿を見失うまいと、首をねじってそちらのほうを見る。二人は暗色のセダンのほうに近づいていく。運転席には、頭頂部の禿げた、顔面蒼白の男が座っている。トゥシェだ。

「ジュディット！」

姪はヴァソール夫人とともにおとなしく後部座席に乗り込んだ。車は発進する。わたしがやっとの思いで人群れから抜けだし、全力疾走で車道に降り立ったときには、すでに遅かった。それでも姪の名を大声で呼ぶ。トゥシェには聞こえているようだ。顔をわたしのほうに向けているからだ。ガラスの向こうから、冷ややかな微笑みを投げかけてきた。いっぽうヴァソール夫人の顔は、ガラスの反射のためよく見えなかった。車は通りの端の信号にさしかかる。青信号だ。後部ガラスを隔てて、丸顔のジュディットが驚いた様子でわたしのほうを見つめていた。

28

ポルト・ド・クリニャンクールから、外環自動車道へ、それから、コンピエーニュ（フランス北部、オワーズ県の町）方面に至る高速道に出る。いろんなケースが脳裏に浮かんでくる。路上で事故に巻き込まれるケース（命は落とさないまでも）。あるいは、憲兵隊の取り締まりに引っかかるケース。いずれにせよ、待っている人間がいるから急ぐのだ。わたしの場合、待っているのは姪のジュディットだ。ちょっとしたしくじりが、彼女の死を招いてしまう。

ずいぶん前から、彼らの車を見失っていた。けれど、道順はわかっていた。トゥシェが所有している別荘に向かうのだろう。そこの住所は、トゥシェの元妻からすでに聞きだしている。何度かマルシオニと連絡を取ろうとした。けれど、彼の携帯番号に何度かけてもつながらなかった。

結局、パトロンであるベルモンが死んでも、〈首領〉の手はわたしまで伸びてきた。いや、わたしみたいな取るに足りない人間を網にかけるくらい、あの男にはたやすいことなのかもしれない。今後は、わたしの身柄がつねに〈照準線〉の内部にあるのだと、覚悟していなければなるまい。罰せられるべきは、彼でなくむしろわたしのほうなのだ。あちこちに憎しみと死をもたらす彼の策略は、とうとうジュディットを餌食とするにまで至った。わたしのかわいい姪であり、ほとんど娘にも等しいジュディットを。わたしのせいで、わたしがベルモン事件に深入りしたせいで、不幸は正々堂々と、カブラル家の内部に入り込もうとしている。

スダン警視のほうは、ポール・ベルモンの自殺が引き起しつつある、スキャンダルの揉み消しに躍起になっているにちがいない。わたしはやむなく、彼とコンタクトをとるために警察署に電話した。けれど警視は今内務大臣と会議中だから出られないとのことだった。結局、彼をつかまえたところで、わたしになにが望めただろう？　罠にはまって身動きできずに、あっぷあっぷの状態にいるこのわたしに。とにかく、今できるのは、あの二人をつかまえて、ジュディットを殺してもなんの利益にもならないとわからせることだけだ。

人目につかない場所に車を停め、〈マロニエ小路七番地〉の入り口に立った。黒いペンキを塗られた門の前だ。郵便箱と取っ手の握りが目につく。トゥシェの別荘は、おそらく十九世紀に建てられたものだろう。装飾過多の鉄柵の向こうにおごそかな様子で立っている。豪華な建物だが、大きさはそれほどでもない。庭は狭く、前面で帯状をなしている。あちこちで匍匐《ほふく》しているブドウの木がファサードを侵食し、伸び広がった蔓が閉めっぱなしの鎧戸を覆いつくしている。だがところどころに、人間の痕跡は見てとれた。いかにも人に打ち捨てられた別荘のように見えるが、それは見せかけにすぎない——そう思わせるなにかがあるのだ。

呼び鈴はない。門扉を押すと、蝶番が耳障りな音を立てた。不安感に苛まれながらも、わたしは狭い階段に通じる、セメントで固められた道をたどっていく。階段の先は玄関扉だ。外の通りのほうに人気《ひとけ》はなく、物音もまったくしない。トゥシェがこんな場所に隠れ家を構えたとしても驚くにはあたらない。いや、人里離れているという事実以上に雰囲気そのものが、世間から隔絶した印象を与えている。

覚悟を決めて、扉に取りつけられたノッカーを握った。わたしは自分が、要請を受けて派遣された精神科医にすぎないと思おうとした。そうだ、特別なことはなにもないんだ。冷や汗をかくほどではないし、パニックに陥る必要もない。

扉には鍵がかかっていなかった。どこかから電気的なノイズが聞こえてくる。顔を上げると、ビデオカメラのレンズがわたしをまともにとらえていた。

家のなかは薄闇に浸されていた。天井から垂れた古い裸電球が、なんとか足元を照らしているだけだ。扉のわきのコート掛けに、重そうになにかがかかっているのが目を引いた。わたしは不思議に思って、さらに前に進んでみる。それから、あっと思って立ち止まった。心臓が飛びだして足元に転がり落ちるほどの衝撃。

革のブルゾンを着た男が吊るされていた。白い口ひげが特徴的だ。胸元には血糊がべっとりとこびりついている。マルシオニの死体だった。

そのとき、かん高い叫び声が沈黙をつらぬいた。わたしは廊下のほうへ駆けだす。声がしたほうへ。大声で呼んだ。

「ジュディット！　どこにいるの、ジュディット？」

「ヴェラ！　ここ！　助けに来て、お願い！」

わたしは走っていきかけた。けれどすんでのところで思いとどまった。冷静にならなければいけない。ジュディットを解放する。それはいい。けれどジュディットのことを頭に思い浮かべてはダメだ。さもないとパニック状態に陥ってしまう。おまけに、四方八方からビデオカメラが、わたしの行動を記録しているのだ。

彼らはサロンでわたしを待ちかまえていた。サロンといっても、壁際には使わなくなった家具を積みあげてあり、床には埃が降りつもっていた。むしろ、荒廃した雰囲気だけが際立ったような部屋だ。すり切れたビロード張りのソファーの隅に縮こまって、ジュディットは顔を泣き腫らしていた。離れていてもそれはよくわかった。隣には、ピンと背筋を伸ばした姿勢でヴァソール夫人が腰掛けている。鞭を膝のうえに置き、こちらをじっと見つめていた。わたしの視線は、鞭からまた子供のほうへと向かう。けれど、今度はなんとか動じない顔つきを保つことができた。

「マルシオニ警部に出くわしたでしょう、ドクター」どこかで甘ったるい声がそう言った。「警部はどんな様子でした？」

声の主は窓の近くに立っていた。光を背にしている。以前見かけたときとほとんど同じ様子だ。あまり背は高くない、平凡な男。服は上下ともグレー系で統一している。

わたしはあくまで無関心を装って応じた。

「こういったお膳立てを、いったい何人がかりでこしらえたんでしょう?」

ジュディットがマルシオニの死体を目にしなかったことをわたしは切に願っていた。彼女がここにやってきたあとに、死体が入り口に吊るされたことを。さしあたり、わたしの問いかけはトゥシェの笑いを誘っただけだった。のどを柔らかく震わせるような、気取った笑い。いや、むしろホルモン異常か、声帯に疾患があるのを疑わせる声だ。この男のタイプからして、やはりホルモンを疑ったほうがいいだろう。

「あなたは、私を見くびっているようですね！　ぜーんぶ、一人でやったのですよ、もちろん！　私には、仲間なんて必要ありませんね、一人で楽しむんですから。かえって、他人なんかがいると、楽しみが台無しになりますよ。連中には、尻込みする瞬間ってものがありますからね。反対に、この私には、限界なんてものはないんですよ、いとしのヴェラ」

「〝いとしのヴェラ〟なんて言い方はやめてください」

「いずれあなたは、私の思うとおりの存在になりますよ」彼はあくまで愛想よく言った。「もう結構よ、トゥシェ、得意の長広舌はそのくらいにしといてください。あなたは〈全能者〉なんかじゃない。スダンみたいなくそったれ警官が守ってくれるからって、あなたはなんでも好きなことができるわけじゃないのよ」

「くそったれ警官ときましたね。あなたはその警官の好みにぴったりかなったわけだ。まあ、そのほうがいいんだろうな。あの男もちょっとは気を取り直してくれたしね。あなたの姪が通っている学校を教えてくれたのは彼なんだからね。あとであなたのほうから、お礼を言っといてね」

トゥシェが話している間、わたしはジュディットに近づいて、髪の毛を優しく撫でてやっていた。励ますような微笑を投げかけながら。姪はわたしの手にしがみついて離れなかった。まだわたしたちの危機が去っていないのを肌で感じて。あるいは、かえってわたしのほうが励ましを必要としていると見てとって。彼女は相変わらず震えている。わたしはバッグのなかに手を突っ込み、姪の気を静めるための薬を取りだそうとする。めずらしい種類のゴキブリでも見るようにわたしを観察している、トゥシェとヴァソール夫人のことはこの際無視して。

「わたしの車のなかに鞭を置いたのはあなた?」

ジュディットのためにレクソミルを四等分にカットしながら、ちょっと気晴らしをしてやろうと思って、そう言ってみた。

「私がしました」いかにも巧妙なやり口だと認めてもらって、得意になっているようだ。「自由の身になって、いちばん最初にやろうとしたのは、あなたに警告することでしたからね。まじめに受け取られなかったのは残念でした」

スダン警視は、あのときわたしが危険に直面しているのを知っていたのだ。あの晩なぜ、彼がわたしの両親のアパルトマンに現れたか、これで説明がつく。彼はトゥシェを見張っていた。同時にわたしを守ってくれていた。少なくともあの時点では。

わたしはジュディットに向き直り、レクソミルの破片を舌のうえにのせてやる。

「丸ごと飲み込みなさい。帰ったらまた診てあげるから」

姪が錠剤を飲み込もうとした、ちょうどそのときだ。ヴァソール夫人の鞭が振りあげられた。姪は悲鳴を上げる。わたしは夫人に飛びかかっていって、鞭を奪い取ろうとする。トゥシェの声が、悪夢のなかでのように聞こえてきた。

「姪御さんを殺されるほうがいいというのかな、ドクター、それとも、傷つけられるだけですむほうがいい？」

ヴァソール夫人の鞭はそのままにして、わたしはゆっくりと声のほうに振り返る。トゥシェは口元に微笑を浮かべている。手にした拳銃を、ジュディットの頭に向けたり、脚に向けたりしている。どうやら、こっちの負けを認めざるをえないようだ。

「これから、この娘にお仕置きをしてやりますから、見ていてください、ドクター」トゥシェはささやき声で言った、「くれぐれも、動かないように」

「もちろん、動きませんとも。よく考えてみて、トゥシェ、わたしにこれ以上失うものがあるというの？　どっちみち、あんたはジュディットをわたしともども殺すんでしょう。だったら、早いところ決めてしまったほうがいいのに。いまだにぐずぐずしているなんて、あんた、馬鹿もいいところだわ」

知らず知らずに、相手を〈あんた《テュ》〉と呼んでいた。呼吸が速くなっている。そのため、どうしても声がうわずってしまう。

だれかがボタンを押して合図したかのように、ヴァソール夫人がわたしののど元に飛びかかってきた。わたしはとっさにはねつけた。夫人はソファーのところまで飛ばされ、座り込んでしまった。さらに畳みかけていくこともできただろう。けれどここは、トゥシェの動きに注意を向けるべきところだ。彼のほうもわたしがどういうつもりでいるか理解したようだ。すぐにわたしを殺そうとまでは思っていないのが、なんとなく見てとれる。ふと思い至った。そうだ、ほかの目的があったからこそ、わたしはここまでおびきだされたのだ。そのためにジュディットが利用された。いつもこういうやり方で、この別荘に人を誘い込んでいるにちがいない。

今やはっきりと、相手の意図が理解できた。わたしは急いで言葉をついだ。

「ねえ、トゥシェ、目的はいったいなんなの？　なぜわたしをここにおびき寄せたの？」

「この女を殺してしまって、首領」ヴァソールが落ち着いた口調で言った。

「おまえの出る幕じゃない、下種女」トゥシェがたしなめる。

わたしがぞんざいな話しぶりを続けるのに、さすがのトゥシェも動揺しているようだ。この場に君臨する支配者としては、予期しない出来事が続くことはおもしろくないはずだ。彼はその厳格きわまる性格から、まわりの人間にきっちりと枠をはめているので、枠からはみだす振る舞いをする者がいるとは想像できない――それほど強烈に、この男は自分の力を意識しているのだ。

けれども、なにかが予定どおりに運んでいないとは、彼だって感じているはずだ。どうせ見込みがないなら殺されたってかまわないと、わたしが思っているのに気づいて、絶望と恐怖が必ずしも服従の要因にならないことに、苛立ちを感じている――彼の今の心境は、きっとそんなところだろう。わたしとしては、薬の調合を間違えないことが肝心だ。

わたしは自分のことを思い出してもらおうと、大声で言いたてた。

「あんた、なにをぐずぐずしてるの？　わたしは死ぬのなんかへっちゃらだってことを、よく肝に銘じておいてね。今頃は、とっくに家族が警察に知らせているでしょうね。あんたにはもう、逃れるすべはないのよ」

「黙りなさい」トゥシェは落ち着きはらって、言った。「あなたにはまったくうんざりする」

考え違いをしていたようだ。彼はまったく動揺していない。いや、いらいらしてさえいない。あくびなんかして。だれかが来るのを待っているような雰囲気もある。もしだれかが来るとして、あまり早く来すぎないことを願うばかりだ。特に、その人物がスダン警視でないことを。わたしとしては、祈るような気持ちでいっぱいだった。

29

ジュディットはぐっすり眠っている。わたしたち二人は今、二階のかび臭い一室に閉じ込められている。壁を匍匐するブドウの葉が鎧戸をすっかり覆いつくしていた部屋の一つだ。したがって、鎧戸を開けたところで、外の様子をうかがうのは難しいだろう。息がつまるような雰囲気だ。空気自体もひどく澱んでいる。わたしはジュディットが横になっているベッドの端に腰掛けている。姪はヴァソール夫人が振るった鞭によって傷を負った。薄い夏服の生地がなんとかその傷を隠しているが、痛々しい姿には変わりない。わたしは姪の寝顔を見つめながら、早いところ冷静さを取り戻さなければいけないと思っていた。

連中はわたしのバッグのなかを探ったうえに、診察用かばんと携帯電話を奪っていった。この部屋にビデオカメラが据えつけられていないのが、ただ一つほっとさせてくれる点だ。裏を返せば、ここでわたしたちがなにをしていようと、トゥシェにはまったく関心がないということでもある。もちろん、こんな場所に閉じ込められていてはなにもできやしない。そのことを見透かしているからこそ、彼はあえてなにも仕掛けてこないのかもしれない。ジュディットがさらわれ、わたしがまんまと誘いだされた状況を、今一度細部まで思い起そうとしてみる。ジュディットが囮《おとり》にすぎなかったことは、今では明々白々に思われる。だから、たとえぞんざいなやり方であっても、ジュディットをどこかに隠し、わたしがいそいそと連中に従うそぶりを見せれば、姪の存在をすっかり忘れてくれるかもしれない。そう、姪の姿が彼らの目に触れないようにすること——それこそが彼女の安全のためにいちばん大事なことなのだ。そして、できるだけ長い時間、この部屋で眠らせてやることだ。飲ませた薬のおかげで、しばらくの間は目を覚まさない。さて、この部屋には大きすぎるほどの洋服簞笥が備えつけてあって、狭い部屋のかなりの面積を占めている。そこでわたしは、ジュディットをこの簞笥のできるだけ真下に寝かせてやることにした。そうすると、かりにドアを開けたとしても、彼女が寝ている姿はぼろ布が積み重なっているようにしか見えないかもしれない。少なくともパッと見にはそうだろう。彼女の姿を目立たせないこと。そのためにならどんな些細なことでも試みてみる価値がある。

時がたつにつれて闇の暗さが増してきたことから、夜になっているのが知れた。腕時計を見ると、十二時近くを指している。と、そのとき、ドアの向こうに足音が聞こえた。わたしはあわてて身構える。ドアが開くと、二人の男が立った。ズック地のズボンを穿き、上半身裸の男たち。首には、釘の突き出た犬用の首輪をしている。引き綱を通すための輪がついた首輪だ。目にしただけで胸くそが悪くなる小道具だが、その先のことは前に見たビデオ映像から容易に想像がつく。さいわいなことに、彼らはジュディットのことはなにも尋ねなかったし、彼女の姿が見えないのにさえ気づかない様子だった。あっさりと、わたしは彼らにつき従った。最初からこの部屋に一人でいたとでもいうように。

一階は、それまで閉じ込められていた部屋とは正反対に、光に満ちあふれていた。もれなく灯された電球があちこちで煌々と照っている。階段の登り口では、松明《たいまつ》を手にした二人の男が両側に立ってわたしたちを迎えた。革のトランクスを穿き、鎖のついた足《あし》枷《かせ》をはめられている。こういうのが、この家ではごく当り前の格好なのだろう。わたしはそのうちの一人の前で立ち止まった。

「あなたみたいな症状の人でも、その気になりさえすれば治療してもらえるんですよ」

わたしを引き連れていた男の一人が振り返った。

「前に進め」命令口調で言う。

わたしはあえてそれを無視して、

「マゾヒズムを克服したあとにだって、ちゃんとした人生があることは、わたしが保証いたします……」

このとき、わたしに歩きつづけるよう命じた男が、わたしが話しかけた男の顔面に拳で一撃を食らわした。殴られた男は鼻血を噴きだし、松明を放りだす。そのせいで、今度は股間に足蹴りを受けた。驚くほどの手際よさだ。

わたしは思わず叫んでいた。

「いったいどうして、そんなことをするんです？　この人はなにも言っていないのに！」

「あんたの話を聞くそぶりをしただけで、こういう目に遭うってことさ」暴力をふるったほうの男は、悪びれずに言った。

暴行を受けた男はなおも鼻血をしたたらせながら立ちあがった。それから松明を拾いあげ、階段下の持ち場に戻る。向かい合った場所に立っていた相棒はその間、身じろぎ一つしなかった。

わたしが連れていかれた先が、ビデオ映像に出てきた地下室であるのはすぐにわかった。絞首台めいた支柱、檻、それに、拷問台に代用されるのだろう木挽《こび》き台などが、責め苦に使う以外用途がわからないがらくたの数々とともに、長方形のだだっ広い空間のそこここに置かれている。まずわたしの目を引いたのは、部屋の奥にしつらえてある木製の壇だ。それほど高くはない。そこが芝居の舞台よろしく分厚いカーテンで隠されている。いや、カーテンの向こうは黒ミサのための祭壇であろうとは、わたしにだって想像はつく。黒ミサを主宰するのは、もちろんトゥシェだ。

舞台の手前には、抽選用の大型の回転盤が置かれている。回転盤の円は黒、白、赤の部分に仕切られ、それぞれが電球とつながっている。中央の矢が指し示した部分にしたがって、電球が灯る仕掛けになっているのだろう。黒と赤の部分は同じ幅をしているが、白の部分の幅はほかの部分よりかなり狭くて、文字のたぐいはいっさい書き込まれていない。

「なんという散らかりよう！」

こんなにおぞましくて悲壮な光景に、いや、むしろ目の前に鎮座した奇っ怪な装置に、わたしはショックを受けていた。けれど、あえて大げさにため息をついてみせた。そのほうが、わたしがこんなものくらいでは動じない人間だと示せそうな気がしたのだ。

回転盤にもっと近づいて眺めてみると、黒い部分には〝どくろ〟マークが描かれている。いっぽう赤い部分には、さまざまな責め苦を表す図柄があしらってある。串刺し刑や、四つ裂きの刑や、やっとこの刑、といったものだ。それらに対応する刑具は部屋のなかのどこかしらに見られるので、この抽選用回転盤の使用目的は明らかだった。つまり、犠牲者の受ける責め苦はくじ引きによって決められるのだ。ジェニファーはきっと、自分でこの回転盤を回す役目を担わされ、矢印が示した責め苦を次々に受けつづけ、最後には死に至ったのだろう。

理解できないのは、舞台のわきに置かれた大型ビデオプロジェクターと、テーブルのうえに何台かあるパソコンの存在だった。不特定多数の観客のために準備されているとしか思えない。わたしがここにいるのが、多くの観客を引きつける呼び物になるとでもいうのか？　もしそうであれば、いったいどんな理由で？

わたしはうながされるのを待たずに、舞台の袖で待ちかまえているトゥシェのほうに進んでいった。

「ねえ、トゥシエ、あなたそんなに監獄が好きなの？　わたしを監禁したすえに、殺すつもりなんでしょうけれど、そうなると、あなただってわたしといっしょに沈むことになるわね。あなたを助けだしてくれるベルモンさんももういないし」

　気づいてみると〈あなた《ヴ》〉口調をとっていた。わたしはなおも理性的な道を信じているわけだ。さて、トゥシェはわたしの問いかけに対して、のどから搾りだすような笑いを発することで応じた。この男がご自慢の笑いを、効果的な場面で発する機会を逃すわけがない。

「私はベルモンなんか、まったく問題にしていませんよ、親愛なるドクター。あいつは役立たずのくせに口応えだけはいろいろとする、寄生虫にすぎませんでした。この身を守ってもらうために必要な存在ではなくなりましたね、あいつは。そのかわり、私には〈息子〉がいるんです」

　そう言うとドアを指し示した。すると、敷居のうえにスダン警視が立った。

　彼も、わたしをここへ連れてきた男たちと同じズック地のズボンを穿いていた。やはり上半身裸で、肩の筋肉のたくましさは思っていた以上だった。犬用の首輪はつけていない。太い革ベルトに挟んだ鞭によって、彼がトゥシェの奴隷たちのなかでも高い部類の階級を有することがわかる。

突然、うねるような軽蔑の感情が、痛切な苦々しさとともにわたしの身内に押し寄せてきた。なんたる茶番。

スダンは微動だにしなかった。彼の目のなかに映っている自分の姿が見えるようだった。森の奥に迷い込んだブルジョワ娘みたいな姿。人工的な赤褐色の髪が、青白い顔を両側から挟み込んでいる——ようするにこんな姿が、彼の脳裏にも映っている。そうだ。彼だって、こんなわたしを失って後悔などしないだろう。

わたしはふたたび、この場の支配者である男に目を向ける。

「家族の契りを結んだなんて思っているとしたら、トゥシェ、あなたを気の毒に思うわ。うまく使いこなしていると思っているこの男だけど、あなたの〈息子〉になんかなれる人じゃないわね。それとも、彼に媚びへつらってるだけ？」

「この女をくくりつけろ」とうとうトゥシェは命令を発した。

ためらうそぶりをいっさい見せず、スダンはわたしに近づいてくる。わたしは彼のことを無視するふりをしながら、なおもトゥシェに向かって話しつづけた。

「この男に親しみなんか感じていないくせに。実際、あなたという人は、なんの感情も抱かないんでしょうね、なにかを感じるとすれば、それは死ぬ間際くらいのものでしょう」

言い終わらないうちから、わたしの近くで手錠が金属的な音を立てていた。スダンを間近に見つめながら、こうつぶやく。

「あなた満足しているの？　これでいいっていうの？」

相手はあわてて顔をそむけた。わたしのほうが少しばかり優位に立った気がする。

「そろそろ始めましょうか、ドクター」トゥシェがわきから声をかけた。「さあ、回転盤を回して。二回チャンスを与えられてます。もうおわかりでしょうけど、赤い部分に止まれば、そこに描いてある責め苦を受けていただきます」

「白い部分に止まれば？」

「責め苦を受けることも死ぬことも免れます。これでおわかりでしょう、私たちが公平だってことが……」

じたばたせずに、目の前の装置を眺めた。虐待される役割を演じる気にはとうていなれない。けれど、その役割を演じることは、もうプログラムに入っているにちがいない。

「あなたが自分でやらないなら、私が回転盤を回すまでです」トゥシェはとうとう言明した。

この勝負には負けつつある。そう思うとわたしはいたたまれない恐怖に突き落とされた。とにかく、身を守るためになにができるか、わたしは見つけようとする。そして、ただ一つの商品しか売らない店で探し物をするようにして、ただ一つ見つけたものは、狂ったように抗議することだった。

「結局あなた方は、頭のいかれた人たちが寄り集まったにすぎないのよ！　こんなことが長く続くわけないわ。いずれ監獄にぶち込まれるでしょうね！　外の世界には、こことは違う現実があるんだから！」

落ち着きを取り戻して以来、ずっと驚きっぱなしだったことがある。それは、観客たちが沈黙を守りつづけていることだ。最初のうちは、観客の存在にさえ気づかなかったくらいだ。いや、わたしが引きたてられたあとに、どこかから集まってきたのかもしれない。皆いちようにハローウィンの仮装をして、部屋の一角に固まって身を寄せ合っている。みんな屈託なげにわたしの様子を眺めているようだ。一人だけ、少し離れた場所の壁に寄りかかりながら、こちらに好色な視線を向けている女がいた。革のゲピエールで胴体を締めつけ、ブルネットのかつらをかぶった女。わたしに向けて勝ち誇ったような微笑を投げかけてくる。ロール・パスカルだ。そうだ、この連中はわたしが死に至る光景を見物するために、入場料を払ってまでここにやってきたのだ――そう思うと、戦慄を覚えずにはいられなかった。わたしが殺される場面を、こいつらは首を長くして待っているのだ。ただそれだけを。あとのことはいっさいはどうでもいいのだ。

このとき、お祭り向きの音楽が部屋のなかに響き渡り、その恐ろしいばかりの陽気さがわたしの鼓膜をつらぬく。同時に電灯がいっせいに点滅しだした。今、トゥシェが回転盤を回したところだ。

矢が白い部分で停止する。

室内に動揺が広がる。みんなちょっとがっかりしている様子だ。こういうことは、そうしょっちゅうは起らないにちがいない。じつを言えば、わたし自身だって呆気にとられたくらいだ。

「ははあ！」いかにも嘘っぽい笑いとともに、トゥシェが声を上げた。「最初の試みが白だとは！　みなさん、こんな茶番劇のためにわざわざお越しくださったってわけですか？」

観客の間から、そんなことはない、というニュアンスのつぶやきが漏れる。ロール・パスカルは、そんななかでさっきからずっと微笑みつづけていた。わたしと目が合うと、いかにもこちらを馬鹿にしたように舌を突きだしてみせた。このひとときを大いに楽しんでいる。そう言いたげな表情だ。

ここにいるのは、どいつもこいつも糞みたいなやつらばかりだ。

わたしは前方に出ていって、声をかけた。

「オーケー、トゥシェ。わたしにチャンスが与えられたってわけね。これが最後かもしれないチャンスが。だからここでちょっと質問させてもらうわ。あなた方に、ぜひとも答えていただきたい質問をね」

トゥシェは、驚いたようにもじもじしていた。けれどわたしは、かまわずにスダンのほうを向いた。回転盤の横で、手をうしろに組んで立ちつくしている。

「トマ、マダム・ヴァソールは、あなたのお父さんの愛人だったのよ。つまり二人は共犯だったわけ。あなたはあの女を恨んだことがないの？」

「馬鹿げた話だわ！」ヴァソール夫人が金切り声を上げた。「そんなのはまったくでたたらめよ、わたしが共犯者だったなんて！」

彼女はすごい勢いで舞台裏から飛びだしてきた。そこに隠れて、なにかが勃発するのを待ちかまえていたのだろう。ただし、見世物に参加するのに歳をとりすぎていなければの話だが。

わたしはスダン警視にも聞かせるつもりで、夫人に向かって言葉を投げつけた。

「あなたはスダン氏の愛人だったのよ！　みんな知っていたわ！　情夫に対する訴えが通らないように画策したのは、あなただったのね！　でも元生徒のカシェルスキーは、あらためて訴えを起すそうよ。今の法律ではそれが可能なんだから！　どう、そんなこと知りもしなかったんでしょう？」

「もうたくさんだ！」トゥシェがぶっきらぼうに遮った。「そんなことはここで言いだす問題じゃない、無駄話もいいところだ」

わたしはかまわずに叫びつづける。

「トマ！　どうしてこの女のことを大目に見たの？」

トゥシェはわたしを叩こうと腕を振りあげた。けれどすんでのところでわきに飛びのいたので、彼の手はわたしの頬をかすっただけだった。トゥシェの目のなかには、明らかにわたしの死が宿っていた。けれど、事態がこんなにも悪くなっているからには、暴力で何度脅しつけたところで事態を好転させることはできまい。

わたしは急いで言葉を継いだ。

「トゥシェ、今度はあなたが答える番よ。ここにいるお仲間にとってもそのほうがいいでしょうね。あなたはどうやって、〈首領〉に登りつめたの?」

奇妙なことに、こう問いかけると観客は拍手しはじめた。茶化しているとは決めつけがたい熱の入りようだ。

締まりのない口元に微笑を漂わせながら、トゥシェは、少しぐらいつき合ってやってもいいと思ったらしい。

「とっても簡単なことなんですよ」ささやき声で言いはじめた。「人間には二つのカテゴリーがありましてね。つまり、オオカミか仔羊の、どちらかなんです。多数の仔羊に少数のオオカミ、ってとこですかね」

どこかで聞いた気がするたわごとだ。けれど、話を遮るようなことはしなかった。

「仔羊は自分たちを守るのにオオカミが必要なんです。またオオカミも、ときどき仔羊を一匹殺して食べる必要がある。それがこの世界の掟《おきて》というものですよ。で、私は、小学校の校庭以来オオカミなんです。私の役に立ちたいという気があるなら、食べられる恐れはそんなにないでしょう。このときの服従に引き換えて、私は自分の羊たちに多くの楽しみを与えてやれます。楽しみこそ、大事なことでしょう、そうじゃないですか?」

「たぶん、乳飲み子にとってはね。でも歩けるようになるや、べつのほうに興味が向かいます」

「そうですな、あなたみたいなインテリの場合はね。でも並の人間は楽しむためにすべてを犠牲にする心づもりができています。私はそいつを利用してやるんです。何年かすると、従順な羊たちの集まりである小宮廷ができあがりましたよ。連中は私を当てにし、私のほうは連中を楽しませてやる……」

「どうやって羊を掻き集めるんですか？」

「言っときますがね」非難するような口調で言った、「当今は言いなりになる人間なんていくらでもいるんだから！」

休み時間はどうやら終わりらしい。トゥシェはうんざりしはじめたようだ。思い出したように自分で回転盤を回す。今度は、矢印は黒い部分を指し示した。幻想を抱いていたわけではないけれど、思っていたよりもきびしい結果だ。勝負は負けだ。いや、最初からこういう定めだったのかもしれない。

スダンが近づいてきた。両側から革の切れ端が伸びたもの——猿ぐつわを手にして。わたしは反射的にあとずさりした。ぎりぎりまで低めた声で、自分がこう言っているのが聞こえた。

「トマ、わたしを助けて」

相手の視線がわたしのうえに落ちた。一瞬、ほんの一瞬だが、そこに迷いがきざすのに気づいた。いや、たぶん、後悔の影がきざすのに。

「トマ、あなたが必要なの、なんとかして……」

彼の視線は、暗闇の靄《もや》のなかをさまよっているように見えた。やがて、遠ざかっていった。わたしはまたしても、彼を見失った。

彼のそばをすり抜け、トゥシェの前に立った。

「オーケー、トゥシエ、わたしがストリップを始めるのを望んでいるってわけ？　スダン警視からわたしのカルテを見せてもらったんでしょう。興味を引く見世物になるのは確かでしょうね。けれど、どうせやるならもっとおもしろいやり方があるわよ。今こんな場所でストリップをやる代わりに、インターネットのサイトを立ちあげるお手伝いができるけど、そっちのほうが興味ない？　がっぽり儲けて二人で山分けするのだって……」

「なんというアイディア！」トゥシェはうっとりした表情で声を上げた。「なんというすばらしいアイディア！　インターネットとは！　まったく、考えもつきませんでしたねえ！　じつはね、ドンピシャリの舞台装置を用意してあるんです……」

トゥシェの目配せで、ヴァソールがカーテンを引いた。今度もまた、観客の間から感嘆するささやきが漏れた。ただし、今度のには、感嘆して当然な理由がある。わたしだって、開いた口がふさがらなかった。舞台の真ん中には、クロームメッキした金属製の長テーブルが置かれていたのだ。まわりを取り囲んでいるカメラとビデオプロジェクターが次々とオンになっていく。機材から強烈な熱気が発散してくるように感じた。長テーブルの端に足のせ台があることからして、これは手術台以外の何物でもない。事実、わきに並んだワゴンテーブルには外科手術用の器具がていねいに並べられている。わたしは声も上げられずに、その場に立ちすくんでいた。

「もうおわかりでしょうが、執刀医《ドクター》はこの私なんですよね」彼は説明しだした。「なぜあなたがここにいるんだと思います？　なぜこんなに馬鹿高い見物席が飛ぶように売れたと思います？　なぜ、私たちがあなたを撮影しようなんて気を起したと思います？」

「……」

「あなたの手術は、一週間前から計画されているんです！　手術のもようは、私たちのインターネットサイトから生で流されます。そうです、とっくに開設されているんですよね、私たちのサイトは！　あなたのおかげで、しこたま儲けさせてもらえそうです！」

「どうして……？　どうして儲かるとわかるんです？　こんなことには、だれも関心を持たないかもしれない……」

「あなたのレントゲン写真と、生殖器を写した写真のおかげで、私たちのサイトはすでに数百万のアクセスを記録しています、わかりますかね？　数百万といったら、とんでもない数です！　まさに、現代のハイテク技術のすばらしい成果ですよ」

こういったことをしゃべっている間に、トゥシェはヴァソール夫人から緑色の上っ張りを着せてもらっていた。本物の外科医になったみたいに。わたしは息が苦しくなった。脳髄はもう断続的にしか機能していないように思われる。いや、断続的どころではない、もっと大きな間隔をあけてしか。

床から持ちあげられるのを感じた。スダンがわたしを抱きかかえ、テーブルまで運んでいくのだ。彼のむきだしの肌が頰に触れたとき、わたしは激しく心を揺さぶられた。どうして、この肌に、この匂いに、心を動かされなければならないのだろう……。すべてがここで止まってしまうなんて、いや、すでに終わってしまったなんてことはありえない。わたしは本当に、自分が狂いつつあると感じる。夢のなかでのように、わたしには自分の姿が見える。彼のたくましい胸の筋肉に、唇を優しく押しつけようとしている、わたし自身の姿が。唇が触れたとたんに、彼はびくっとする。当惑したように、彼はちょっとばかりわたしのほうに身を傾ける。わたしはすばやく唇を動かして、もう一度口づけする。彼の視線を逃さないようにしながらつぶやきかけた。

「ちょっとでも愛してくれているなら、わたしを助けて……」

トゥシェはなにも見ていなかった。必要な指示を与えるのにかかりきっていたのだから。観客たちは、プロジェクターのディスプレーのほうにいっせいに振り向いた。当然だろう。こうすれば自分たちの手を汚すことなく、見世物を堪能できるわけだから。同時に、トゥシェだけがわたしを切除する楽しみを味わえるのだとも言える。

まったく表情を変えずに、スダンはわたしの手錠をはずすと、今度は腕を交差させるかたちに革紐で縛りあげた。トゥシェが戻ってくる。明らかに興奮しはじめているようだ。噴き出た汗の玉で頭頂部が光っている。ひげのない頰にはバラ色の斑点が広がっていく。いよいよ、ハサミをつかみあげた。

「困ったことだよ」トゥシェは言った、「麻酔の用意をしていないんだ。ジーンズを切り裂くときに、ちょっと痛い思いをするかもしれない……」

わたしはまだ自由のきく足で、蹴りを食らわそうともがいた。けれど、一同の哄笑を誘っただけだった。身をくねらせるだけでは、腹部に向かって下りてくる一対の刃に対して無力なのは明らかだった。

このとき、鞭がしなり、銃を発射したような響きを立てた。一瞬にして観客は笑うのをやめ、静まり返った。ハサミは、トゥシェの手から消えていた。手首を押さえて、痛みに顔をしかめている。

「トマ」スダンのほうを見ながら、トゥシェは搾りだすような声で言った。「約束してくれたじゃないか……」

「私はあなたの〈息子〉なんかじゃない」スダンはきっぱりした口調で言ったが、奇妙な声だった。

わたしはもう身じろぎ一つしなかった。助けてくれという懇願を繰り返すこともなかった。彼を怒らせるのが怖くて。例の放心状態のことを思い出していた。あのときと同じとすれば、怒りの矛先がわたしに向かないともかぎらない。わたしにとって驚きだったのは、スダンの態度の急変に対して、あとの二人が大して気を悪くしているようには見えないことだった。こういう奇っ怪な振る舞いには慣れきっている、とでもいうように。ヴァソールはトゥシェの額に浮かんだ汗を拭いてやっている。この男が今も事態をしっかり掌握していると思い込んで、崇《あが》め奉っているという雰囲気だ。これに対して、スダンの顔には苦しみの表情がありありと浮かんでいた。今にも気を失うのではないかと思わせるほどだった。彼はわたしの代わりにだれの姿を見ているのか？　虐待する夫にやめてくれと懇願する母親の姿か？

彼は今、わたしたちとともにここにいるのか、心ここにあらずというのでなく？

「よろしい」トゥシェは冷たい声で言った。「きみは私の〈息子〉ではない。お気にめさないというんなら、今後は〈息子〉とは呼ばないことにしよう。さて、そろそろ手術に取りかかるとするかね？」

スダン警視は、顔の表情をまったく動かさずに耳を傾けていた。いや、本当に聞いているのか、疑わしく思えなくもなかった。と、そのとき、彼が背中のほうからゆっくりと銃を取りだすのにわたしは気づいた。トゥシェに狙いを定めた。トゥシェのほうは、理解できないという顔つきで相手を見据えた。明らかに恐怖におののいて。銃が、腹部に向けて発射された。数発。弾はことごとく命中し、トゥシェは、ほとばしる血を抑えようとでもいうように前のめりになり、最後には崩折れた。

獣のような叫び声を上げながら、ヴァソール夫人がトゥシェのもとに駆け寄り、介抱を始める。観客たちのほうはことごとくヒステリー状態に陥っている。もはやトゥシェの体は、ぶよぶよの肉のかたまりとして青緑色の光に照らされ、ぴくぴく動いているだけだ。観客たちはそのうえを飛び越えるように、出口に向かって殺到する。結局のところこいつらは、現実との接点を完全には失っていなかったようだ。つまり、自分たちが危険を冒しているということを、ちゃんとわきまえていたのだ。

　目に涙をためながら、ヴァソール夫人は、横たわったトゥシェの前でひざまずいていた。息を引きとりつつある体に対してなすすべもなく。いっぽうスダンは、二人の姿にはまったく無関心な態度を保ちながら、いっときカーテンの陰に姿を消した。ふたたび現れたときには、警察官としての服装に戻っていた。渋いネクタイもいつものままだ。厚紙でできたファイルケースを小脇に抱えている。なかには資料がつまっているようだ。すぐに気がついた。わたしの病気に関するカルテだ。

　彼はそのファイルケースを、いまだに寝かされたままのわたしのすぐ近くに置いた。それから、携帯電話を取りだし、

「こちらスダン、作戦は最終局面。よろしい、そうしてくれ……ああ、それから救急車を一台、怪我人がいる。子供だ。いや、大したことない」

　最終局面？　だれにとって？　もしかしたらわたしにとって？　彼らにとって？　すべては予定どおりだったというの？　わたしはトゥシェを落とすための、餌だったというわけ？　わからない。わかりようがない。ほんの数分で、彼はいつもの警官の姿に立ち返っていた。見事なものだ。顔色だけはいつもとちょっと違うのだが、でも完璧だ。いや、ちょっと完璧すぎる。

わたしは震える声で、早く両手を自由にしてくれと頼んだ。電話を切ると、彼はさっそく革紐をほどいてくれた。何事もなかったような、落ち着いた手つきで。

「大丈夫？　怪我はないかい？」

彼が微笑むのを見ると、わたしは吐き気をもよおした。彼と視線を合わせる気にもなれなかった。それほど気分を害していたのだ。問いかけに対して、怪我はないという意味できっぱりと首を振った。

「きみの部屋に行くほうがいいって、いつか言ったよね？」声を低めて訊いてきた。「顔色が悪いね。ときどきそんなふうに顔面蒼白になることがある……死んだら、もっと真っ青になるよ」

ゆっくりと立ちあがり、わたしはカルテを手にした。手の震えをどうしても抑えることができなかった。けれど、ぜひとも訊いておきたいことがある。

「トマ、どうして彼を殺したの？……逮捕するつもりだったんでしょ。そのための作戦のはずなのに、どうして殺さなければならないの？」

「きみをあれ以上、危険にさらしたくなかった……」

ヴァソール夫人が、怒り狂ったような顔をこちらに向けてきた。

「嘘つき！」夫人はわめいた。

それ以上言う前に、弾丸が頭部に撃ち込まれた。激しい爆音とともに、骨片と脳漿が、わたしたちの足元まで飛び散った。気がつくとわたしは、彼の腕のなかに身を寄せていた。急いで身を引き離す。サイレンの音が、全速力でこちらに向かってくる。

汗だくになりながら、わたしは二人の死体を見つめていた。スダンの秘密を墓場まで運び去ってくれるはずの死体を。今ではわかっている。トゥシェが殺されたのは、じゃまな存在になったからだ。もともと目立たなかった男が、目立ちすぎるようになったからだ。警視によって計画されたらしい今回の作戦は、二人の殺害の真の意味を覆い隠すものにほかならない。彼にとっては共犯者であるトゥシェとヴァソールを殺害したことの。この事件の隠された意味——それはスダンという存在がいくつかに分裂しているということだ。つまり、彼の一部は今回、母親のために復讐を果たし、べつの部分は、警察官としての彼のキャリアを守るために働いた。そして、彼の人格の最も暗い部分は、彼に〈首領〉としての地位を保証した……。

では、どうしてわたし一人が殺されずにすんだのか?

彼はわたしの胴体をつかんで持ちあげると、そっと床に降ろしてくれた。髪の毛をざっと整え、外れていたブラウスのボタンを閉め直すことまでした。わたしは彼のこんな振る舞いにぞっとした。彼の嘘が、残酷さが、狂気が意味しているものに。大声で叫びたかった。けれど、なんとかこらえた。

頭上では、人々が騒々しく動き回る音が響いていた。サイレンの音、ブレーキのきしみ音、命令を下す声、銃器のぶつかり合う音。スダンはわたしの手をつかんだまま、壇のうえから飛び降りた。そして、部下たちのもとに急ぐ。わたしはこのとき悟った。彼はなんとか算段して、わたしと二度と会わないですむようにするだろうと。どこか離れた場所に転勤し、そこでもまた、階段を駆け登るように出世していくだろう。わたしはそんな彼の行く手を阻むつもりはない。もちろん。以後は、お互い相手の身の上を話題にすることなど決してあるまい。わたしは今や、二人で共有している秘密の一部になってしまった。わたしという存在が。したがって黙っているのが、わたし自身の秘密を守ることにもなるのだ。

警察官たちが、銃を手にして地下室まで降りてきた。先に立って降りてきたスダンが、わたしの唇に指先でそっと触れた。奇妙な皮肉が感じ取れる仕種だ。それから、「お祭りは終わりだよ」しかたなくこんなことを言うのだ、というニュアンスが感じられるひそひそ声だ。「いやはや、ぼくがきみを愛していたとは……」

（了）

訳者あとがき

本書『倒錯の罠』（原題 Tropique du pervers）の作者、ヴィルジニ・ブラックは、一九五五年生まれのフランス人女性。わが国で作品が翻訳紹介されるのはこれが初めてである。本国では早くも一九八二年にデビューしている。フランスの女性ミステリ作家といえば、ほぼ同年齢のブリジット・オベールが人気だが、ブラックは彼女より十年早くデビューしていたことになる。ただし、テレビドラマのシナリオライターとしても活躍しているので、小説作品の数はそれほど多くはない。処女作から最新作に至るまで、ほとんどの作品を「フルーヴ・ノワール」という、「セリ・ノワール」と並び称される叢書から出しているから、作家としては生粋のノワール&ミステリ作家と言えるだろう。

本書『倒錯の罠』は、作者が満を持して発表したと思われる、女性精神科医ヴェラ・カブラルを主人公とするシリーズものの第一作だ（二〇〇〇年刊）。

……三年前の少女殺しに端を発した、その母親である大物代議士夫人の謎の死。事件はやがてべつの少女惨殺事件の背景とつながっていく――このように筋書きめいたことを書くと、本書がいかにもどぎつい設定の謎解きミステリと思われるだろう。また、主人公が精神科医であることから、いわゆるサイコ・ミステリと受け取る向きもあるかもしれない。まあ、そういうレッテルを貼られるのは一面しかたないとしても、やはり凡百の〝その手の〟作品とは明確に一線を画した、これは稀有の作品だと思う。

ヒロインの活躍する舞台がおおむねパリ郊外となっているのも、意図してのことだろう。われわれにはあまり馴染みのない実在の地名を作中にちりばめている（位置関係を確認できるようあえて注を入れた）。そう、パリ郊外といえば、フレンチ・ノワールの巨匠、ヴォートラン以来の社会派ミステリ作家が好んで取りあげる舞台設定だ。

登場人物も一筋縄ではいかない個性をそなえている。例えばヒロインの相手役であり敵役でもあるスダン警視は、過去のトラウマから否応なく犯罪に手を染めてしまうという型の悪徳警官だが、彼などまさにトンプスンやエルロイの作品から出てきたような異《い》形《ぎょう》の人物だ。おまけにSMサークルの〈首領〉であるトゥシェという、一言ではなんとも形容できない奇怪な人物が、最後の最後に登場する。

いや、そもそも、ヒロインのヴェラだって、まっとうな人間とはとても言えない。精神科医としての本業から逸脱して探偵役に邁進するのはいいけれど、やがてわけのわからない衝動につき動かされて暴走（迷走？）しはじめる。筆舌に尽くし難い秘密を抱え込み、足を引っ張るしか能のない母親や兄弟姉妹にも悩まされている。職場の同僚とも一触即発の関係だ。一見行動派に見えるけれど、内面には爆発寸前のマグマが渦巻いているようだ。精神科医である彼女自身も、ある種の心の病を抱えている――そんなふうに見えなくもない（その原因となった出来事は第二作のなかで明かされるのだが）。同じ一人称語りで、本国では比較の対象にもされているサラ・パレツキーの女性探偵などとは、これは異質のキャラクターだろう。

ようするに、過去のノワール＆ハードボイルド作品にそれとなく目配せしながら、独自の強烈な世界を展開している。ポートレートを見るかぎり作者は美貌の女性で、しごくまっとうな雰囲気なのだが、こんなハードな作品をものするエネルギーがどこから出てくるのか？　じつに不思議だ。

さて、フランス・ミステリの女性作家というと、ときどきは邦訳が出るものの、いずれも単発で終わっているような印象がある（唯一の例外は前出のオベールくらいのものだろう）。特にノワール系の女性作家の場合、本国ではすでに一群をなすほど勢いがあるにもかかわらず（フォントノー、ペルティエ等）、わが国に紹介されている作品は皆無と言っていい。まだまだすばらしい作品が眠っているような気がする。本書とはべつに、それらの作品も訳出されるのを期待したい。

女精神科医ヴェラを主人公とするシリーズの第二作と第三作は、同じ「フルーヴ・ノワール」社からすでに刊行されている。

Notre - Dame des barjots　2002
Double peine　2004

いずれもテンションの高さは保ったまま、第一作でやや冗長に思われた説明的描写は削ぎ落とされ、作品としてより引き締まった感がある。二作ともミステリ系の大きな賞を受けているのも故なしとしない。

本書の原本に数多く出てくる略語（ただし〝ＣＩＰ〟だけは架空のもの）の日本語表記にあたっては、『フランス略語辞典』（エディシヨン・フランセーズ刊）を参照させていただいた。

最後になったが、本書の訳出中には神長倉伸義氏の力強い励ましをいただき、また、あとを引き継いでくださった松本大輔氏の、的を射たご指摘には大いに助けられた。心より感謝いたします。

二〇〇六年七月

中川潤一郎

文春文庫

倒《とう》錯《さく》の罠《わな》

女《おんな》精神《せいしん》科《か》医《い》ヴェラ

定価はカバーに
表示してあります

2006年9月10日　第1刷

著　者　ヴィルジニ・ブラック
訳　者　中川潤一郎《なかがわじゅんいちろう》
発行者　庄野音比古
発行所　株式会社　文藝春秋
東京都千代田区紀尾井町3-23　〒102-8008
TEL　03・3265・1211
文藝春秋ホームページ　http://www.bunshun.co.jp
文春ウェブ文庫　http://www.bunshunplaza.com

落丁、乱丁本は、お手数ですが小社製作部宛お送り下さい。送料小社負担でお取替致します。

印刷・大日本印刷　製本・加藤製本
Printed in Japan
ISBN4-16-770534-6

文春文庫

海外ミステリ・セレクション

（　）内は解説者。品切の節はご容赦下さい。

審判
D・W・バッファ（二宮磬訳）

首席判事とその後任が同様の手口で殺される。どちらも外部通報でホームレスが逮捕される。模倣犯に見せかけた真犯人は意外な人物だった。MWA最優秀長編賞候補作の法廷サスペンス。

ハ-17-3

遺産
D・W・バッファ（二宮磬訳）

次期大統領を目指す上院議員が路上で射殺され、黒人医学生が容疑者として逮捕される。被告側弁護人アントネッリは事件の鍵を握る人物と接触するが。迫真の法廷ミステリ。（三橋暁）

ハ-17-4

抑えがたい欲望
キース・アブロウ（高橋恭美子訳）

大富豪の生後五カ月の娘が殺された。容疑者は十六歳のその兄だが両親ほか一家全員にも犯行の動機はある。法精神科医の主人公が彼らの心の傷に対峙する心理サスペンス。（池上冬樹）

ア-8-1

ロックンロール・ウイドー
カール・ハイアセン（田村義進訳）

有名ロック歌手が変死した。死亡記事担当に左遷された元敏腕記者ジャックは名誉挽回を期して事件の謎に突撃する。全米で50万部を売り切る巨匠ハイアセンの最新傑作。（推薦・石田衣良）

ハ-24-1

患者の眼
シャーロック・ホームズ誕生秘史Ⅰ
デイヴィッド・ピリー（日暮雅通訳）

医学生コナン・ドイルが出会った天才法医学者ベル博士。ドイルは博士とともに不可解な暗号の躍る怪事件に立ち向かう。ホームズのモデルと生みの親の事件簿第一弾。BBCドラマ化。

ヒ-5-1

無頼の掟
ジェイムズ・カルロス・ブレイク（加賀山卓朗訳）

米南部の荒野を裂く三人の強盗。復讐の鬼と化して彼らを追う冷酷な刑事。地獄の刑務所から廃鉱の町へと駆ける群盗に明日はあるか？　ペキンパー直系、荒々しくも切ない男たちの物語。

フ-27-1

（　）内は解説者。品切の節はご容赦下さい。

ウィスキー・サワーは殺しの香り
J・A・コンラス（木村博江訳）
ジャック・ダニエルズ、46歳。女だてらに暴力犯罪捜査を指揮するシカゴ警察警部補。仕事にのめりこむあまり男には逃げられ不眠症に悩む。それでも連続猟奇殺人犯を追って東奔西走中。
コ-17-1

外科医
テス・ジェリッツェン（安原和見訳）
生きている女性の子宮を抉り出す……二年前の連続猟奇殺人事件と同じ手口の犯罪が発生。当時助かった美人外科医がなぜか今回の最終標的にされる。血も凍るノンストップ・サスペンス。
シ-17-1

女検事補サム・キンケイド
アラフェア・バーク（七搦理美子訳）
一見単純な少女レイプ事件は、すでに解決済みだった連続猟奇殺人事件と接点をもっていた……。パンドラの箱を開けてしまった女検事補の孤軍奮闘を描く法廷ミステリ。（中嶋博行）
ハ-23-1

消えた境界線
女検事補サム・キンケイド
アラフェア・バーク（七搦理美子訳）
待望の重大犯罪訴追課に異動し張り切る地方検事補サムを待ち受けていたのは、ポートランド市の名士の誘拐殺人事件。タフで真摯なヒロインが挑むリーガル・サスペンス。（池上冬樹）
ハ-23-2

二度失われた娘
ジョイ・フィールディング（吉田利子訳）
女優志願の娘がオーディションに出かけた後、姿を消した。最愛の娘の行方を求めて一人走りまわるシンディを、過去の悪夢がフラッシュバックのごとく襲う。息をつかせぬ傑作サスペンス。
フ-8-7

破滅への舞踏
マレール・デイ（沢万里子訳）
親友のダンサーが殺された。私立探偵を営むわたしは、犯人を見つけるべくシドニーの暗部に踏みこむ。不屈の女探偵の清新な活躍。アメリカ私立探偵作家協会ペーパーバック賞受賞作。
テ-13-1

（　）内は解説者。品切の節はご容赦下さい。

わが母なる暗黒
ジェイムズ・エルロイ（佐々田雅子訳）

ノワールの巨匠エルロイ、その暗黒の源泉は十歳の時に実母が殺害されたトラウマにある。その前半生を赤裸々に告白し、未解決の母の事件に挑んだ全過程を描く壮絶な自伝。（池上冬樹）

エ-4-10

クライム・ウェイヴ
ジェイムズ・エルロイ（田村義進訳）

犯罪と醜聞の街で暴れ回る記者の活躍を頭韻踏みまくりの狂気の文体で描く暗黒小説二篇のほか、中篇小説一篇、犯罪実話五篇などを収録する、ノワールの天才の作品集。（柳下毅一郎）

エ-4-11

グルーム
ジャン・ヴォートラン（高野優訳）

母親と二人でひきこもるように暮す青年の歪んだ妄想が現実を侵すとき、凄惨な事件が起きる……美しくも荒涼とした文体が描き出す善悪の彼岸。フレンチ・ノワールの鬼才の代表的傑作。

ウ-14-1

神は銃弾
ボストン・テラン（田口俊樹訳）

娘を誘拐し、元妻を惨殺したカルトを追え。元信者の女を相棒に、男は血みどろの追跡を開始。CWA新人賞、日本冒険小説大賞受賞、'01年度ベスト・ミステリーとなった三冠達成の名作。

テ-12-1

死者を侮るなかれ
ボストン・テラン（田口俊樹訳）

醜悪な犯罪を隠蔽すべく、母娘はその男を殺したはずだった。だが男は生還、復讐を開始する。『神は銃弾』の《暴力の詩人》が放つ第二作。崇高にして唯一無二、贖罪と再生の暴力小説。

テ-12-2

凶器の貴公子
ボストン・テラン（田口俊樹訳）

自分に角膜を遺して逝った若者の死の謎を、男は静かに追いつめてゆく。暴力と裏切りの迷宮の果ての真実とは？　孤高の《暴力の詩人》が、さらに研ぎ澄ました散文で綴る冷徹なる傑作。

テ-12-3

（　）内は解説者。品切の節はご容赦下さい。

喪失の国、日本
インド・エリートビジネスマンの「日本体験記」
M・K・シャルマ（山田和訳）
インドの寂れた本屋で出会った「日本体験記」。インド人エリートビジネスマンが日本での赴任経験を語ったその書には、九〇年代に日本が喪ったものが、深い観察力で描かれていた。
シ-18-1

驚異の百科事典男
世界一頭のいい人間になる！
A・J・ジェイコブズ（黒原敏行訳）
子供のころは世界一頭がいいと思っていたが三十五歳の今、その自信を失くした著者が、百科事典全巻三万三千ページの読破に挑戦。再び博覧強記の男になろうとするが……。（鹿島茂）
シ-20-1

指紋は知っていた
チャンダック・セングープタ（平石律子訳）
指紋が万人不同であるとして個人識別法に採用されたのは英領インドが最初だった。その陰には手柄を競う男たちのドラマがあった。指紋鑑定法開発をめぐる「プロジェクトX」。（宮崎哲弥）
セ-1-1

メールのなかの見えないあなた
キャサリン・ターボックス（鴻巣友季子訳）
愛するメールフレンドの正体を知った瞬間から、十三歳のケイティはバラバラに壊れていった……。インターネットを利用した悪質な性犯罪の被害者自身が赤裸々にさらけ出した魂の叫び。
タ-13-1

希望――行動する人々
スタッズ・ターケル（井上一馬訳）
ピューリッツァー賞作家がアメリカの再生を願って完成させた、逆境を乗り越えた人々へのインタビュー集。世の中をより良くできると信じた二十四人の声。これがアメリカの底力だ！
タ-15-1

フロイト先生のウソ
ロルフ・デーゲン（赤根洋子訳）
精神病や神経症は心理療法で本当に治るのか？　人間心理のメカニズムはそんなに単純ではない。ジークムント・フロイト以降の心理学にまつわる迷信、通説、俗説を一刀両断する快著。
テ-14-1

文春文庫

海外ノンフィクション

品切の節はご容赦下さい。

ダライ・ラマ自伝
ダライ・ラマ（山際素男訳）

ノーベル平和賞を受賞したチベットの指導者、第十四世ダライ・ラマが、観音菩薩の生れ変わりとしての生い立ちや、亡命生活などの波乱の半生を通して語る、たぐい稀な世界観と人間観。

ラ-6-1

ザ・ホテル
扉の向こうに隠された世界
ジェフリー・ロビンソン（春日倫子訳）

難題をもちかける王侯や有名人の要求を満たし、伝統と格式を守りつづけるロンドンの最高級ホテル「クラリッジ」のホテルマンたちの知られざる苦闘と活躍を活写するノンフィクション。

ロ-3-1

アンネの日記 増補新訂版
アンネ・フランク（深町眞理子訳）

オリジナル、発表用の二つの日記に父親が削っていた部分を再現した〝完全版〟に、一九九八年に新たに発見された親への思いを綴った五ページを追加。アンネをより身近に感じる〝決定版〟。

フ-1-4

アンネの童話
アンネ・フランク（中川李枝子訳）

『アンネの日記』からも読みとれる鋭い感性と豊かな想像力。思春期を隠れ家で過さねばならなかった多感な少女に唯一残された自由は書くことだった。そうして出来た童話と珠玉エッセイ。

フ-1-3

思い出のアンネ・フランク
ミープ・ヒース／アリスン・レスリー・ゴールド（深町眞理子訳）

アンネ一家の隠れ家生活を内と外で助け、アンネ連行後に「日記」を発見、後世に伝えた勇気ある女性が、「一日とて涙なしに思い出すことはできない」という日々をあえて綴る感動の書。

ヒ-3-1

アンネの伝記
メリッサ・ミュラー（畔上司訳）

新発見の日記五ページ分には何が書かれていたか、隠れ家を密告したのは誰か……徹底調査により「伝説の少女」の全貌に迫った世界的話題作。四十人近い関係者のその後の人生も収録。

ミ-2-1

（　）内は解説者。品切の節はご容赦下さい。

デキのいい犬、わるい犬
あなたの犬の偏差値は？
スタンレー・コレン（木村博江訳）
心理学者兼犬の訓練士である著者が、具体的かつユーモアあふれる筆致で犬の知性を徹底検証。だれにでもできるIQテスト、犬の頭の良さがひと目で分かる画期的な偏差値ランキング付き。
コ-12-1

相性のいい犬、わるい犬
失敗しない犬選びのコツ
スタンレー・コレン（木村博江訳）
犬を役割別ではなくその性格によって七グループに分け、各々に合う飼い主の性格を解説した画期的な書。著名人と犬とのエピソードも満載。あなたをしあわせにする犬は、必ずみつかる。
コ-12-2

犬語の話し方
スタンレー・コレン（木村博江訳）
犬が言葉を聞き分ける能力は人間の二歳児程度。吠え声、しっぽの動き、顔の表情などで伝えられる「犬語」を理解し、犬の気持ちを知るための教科書。巻末に犬語小辞典つき。（米原万里）
コ-12-3

5000年前の男
コンラート・シュピンドラー（畔上司訳）
一九九一年、ヨーロッパ・アルプスで発見された凍結ミイラ。世界中を興奮させた「世紀の大事件」の真相に考古学の権威が迫る。現代科学を駆使して解明された驚くべき新事実とは？
シ-8-1

硫黄島の星条旗
ジェイムズ・ブラッドリー／ロン・パワーズ（島田三蔵訳）
摺鉢山に星条旗を掲げる兵士たち——その一人・著者の父はなぜ何も語らずに世を去ったのか？　戦争写真の傑作が捉えた六人の海兵隊員の運命と日米の死闘を描いた全米ベストセラー。
フ-19-1

機上の奇人たち
フライトアテンダント爆笑告白記
エリオット・ヘスター（小林浩子訳）
高度三万フィートの密室、飛行機でとんでもない乗客（時には乗務員）が起こす騒動とは!?　体臭ふんぷんたる夫婦、反吐をまき散らす子供、SEXに励む二人……爆笑トラベルエッセイ。
ヘ-5-1

文春文庫

海外ノンフィクション

品切の節はご容赦下さい。

ファッションデザイナー 食うか食われるか
テリー・エイギンス（安原和見訳）

E・ウンガロ、G・アルマーニ、R・ローレン、D・キャラン……当代人気デザイナーたちが、生き残りをかけて繰り広げる華麗かつ醜悪な闘いの内幕。最後に笑うのはいったいだれか？

エ-6-1

くたばれ！ ハリウッド
ロバート・エヴァンズ（柴田京子訳）

『ゴッドファーザー』『ある愛の詩』『ローズマリーの赤ちゃん』を製作し、美女と豪邸と名誉を手にし、見事転落した男。ハリウッドの伝説的人物が己の濃い人生を綴った自伝。痛快無比！

エ-7-1

心臓を貫かれて（上下）
マイケル・ギルモア（村上春樹訳）

みずから望んで銃殺刑に処せられた殺人犯の実弟が、兄と父、母の血ぬられた歴史、残酷な秘密を探り、哀しくも濃密な血の絆を語り尽くす。衝撃と鮮烈な感動を呼ぶノンフィクション。

キ-9-1

空へ エヴェレストの悲劇はなぜ起きたか
ジョン・クラカワー（海津正彦訳）

一九九六年五月、日本人女性・難波康子さんを含む多数の死者を出したエヴェレスト登山隊に参加、九死に一生を得た作家が大量遭難の一部始終を冷静な筆致で描いた世界的ベストセラー。

ク-11-1

死体が語る真実 9・11からバラバラ殺人まで衝撃の現場報告
エミリー・クレイグ（三川基好訳）

9・11の遺体鑑定から白骨死体の復元まで——全米トップクラスの死体のプロが出会った九つの事件。未解決事件の真相を暴き、巨大な悲劇の実像を明らかにする衝撃のノンフィクション。

ク-16-1

ギャンブルに人生を賭けた男たち
マイケル・コニック（真崎義博訳）

食塩水の注入で形成したC85のおっぱいをつけたまま一年間暮らして十万ドルをせしめた男。森羅万象を賭け事の対象にしてしまう天才ギャンブラーたちの生態に迫るノンフィクション。

コ-14-1